새처럼 자유롭게
사자처럼 거침없이

새처럼
자유롭게
사자처럼
거침없이

외딴 섬에서 10여 년간 간화선 수행 중인
불교학자의 대자유의 삶

장휘옥 지음

이랑
BOOKS

봄에는 백화, 가을에는 달,

여름에는 시원한 바람, 겨울에는 눈.

쓸데없는 일에 마음이 걸리지 않으면,

그야말로 인간 세상의 호시절.

- 무문 선사

목차

2부   수행하는 기쁨

3부 길을 묻는 사람들에게

이 얼마나 경이로운 세상인가!

장마가 시작되고 하루 이틀 지나 대나무 밭을 둘러본 적이 있는가? 어제 본 죽순은 눈을 의심할 정도로 쑤욱 자라 있고 땅바닥에는 또 다른 죽순들이 앞다투어 고개를 내밀고 있는, 그야말로 '우후죽순'의 현장이다. 그 속에 서 있는 나는 강한 생명력을 발산하고 있는 죽순들을 보며 끝없는 삶의 에너지를 느낀다. 세상은 이처럼 경이로운데, 이런 세상에 사는 것이 어찌 환희롭지 않겠는가.

힘들면 힘든 대로 편하면 편한 대로, 일할 때는 단지 일만 할 뿐 군말 없이 열심히 살아가는 내가 어려서는 심각한 불안장애를 겪고 자살까지 시도했다고 말하면 다들 믿지 못하는 눈치이다. 나는 오랜 방황 끝에 불교와 인연을 맺었고, 치열하게 불교 교리를 공부한 끝에 도쿄대학에서 박사학위를 받고 귀국하여 교수가 되었다. 그러나 교리와 이론의 한계를 절감한 뒤 다시 모든 것을 버리고 전문 선 수행의 길로 들어서 지금에 이르렀다. 남해안 외딴 섬 오곡도(烏谷島)에 들어와 간화선 수행에 매진한 지 10여 년, 그 기간 세계의 선방을 다니며 수행하기도 했고, 일본 임제종의 다이호 방장 스님과 900여 회 이상 독참(獨參, 수행자가 스승과 정기적으로 만나 선문답으로 경지를 점검받는 것)을 하며 죽기 살기로 화두를 참구한 덕분에 마침내 마음의 평안을 얻고 간화선 수행을 올바르게 지도할 수 있게 되었다.

불교 교리가 내 영혼의 첫 번째 길잡이가 되었다면, 간화선 수행은 내 영혼의 눈을 틔우고 삶을 변화시킨 두 번째 길동무이다. 오곡도 수련원에 정착한 뒤 나는 수행자이자, 농사짓고 건물 보수하고 짐 나르는 일꾼으로서의 삶을 동시에 살고 있다. 매사를 생각으로서가 아니라 온몸으로 느끼고 받아들여 행동하며 살고 있으니 스트레스를 받을 겨를이 없다. 글 서두에서 이야기한 비온 뒤 대나무밭의 경이로운 세계를 나는 보고 산다. 마음만 바꾼다면 누구라도 이렇게 할 수 있다.

인생고를 겪는 사람들, 내가 누구인지 몰라서 방황하는 사람들, 이유를 알 수 없는 불안에 빠져 힘들어 하는 사람들에게 이 책이 조금이나마 길을 밝혀줄 수 있기를 바란다. 1부에서 정신적 방황에서 벗어나기 위해 최선을 다해 살아온 나의 지난날을 상세하게 소개한 이유도 누구나 그와 같은 괴로움을 겪을 수 있고, 거기에서 자유로울 수 있다는 희망을 보여주고 싶어서였다.

2부는 남해안 외딴 섬에 마련한 오곡도 선방에서의 수행과 이곳을 찾는 사람들의 이야기이다. 인생고를 해결하는 근본적인 치유책과 실제의 치유 사례가 이 속에 실려 있다. 간화선 수행의 구체적 방법(화두 참구와 독참, 울력 등), 간화선 수행을 통해 자신의 인생 드라마를 바꾼 사람들의 실제 사례, 선(禪)적인 삶의 지침 등을 언급하여 쓸데없는 생각을 없애고 인생의 주인이 되어 당당하게 살아가는 방법을 보여주고 있다.

3부에는 인생을 살면서 묻는 질문들—삶의 위기와 죽음에 대한 이야기를 적었다. 겉으로 보기에 우리는 모두 다른 삶을 사는 것 같지만, 정신적 고뇌라는 관점에서 보면 각자의 삶이 크게 다르지 않다. 따라서 더 이상 남과 비교하지 말고 자신의 방식대로 살아가는 것이 중요하다. 인생의 마지막인 죽음을 두려워하는 사람들을 위해 글을 쓴 것은, 죽음에 대한 인식이 올바르면 삶의 질이 달라지기 때문이다. 죽음을 통해 지금 이 순간의 삶을 완성시킬 수 있기를 바라며 이 부분을 썼다. 자신의 삶에 최선을 다한 사람은 죽음이 결코 두렵지 않을 것이다.

마지막으로 꼭 밝혀둘 것이 있다. 이 책에 나오는 오곡도 수련원의 김사업 부원장은 불교로 인연을 맺은 나의 대학 후배이며, 수행을 하기 위해 함께 대학 강단을 떠나 오곡도로 들어온 도반이다. 이후 우리는 세계 유명 선방을 찾아다니며 수행했으며, 일본 임제종 다이호 방장 스님 지도하에 간화선 수행을 하며 오곡도 수련원을 이끌어가고 있다. 이 책의 제1부를 제외한 나머지 제2부와 제3부는 나의 체험과 생각이 큰 줄기를 형성하고 있지만 김사업 부원장의 체험과 생각도 많은 부분 실려 있음을 밝힌다. 이런 이유로 애초에 공동저작으로 출판하려고 했지만 김사업 부원장이 '아직 수행 중'이라는 이유로 끝까지 사양했기 때문에 결국 뜻을 이루지 못했다. 같은 길을 가는 도반으로서 10여 년을 함께 수행하고 있으며, 참다운 수행자의 길을 걷고 있는 그에게 진심으로 감사한 마음이다.

'수상청청취, 원래시부평(水上靑靑翠, 元來是浮萍)'
부평초는 원래 부평이라, 물의 흐름에 따라 어디로 흐르든 언제나 푸르다.

2014년 1월
오곡도에서 장휘옥

양나라의 무제가 달마 대사에게 물었다
"짐과 마주한 그대는 누구요?"
"모르오."
뒷날 무제가 이 일을 지공 화상에게 물었더니 지공이 말했다.
"폐하, 그 사람을 아시겠습니까?"
"모르오."

-『벽암록』

제 1 부

나는
누구인가

나는 못난이

방황과 좌절, 도전의 세월을 지나 어느새 나도 인생의 후반기에 접어들었다. 지금 나에게는 평생 나를 괴롭히며 따라다니던 불안장애도, 대인공포증도, 자살 충동도 없다. 그토록 갈구하던 정신적 자유도 의미 없는 말에 불과하다. 일하고 좌선하며, 필요한 사람에게 좌선지도도 하면서 매일 열심히 살고 있을 뿐이다.

통영 끝자락에서 배를 타고 10여 분을 가면 오곡도 자갈밭에 도착하고, 거기서 150여 미터 산길을 오르면 우리가 거처하는 명상수련원이 있다. 이곳은 섬이지만 파도소리가 전혀 들리지 않아서 매우 조용하다. 수련원의 아침은 바닷가에서 올라오는 싸한 운무와 새들의 지저귐으로 시작한다. 한낮은 오직 눈부신 고요뿐이다. 시간이 정지된 듯한 바다, 그 위에 점점이 떠 있는 배, 햇빛 잦아들어 눈부신 갈대밭 능선, 말 없는 대나무와 동백숲. 이 풍광과 마주하면 어느 누가 무심이 되지 않겠는가!

오곡도 선방에서 남해의 푸른 바다를 바라보고 있으면 더 늦기 전에 수행자의 길로 접어든 것이 참으로 다행이라는 생각이 든다. 지나온 굴곡의 세월들은 다 이 선방에 앉기까지의 준비 과정이었다는 것을 생각하면 '인연'의 불가사의함에 경외감마저 생긴다.

나는 어릴 때 무척 소심하고 유약했다.

사소한 일에도 쉽게 울고 겁이 많았으며, 당황하면 말을 더듬었다. 긴장되고 낯선 상황에서 사람을 대하게 되면 몸이 경직되고 머릿속이 백지장처럼 하얗게 바래서 어떤 생각도 할 수 없었다. 작은 동물이나 개, 고양이가 스쳐 지나가도 비정상이라고 할 정도로 무서워하며 벌벌 떨고 얼굴색이 샛노랗게 변했다. 이런 경우를 당할 때마다 진정하려고 애를 썼지만 불안과 두려움에서 쉽게 벗어나지 못했다. 가족들은 나를 보며 소심하고 담력이 없다고 쓴 소리를 했다. 그때는 이것이 불안장애, 대인공포증인 줄 몰랐다. 1960년대는 먹고 살기도 빠듯했기 때문에 이런 증상이 치료가 필요한 병이라고 생각하는 것 자체가 사치였다.

나는 자존심이 강해서 나이가 들수록 이런 증상이 있다는 것을 절대로 내색하지 않았다. 그러나 이런 병적 요인들은 세월이 갈수록 점점 내면으로 파고들어 나를 괴롭혔다. 나는 수많은 날을 방황했다. 희망보다는 절망이, 현세보다는 내세가 아름답게 보이던 때도 많았다. 그러는 동안 일관되게 찾아 헤맨 것이 있었다. 바로 정신적 자유였다. 나는 이 형체 없는 구속에서 벗어나 정신적 자유를 얻기 위해 10년 주기로 발버둥 쳤다.

10대에는 대인공포증에서 벗어나기 위해 자살을 시도했고, 20대에는 전공을 바꾸어 동국대학교 불교학과로 학사편입 했다. 30대에는 더 넓은 세상을 찾아 일본으로 유학을 떠났고, 40대에는 대학에서 강의와 저술 작업에 혼신의 힘을 기울였다. 50대에는 모든 것을 버리고 스승의 지도하에 참선수행에 전념했고, 60대에는 나 자신의 수행과 참선지도를 하면서 매일매일 열심히 살고 있다.

지금 내 마음에는 대인공포증도, 자유라는 말도, 명예도, 아무것도 남아 있지 않다. 그저 주어진 삶을 순간순간 열심히 살아가고 있을 뿐이다.

나는 전형적인 가부장적 집안에서 자랐다. 어릴 때 우리 형제들은 아버지가 직장에서 돌아온 기척이 나면, 싸우다가도 얼른 멈추고 섬돌에 놓인 신발을 가지런히 정리한 뒤 아무 일 없었던 것처럼 인사했다. 그러고는 무슨 불호령이 떨어질지 몰라 소리 없이 각자의 방으로 후다닥 들어갔다.

이런 집안 분위기로 인해 특별히 야단맞은 기억이 없는데도, 내 마음속에는 아버지가 무섭고 두려운 존재로 자리 잡았다. 오빠도 무서웠다. 심부름을 제때 빨리하지 못하면 오빠는 화를 내며 야단쳤다. 예전에는 가부장적 사고방식에 생활도 넉넉지 못했고 자식도 많았기 때문에 아버지와 장남이 집안의 실세인 경우가 많았다. 여성의 권리는 거의 찾을 수 없었다. 우리 집도 예외는 아니었다.

딸로서는 막내인 나는 몸도 병약했다. 차를 타면 언제나 멀미를 했다. 얼굴이 노랗게 되고 위액까지 토할 정도로 심했다. 당시는 멀미약이라는 것이 없었기 때문에 멀미가 나면 무조건 참아야 했다. 멀미를 하지 않으려고 굶고 차를 타면 속이 비어서 위액까지 토했고, 음식을 먹고 타면 먹은 것을 토하느라고 정신이 없었다. 어릴 때 여덟 시간 정도 버스를 탄 적이 있는데, 집에 돌아왔을 때는 완전히 반송장이 된 적도 있었다. 지옥이 따로 없었다. 어린 나이에도 내가 죽지 않고 사는 게 용하다고 생각했다.

내 별명은 울보였다. 누가 조금만 건드려도 나는 울었다. 일곱 살 때 초등학교에 입학시켰더니 지나치게 울어서 결국 부모님이 퇴학시킨 다음, 이듬해 여덟 살에 재입학시켰다. 얼마나 바보처럼 잘 울었는지 짐작이 갈 것이다.

이렇게 잘 울고 병약했으니 무슨 볼품이 있었겠는가. 나는 울 때마다 "못난 게 울기는 잘 한다"는 말을 들었다. 그래서인지 언제부터인가 언니들보다 못생기고 모자라는 아이라는 생각을 가지게 되었다.

초등학교 3학년 때였다. 외갓집 친척들이 놀러왔다. 누군가 "이집 딸들은 인물이 대단한데, 막내딸은 아직 한 번도 보지 못했으니 오늘은 보고 가자"고 했다. 뒷방에 숨어 있던 나는 어쩔 수 없이 끌려나와 인사를 했다. 어머니는 키만 멀쑥하게 크고 비쩍 마른 나를 끌어안으며 "우리 막내딸 예쁘지요"라고 했다. 그런데 정작 나를 본 친척들은 외모에 대해서는 아무 말도 하지 않고 딴소리만 했다. 나는 내가 못났다는 뜻임을 눈치 챘다.

어린 나이였지만 야속했다. 빈말이라도 예쁘다는 말을 해 주었더라면 좋았을 텐데…… 이때 내가 받은 충격은 말할 수 없었다. 그 사건은 평생 나의 가슴에 '못난이'라는 깊은 상처를 남겼다. 무심코 던진 돌에 개구리가 맞아죽는다는 말이 있듯이, 어른들의 생각 없는 한마디가 한 어린 아이의 가슴에 평생 못을 박는 일이 될 줄은 아무도 몰랐을 것이다.

형체 없는 구속
대인공포증

겁 많고 소심한 데다 언니들보다 못나고 뒤떨어졌다는 생각에, 나는 점점 남 앞에 나서기를 꺼렸고 누가 나에 대해 무슨 소리를 하면 쉽게 주눅이 들고 위축되었다. 항상 '미운 오리 새끼'라는 생각을 버리지 못했다.

자존심이 강하고 민감한 성격인 나는 이런 병적인 모습 때문에 창피나 무안을 당하지 않을까 늘 두려웠다. 낯선 사람을 대하거나 사람들의 주목을 받는 환경에 처하면 가슴이 두근거리고 불안과 공포에 휩싸였다.

불안은 날이 갈수록 점점 더 심해졌다. 모르는 사람에게 말을 걸어야 할 때, 처음에는 떨리고 진땀이 나면서 말을 더듬는 증세가 나타났다. 그것이 점점 심해지니까 심장이 벌떡거리고 몸이 떨리고 경직되며 머릿속이 텅 빈 듯이 아무런 생각이 나지 않았다. 나 자신이 생각해도 심각한 정도였지만 이것을 병이라고 여기지는 않았다.

평소에 잘 아는 사람을 대할 때나 편안한 환경에서는 증상이 나타나지 않았다. 친구들 사이에서는 말 잘하고 웃기고 농담 잘하는 아이로 통했다. 성격은 급했지만 천성적으로 명랑 쾌활한 면도 많았다. 키가 크고 공부도 잘했기 때문에 항상 반에서 우등생 대열에 속했고, 친구들 사이에서는 리더였다.

그런 만큼 남에게 나 자신이 허약해 보이는 것은 절대로 용납할 수 없었다. 나는 머리가 나쁘지 않아서 장애에 부딪힐 때마다 교묘하게 모면해나가는 방법을 알고 있었다. 사람들의 주목을 받는 발표를 해야 할 때는 무슨 핑계를 대서라도 피했다. 다행히 공부를 잘했기 때문에 내가 발표를 하지 않아도 아무도 이상하게 생각하지 않았다. 그래서 친구들은 내가 이런 증상으로 괴로워하고 있는 줄은 꿈에도 몰랐다.

그때 만약 나의 이런 증상을 부모님이나 주변 사람들이 알았더라면 내가 불안장애에서 벗어날 수 있게 도와주었을지도 모른다. 그러나 아버지와 오빠는 무서웠고, 못났다는 자괴감에 빠져 있던 나는 더 이상 바보 취급을 받고 싶지 않았다. 나는 이런 증상이 있음을 절대로 내색하지 않았고, 나의 이 교묘한 위장술은 점점 더 올가미가 되어 나를 옭아매었다.

나는 대인공포증이라는 이 형체 없는 구속에서 벗어나기 위해 혼자 안간힘을 썼다.

고등학교 1학년 때, 우연히 신문에서 '대인공포증 치료'라는 광고를 보았다. 구세주를 만난 듯 반가웠지만 그곳을 찾아가는 자체만으로도 자존심이 상했다. 며칠을 고민한 끝에 용기를 내어 찾아가 상담을 했다. 돌아온 대답은 주변을 내 집같이 편안히 생각하고, 마음을 크게 먹고, 심호흡을 하고, 말을 할 때 첫마디를 길게 빼어 천천히 하면 된다는 것이었다.

상담소를 다녀온 뒤 나는 너무나 화가 났다. 주변을 내 집같이 편안히 생각하라고? 마음을 크게 먹으라고? 그걸 누가 모르나? 그것이 안 되니까 찾아간 것인데! 기대를 걸고 찾아간 곳이 전혀 도움이 되지 않는다는 것을 안 뒤로는 더 이상 상담소 같은 곳을 찾는 일은 하지 않았다.

나는 대인공포증으로부터 벗어나려고 애를 썼지만 불안한 마음과 공포는 더욱 심해져갔다. 삶의 의미가 없어지고, 내가 어른이 되었을 때 과연 제대로 인생을 살아갈 수 있을까 하는 두려움이 생겨났다. 친구는 많았지만 마음은 언제나 혼자였고 외롭고 힘들었다.

고등학교 2학년 때였다. 수업 시작 때마다 임의로 번호를 불러서 지난 시간에 배운 것을 물어보는 선생님이 계셨다. 항상 그 시간은 내게 공포였다. 아이들은 대답을 못해도 대부분 아무렇지도 않은 듯했지만 나는 그런 배짱이 없었다.

질문이 거의 끝나갈 즈음, 갑자기 내 번호를 부르는 소리가 들렸다. 나는 불안과 공포 속에서 계속 긴장하고 있었던 터라 정신이 하나도 없었다. 부르는 소리는 마치 먼 곳에서 아득히 들려오는 메아리 같았다. 옆자리 친구가 일어나라고 나를 찔렀다.

엉거주춤 일어났지만, 온몸은 전기에 감전된 듯 마비되었고 머릿속은 흰 모래사막처럼 하얗게 바래어 아무 생각도 나지 않았다. 틀린 대답이라도 하고 싶은데 입이 떨어지지가 않았다. 번호를 부르기 전까지는 분명히 답을 알고 있었지만, 결국 나는 대답을 하지 못했다.

한창 사춘기인 여학생이, 그것도 잘 아는 선생님 앞에서 대답을 못했으니 그 창피함은 이루 말할 수 없었다. 죽고 싶은 생각밖에 없었다. 그 뒤로도 창피했던 생각은 내 머리를 떠나지 않았다. 교정에서 그 선생님을 보면 멀리 둘러 가고, 수업시간에도 고개를 들지 못했다. 너무 긴장을 하면 기절한다고 하던데, 나도 아예 기절했으면 이처럼 모멸감을 느끼지는 않았을 것이라고 생각했다.

강박관념은 오히려 나를 점점 더 사지로 몰아넣었다. 어떤 때는 내가 왜 이렇게 고통을 받아야 하는가 싶어서 이불을 덮어쓰고 소리 없이 울기도 했고, 어떤 때는 내 사진들을 불태우기도 했다.

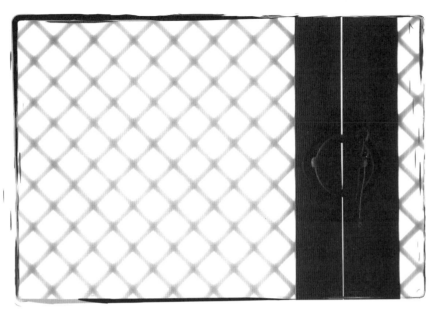

마음의 문을 열고 도움을 청했다면,
나의 10대를 대인공포증의 굴레 속에서
보내지 않아도 되었을 텐데…….
내 마음의 문을 닫은 것도,
교묘한 위장술로 괜찮은 척 행동했던 것도
나를 더욱 옭아매는 올가미가 되었다

남들 앞에서 당당하게 발표하고, 내가 가진 실력을 인정받고 싶었지만 할 수 없었다. 그때 나는 죽음이 두렵지 않았다. 천둥 번개가 치면 무서운 것이 아니라, 온 천지가 파괴되었으면 좋겠다는 생각에 희열감을 느꼈다. 마음은 점점 병적으로 비뚤어져 갔다. 고통 없이 죽을 수만 있으면 좋겠다는 생각을 버릴 수가 없었다. 그러나 겉으로는 더욱 큰소리치고 불가능이 없는 듯 행동했다.

고등학교 때 우리 가족은 한옥에서 살았다. 일요일 아침, 따뜻한 아랫목에 엎드려 책을 읽다가 무심코 고개를 들었다. 문지방을 따라 개미들이 줄지어 기어가고 있었다. 입에는 자기 몸보다 몇 배나 큰 먹이를 물었고 행렬은 끝없이 이어졌다. '여왕개미를 위해 평생 일만 하다가 죽는 바보 같은 놈들, 너희는 도대체 불만도 없느냐!' 이런 생각을 하고 있으니 갑자기 일개미들이 불쌍해졌다.

'개미들은 저 구속에서 벗어나고 싶지 않을까? 멍청한 놈은 구속인 줄도 모르고 살겠지. 그러나 똑똑한 놈은 평생을 몸부림치며 벗어나고 싶어 할 거야. 자유를 원할 거야. 그런데 벗어나고 싶어도 방법이 없지 않나. 죽는 길밖에는 도리가 없을 텐데. 내가 죽여줄까? 살생은 죄악이야. 그래도 방법이 없잖아. 어쩌면 똑똑한 개미들은 나에게 감사할지 몰라. 개미들은 갑작스러운 죽음을 천재지변이나 신의 장난이라고 생각하겠지.'

여기까지 생각이 미치자, 그 불쌍한 놈이 바로 나 자신임을 깨달았다. 나 대신 개미를 자유롭게 해주고 싶었다. 개미를 죽이면 개미들이 한없이 자유로울 것 같았다. 개미가 불쌍하다는 생각도 들었지만, 고통 없이 죽이면 오히려 나에게 감사할 것이 틀림없을 듯했다.

휴지에 물을 묻혀 줄지어 기어가는 개미들을 단번에 쓸어버렸다. 혼비백산 도망가는 놈들도 많았지만 순식간에 다 잡아 죽였다. 개미가 기어가던 문지방을 물걸레로 청소하고 나니 먼지 한 점 없이 깨끗해졌다. 그 후 더 이상 개미는 나타나지 않았다.

마음이 후련했다. 그러나 떠나지 않는 생각이 있었다. 개미들을 마음대로 죽일 수도 살릴 수도 있는 '나', '나'라는 존재는 과연 무엇일까? 나도 개미처럼 누군가의 손에 놀아나고 있는 것은 아닐까?

죽으면
자유로울까?

'책 속에 길이 있다'고 했다. 나는 정신적 자유를 찾기 위해 많은 책을 읽었다. 용돈만 생기면 책방을 돌아다니며 고전을 사거나 신간 서적들을 샀다.

언젠가 텔레비전의 공익광고에서 "출판된 책의 절반은 팔리지 않고, 팔린 책의 절반은 읽히지 않고, 읽힌 책의 절반은 이해되지 않는다"는 문구를 본 적이 있다. 바로 나에게 적용되는 말이었다. 그러나 나는 길을 찾기 위해 서점 주인이 권하는 대로 책을 사고, 제대로 이해하든 못 하든 읽었다.

『그리고 아무 말도 하지 않았다』의 작가 전혜린은 서울대학교 법대 3학년에 재학 중 독일 뮌헨대학교로 유학 가서 독문과를 졸업했다. 유학 때부터 시작한 그녀의 번역 작품들은 정확한 번

역과 유려한 문체로 많은 독자의 사랑을 받았다. 그러나 귀국하여 대학교수 생활을 하다가 서른한 살의 젊은 나이에 자살로 생을 마감했다.

'불꽃처럼 살아온 천재'라고 불릴 정도로 당대의 지성을 대표하는 뛰어난 여성으로 평가받던 그녀는 왜 죽어야만 했을까? 정신적 자유를 갈망하던 그녀의 갑작스런 죽음은 그녀를 사랑하던 많은 독자의 가슴에 큰 충격을 안겼다.

죽으면 모든 것에서 벗어나 자유로울까? 전혜린이라는 한 지성인의 자살은 내게 많은 것을 시사했다. 죽으면 만사가 편안하고 자유로워질 것 같은 생각이 들었다. 당시 나는 한쪽 호주머니에는 삶을, 다른 쪽 호주머니에는 죽음을 넣고 다닌다고 말할 정도로 죽음에 강하게 끌리고 있었다. 대인공포증이 치료를 받아야 하는 병인 줄 알았더라면 스스로 그렇게 자책하지는 않았을 것이다.

나는 결국 자살을 시도했다. 유서 같은 것은 쓰지 않았다. 비겁하게 죽는 놈이 변명 같은 것은 할 필요가 없다고 생각했다. 방 청소와 책상 정리를 말끔히 해놓고 수면제를 치사량보다 많이 먹었다.

그러나 삶의 고리는 의외로 질겼다. 죽지 않고 살아났다. 아버지가 나를 업고 병원으로 달려가 위세척하고, 의식이 돌아오고, 다시 집으로 실려 오는 데 사흘이 걸렸다. 하지만 나는 아무런 기억이 없었다. 눈을 떠보니 내 방이었다.

지금까지도 부모님과 형제들에게 고마운 것은, 아무도 그때 내게 왜 죽으려 했는지 묻지 않았다는 것이다. 만약 누군가 내게 왜 죽으려 했는지를 물었다면, 나는 모멸감으로 또다시 자살을 시도했을지 모른다. 나중에 불교를 공부한 뒤에 안 사실이지만 불교에서는 자살이 금지되어 있다.

불교 경전에 이런 내용이 있다.

어떤 비구가 중병에 걸려 엄청난 고통을 받고 있었다. 그의 동료들은 괴로운 심정으로 지켜보았지만 고통을 덜어줄 방법이 없었다. 그들은 동정심에서 그에게 죽음에 대해 호의적으로 말했다. 그 말을 들은 비구가 음식물 섭취를 중단하자 곧 세상을 떠났다.

동료들은 후회스러운 마음이 들었고 이런 의문이 생겼다. "우리가 교단의 계율을 위반한 것은 아닌가?" 비구들은 이 문제를 석가모니께 보고했다. 석가모니는 "비구들이여! 너희들은 계율을 위반한 죄가 있다"고 말했다. 비록 동정심에서 한 행동이지만, 동료 비구들은 죽음을 조장했다는 죄목으로 교단에서 영원히 추방당했다.

동정심에서 죽음을 조장한 죄도 교단에서 쫓겨나는 최고의 중벌을 받는데, 직접 자살하는 것은 말할 필요가 있겠는가? 철 모르는 시절의 분별없는 행동이었다.

석남사 인홍 스님

    나는 가족들 어느 누구도 왜 죽으려 했는지 묻지 않는 것이 오히려 부담이 되어서, 더 이상 죽을 생각을 하지 못했다. 방에만 틀어박혀 있었다. 어머니는 내 눈치만 보며 또 어떻게 될까봐 안절부절못하셨다. 가족들을 대하는 것이 부자유스러웠다. 어딘가 조용한 곳으로 떠나 있고 싶었다. 휴학하고 절에 가 있고 싶다고 하니 순순히 들어주었다.

    자살을 시도한 이후로 그렇게 무섭던 아버지가 변하셨다. 말씀은 하지 않았지만, 나를 위해 무엇이든 해주려고 애쓰는 모습이 역력했다. 내가 절에 가는 것을 허락한다는 것은 여태까지 알고 있던 아버지로서는 도저히 있을 수 없는 일이었다.

    어머니는 불교신자였지만 아버지 때문에 절에 마음 놓고 한

번 다녀오지 못했다. 초파일이나 공식적인 날 외에는 몰래 다녀오셨다. 그처럼 엄한 아버지였다. 어머니는 가끔 푸념하셨다. "젊을 때 친정에 가도 하룻밤을 자고 오지 못했다." 그래서 어머니는 내세에는 절대 아버지를 다시 만나지 않고 출가하여 수행하고 싶다고 했다.

부모님은 부산에도 사찰이 많이 있었지만 수소문해서 비구니 스님들만 계시는 언양 석남사에 가 있게 하셨다. 당시 석남사 주지 스님은 한국 비구니계의 한 획을 긋고 타계하신 인홍 큰스님이셨다. 석남사를 손수 중창하셨을 뿐만 아니라 계율과 수행이 철저하고 엄한 분이셨다. 그래서 '가지산 호랑이'라고 불렸다.

자살이라는 불미스러운 일이 내가 불교와 인연을 맺는 동기가 되었고, 이로 인해 내가 평생 불교인으로 살게 될 줄은 꿈에도 몰랐다.

석남사는 초행인 데다 가는 길이 험했다. 아버지는 멀미가 심한 나를 생각해서 승용차를 구해오셨다. 지금은 도로 사정이 좋아서 부산에서 언양 석남사까지 한 시간이면 충분하다. 그러나 그 당시는 부산에서 아침 일찍 출발하면 늦은 점심을 먹을 때에야 석남사에 도착할 수 있었다. 버스를 타면 거의 하루 종일 걸렸다.

1960년대 말은 아직 경부고속도로가 완공되기 전이었다. 부산에서 언양까지는 국도를 이용했는데 언양 읍내에서 석남사로

가는 길은 돌이 많은 비포장 도로였다. 움푹 파진 길을 달릴 때마다 천장에 머리가 부딪치고, 돌길을 달릴 때는 좌우로 사정없이 흔들려 손잡이를 잡지 않으면 제대로 앉아 있을 수가 없었다. 이정표가 제대로 되어 있지 않아서 도중에 내려 물었더니 어제 비가 와서 개울을 건너지 못할 것이라고 했다.

개울을 건너야 하는 줄 몰랐다. 그러나 되돌아갈 수는 없었다. 한참을 달려가니 징검다리가 놓인 개울이 나왔다. 역시 물이 불어서 차가 지나갈 수 없었다. 놀러가는 길이었다면 분명히 되돌아갔을 것이다.

그러나 아버지는 포기하지 않고 동네 사람들과 함께 큰 돌을 개천으로 옮겨 돌다리를 만들었다. 겨우 아슬아슬하게 지나는가 싶더니 마지막 부분에서 승용차 뒷바퀴가 개울물에 빠져버렸다. 동네 사람들이 뒤에서 차를 밀었다. 몇 번을 공회전한 끝에 겨우 개울을 빠져나올 수 있었다.

나는 미안한 마음에 독백처럼 중얼거렸다.

"이렇게 길이 험한 줄 알았으면 오지 말걸."

그러자 아버지는 불편한 기색 하나 없이 어머니에게 말했다.

"오늘 날도 좋고, 마침 동네 사람들이 있어서 다행이었네."

"절에 가는 길이니까 다 부처님이 도운 겁니다."

어머니도 힘든 내색하지 않고 대꾸했다.

철없는 딸의 마음이 행여 변할까봐 힘들어도 불평 한마디 하

사진 장성진

한국 비구니계의 한 획을 긋고 타계하신 인홍 큰스님은
계율과 수행이 철저하고 엄해서
'가지산 호랑이'라고 불리셨다.
나를 불교와 인연 맺게 해주시고,
참수행자의 진면목을 보여주신
스님의 인자한 미소가 그립다

지 않던 당신들, 이것이 부모의 마음일까?

나는 절에서 책이나 읽고 계곡물에 발이나 담그고 쉴 생각이었다. 자유로운 사고로 차나 마시며, 구름 따라 물 따라 걸림 없이 여유로운 생활을 하는 곳이 절이라고 생각했다. 그런데 절에 들어간 첫날부터 그런 생각이 오산이었음을 알았다.

도착한 날 오후, 모두 돌아가고 혼자 남게 되자 계곡으로 내려가 물가에 한가롭게 앉아 있었다. 조금 있으니 행자 스님이 달려왔다. 곧 저녁예불이 있으니 참석하라는 것이었다. 마음속으로 '오늘은 첫날인데 굳이 참석해야 하나? 스님도 아닌데' 하는 생각을 하며 뒤따라갔다.

법당에는 이미 수십 명의 스님이 줄지어 앉아 있었다. 늦게 도착한 나는 스님들의 따가운 시선을 받으며 맨 뒤에 앉았다. 예불이 끝나자 인홍 스님이 내게 말씀하셨다.

"하루 종일 공부하면 지겨울 텐데, 하루 세 번 하는 예불에 참석하면 기분전환도 되고 좋을 거야."

"예? 하루 세 번이나요?"

몰래 중얼거렸다.

절에서는 대중이 모두 새벽 3시에 일어났다. 3시 반 아침예불을 시작으로 하루 일과가 시작되면 점심(사시)·저녁예불 등 밤 9시까지 자기가 맡은 소임을 완수하기 위해 눈코 뜰 새 없이 움직였다. 청소하고 경전 공부하고 좌선하고 예불하고 공양 준비하는 모습은 옆에서 보기만 해도 바빴다.

밤늦게 자고 아침에 학교 가라고 깨워야 겨우 일어났던 나는 절에 들어온 다음 날부터 괴로움의 시작이었다. 집에서라면 한창 잘 시간인 새벽 3시에 일어나서, 비몽사몽 법당에서 아침예불을 마치고 돌아와 따뜻한 구들에 누우면 극락이 따로 없었다. 잠이 들 듯 말 듯 의식이 가물가물할 때쯤이면, 인홍 스님이 경내 순시를 나서며 내 방문을 두드리고 물으셨다.

"옥이, 공부 잘하나?"

깜짝 놀라서 벌떡 일어나 책상 앞에 앉아 공부하는 체했다. 경내 순시를 마치고 돌아가실 때도 인홍 스님은 다시 내 방문을 두드리며 필요한 것이 없냐고 물으셨다. 졸고 있던 나는 아무 일도 없었다는 듯 필요한 것이 없다고 태연하게 대답했다. 스님은 매일 이렇게 하셨다. 분명히 스님의 작전이었다.

식사 시간에도 나는 스님들과 함께 발우공양을 했다. 감히 속인이 함께할 수 없는 자리였지만 인홍 스님의 특별 배려로 발우공양을 하게 되었다. 나중에 안 사실이지만, 인홍 스님은 내가 고등학교를 졸업하면 출가시키고 싶어 하셨다.

말석에 자리가 배정되었다. 말석은 아직 정식 스님이 되지 못한 행자 스님들의 자리였다. 공양하기 전에 행자 스님들은 대중이 공양을 할 수 있게 준비를 해야 하고, 공양이 끝날 즈음에는 먼저 일어나서 치워야 했다. 간단히 말하면, 행자 스님들은 식사를 제대로 할 시간이 없었다. 이것이 행자 스님들의 수행인 줄은 나중에 알았다.

나도 말석에 앉았으니 행자 스님들과 행동을 같이 해야 했다. 학교생활만 했던 고등학교 2학년생, 일은 서툴렀지만 눈치는 빨랐다. 벌떡 일어나 재빠르게 반찬상을 옮기고, 밥통을 나르고, 국냄비를 날랐다.

식사할 때는 시간이 없기 때문에 국그릇에 밥과 반찬을 한데 넣어서 재빨리 퍼먹고는 고개를 숙인 채 정자세로 앉아 있었다. 언제 인홍 스님의 '끝났다'는 사인이 나올지 모르기 때문이었다. 누가 시킨 것도 아니었지만, 인홍 스님과 대중 스님들의 시선이 나에게 꽂혀 있는 듯해서 그렇게 하지 않을 수가 없었다. 음식이 코로 들어가는지 입으로 들어가는지도 모르게 서둘러 먹는 공양 시간은 내게 또 하나의 괴로움이었다.

공양이 끝나면 때때로 '대중공사(大衆公事)'라고 해서 스님들의 잘못한 일을 지적하고 야단치는 시간을 갖는다. 주로 행자 스님들이 대상이다.

어느 비 오는 날이었다. 인홍 스님은 행자 스님 한 분을 호되게 야단치고는 환속하라고 하셨다. 행자 스님은 변명 한번 제대로 하지 못하고 쫓겨나게 되었다. 하긴 40~50명이나 되는 스님들이 지켜보는 앞에서 무슨 배짱으로 변명하겠는가? 죄목이 무엇이었는지 기억나지 않지만 당시 내 생각으로는 분명히 쫓겨날 정도의 죄는 아니었다. 계율이 무엇인지 몰라도 이렇게까지 해야 하나 하는 생각이 들었다.

방으로 돌아온 뒤 문틈으로 밖의 동태를 살폈다. 행자 스님은 등에 짐을 메고 우산도 없이 보슬비를 맞으며 혼자 걸어 나가고 있었다. 아무도 나와 보지 않았다. 비정했다. 무슨 죽을죄를 지었기에 전송하는 사람 하나 없단 말인가. 행자 스님이 보슬비를 맞으며 걸어가던 모습은 수행처의 실상을 몰랐던 나를 오랫동안 가슴 저리게 했다.

결국 나는 2주를 버티지 못하고 집으로 돌아왔다. 요즘 말하는 '템플스테이'를 호되게 하고 나온 셈이다. 공부하기 힘들 때는 수녀가 될까 승려가 될까 온갖 생각을 다했지만, 막상 사찰의 실상을 알고 나니 공부하는 것이 제일 쉬운 일이라는 것을 알았다.

사람들은 누구나 자기가 경험해보지 않으면 쉽게 생각하고 가볍게 말한다. 깨달음을 위해 부모도 자식도 버리고 출가한 사람들이 모여 수행하는 곳이 절이다. 사회 어느 곳보다 피나는 노력이 있어야 결실을 맺을 수 있다. 그런데 어째서 그곳을 차나 마시고 산사의 여유를 즐길 수 있는 곳이라 생각했는지…… 내가 무식해도 한참 무식했던 것이다.

집으로 돌아왔지만 마음이 안정될 리가 없었다. '나'라는 존재가 무엇인지, 왜 사는지 알 수가 없었다. 아무리 열심히 살아도 결국은 죽을 수밖에 없는데 왜 살아야 하는지, 그것이 문제였다. 휴학하는 동안, 나는 책이나 보고 쓸데없는 잡생각으로 소일했다. 이때 나에게 삶의 희망을 불어넣어준 책이 있었다. 고승들의 목숨을 건 구법여행과 뼈를 깎는 선(禪) 수행 체험기였다.

> 장안(長安)에서 출발하여 서쪽으로 사막을 건넜다.
> 하늘에는 새도 없었고 땅에는 들짐승도 없었다. 사방을 둘러보면 망망하기만 할 뿐 가야할 곳을 가늠할 수 없었다. 오직 해를 보고 동서를 구별하고 해골을 보고서 행로를 정할 뿐이었다. 때때로 열풍과 악귀가 출몰했으며 그것을 만나면 죽음을 면치 못하였다.

중국의 고승 법현 스님(4~5세기)의 인도 구법 여행기인 『법현전』에 나오는 대목이다. 죽음도 불사하고 인도 구법 순례를 떠났던 법현 스님의 여정은, 목숨을 가볍게 생각한 내게 삶의 불씨를 안겨주었다. 어차피 죽을 목숨, 값지게 써먹고 죽어야겠다는 생각이 들었다. 그러나 이 불씨가 살아나기까지는 많은 시간이 필요했다.

나의 길을 찾아서

대학에 갈 때, 자신의 적성을 최우선으로 고려하여 학과를 선택하는 사람이 과연 몇이나 될까? 그리고 적성에 맞는다고 택한 전공이 과연 평생을 두고 하고 싶은 일일까? 성질이나 성격이 그 일에 맞으면 적성이라고 한다. 그런데 성질이나 성격은 여러 가지 요인에 영향을 받는다.

나는 어릴 때부터 언어나 역사 쪽보다는 수학이나 자연과학 쪽을 선호했다. 지금 생각해보면, 말을 더듬는다는 강박관념이 국어나 역사처럼 언어를 많이 사용하는 과목을 의도적으로 피하게 했는지도 모른다. 아무튼 나는 대학에 갈 때쯤 수학이나 자연과학 쪽을 내 적성이라고 여기고 있었다.

언니, 오빠가 서울로 대학을 갔으니 나도 당연히 서울로 갈 생각이었다. 그런데 집에서 가지 못하게 했다. 따져 묻지도 않았고 더 이상 말을 하지 않았다. 보내주지 않는 이유를 내 스스로 잘 알고 있었다. 등록금과 하숙비를 댈 형편도 되지 못했지만, 혼자 두면 또 죽을지도 모른다는 생각 때문이었을 것이다.

아버지가 부산대학교 원서를 사오셨다. 뜻밖이었다. 아버지가 입학원서를 사 온다는 것은 분명히 있을 수 없는 일이었다. 자살 사건 이후로 별로 말을 하지 않으니 집에서는 무척 불안했던 모양이다.

아버지는 원서를 내놓으며 말씀하셨다.

"작년에 부산대학교에 사범대학이 신설되었는데, 초창기라서 교수로 남을 가능성이 높다고 하더라."

나는 대꾸를 하지 않았다. 무리하게 우기고 싶지 않았다. 될 대로 되라는 생각이었다. 화학과를 선택했다. 말을 많이 하지 않아도 되는 실험실습 위주의 학과였기 때문이다.

대학 입학시험을 치르는 날, 아버지가 직접 부산대학교까지 태워다 주셨다. 우리 집 7형제 입학식이나 졸업식에 한 번도 참석해본 적이 없는 아버지였다. 시험 보러가지 않고 다른 곳으로 샐까봐 걱정이셨던 모양이다.

오후에 시험이 끝나고 별다른 생각 없이 정문을 나서는데 뒤에서 누가 불렀다. 뜻밖에도 어머니였다. 내가 왜 기다렸느냐고 화를 내자, 아버지도 기다린다고 하셨다. 멀리서 걸어오는 모습이 보였다. 아버지는 나를 보자마자 "학교 뒷산이 너무 좋아서 구경하느라고 여태까지 있었다"고 하셨다. 변명 아닌 변명, 내 기를 거스르고 싶지 않았던 것이 분명했다.

아버지는 내가 대학에 입학하면 학교를 그만두거나 외톨이로 생활하지 않을까 노심초사한 듯하다. 합격자 발표가 있던 날, 아버지는 평소보다 늦게 귀가하셨다. 나를 부르더니 카메라 장비 일체를 내놓으며 "카메라 가게 주인이 사진 예술을 하려면 이 정도는 갖춰야 한다더라"는 말을 하시고는 방으로 들어가셨다. 우리 집 형편으로는 감히 엄두도 내지 못할 고가품이었다.

지금은 카메라가 흔하지만, 1970년대 초인 당시만 해도 귀한 물건이었다. 카메라를 메고 시골로 촬영을 나가면 영혼이 빠져나간다고 찍지 못하게 하거나, 카메라를 처음 본 어린이들은 신기해하며 따라다니기도 하고 한 번만 만져보자고 조를 정도였다. 이런 카메라를 뜬금없이 받고 나니 마음이 착잡했다. 아버지의 노심초사하는 심정을 어느 정도는 알 것 같아서 우울했고, 한편으로는 사진부 동아리에 가입해서 새로운 생활을 시작하는 것도 부담이 되었다. 책이나 읽으면서 조용히 대학생활을 보내려고 했는데, 아버지는 내 마음을 미리 간파했던 것이다.

내가 어른이 된 뒤에도 어쩌다 이 시절 생각이 떠오르면, 그때 참담해했을 아버지의 심정이 느껴져 아버지 가슴에 대못을 박는 불효를 저질렀다는 생각에 눈시울을 적시고는 한다.

대학에 들어가서도 방황은 끝나지 않았다. 항상 새장에 갇힌 새처럼 자유가 그리웠다. 나는 사진부 동아리에 들어갔고 사진 촬영을 빌미로 많은 여행을 했다. 삼등열차에 몸을 싣고 밤새껏 달려 찾아간 어촌의 아침 경매시장, 한여름 시골 간이역에 무작정 내려 피사체를 찾아 뜨겁다 못해 하얗게 바래버린 시골 국도를 끝없이 걸어가던 기억. 노인정, 고아원, 호스피스 병동 등 삶의 애환이 어려 있는 곳이면 어디든 찾아다녔다.

아버지의 예상대로 나도 모르게 진취적이고 명랑 쾌활한, 또 하나의 내 성격을 되찾아갔다. 처음에는 재미로 시작했던 사진 활동이 촬영 여행을 다니면서 강보에 싸인 나에게 인생을 보는 눈을 뜨게 해주었고, 삶에 대한 강렬한 의지를 갖게 한 것이다.

또한 많은 사람을 만나는 과정에서 대인공포증도 조금씩 나아져갔다. 사람들의 주목을 받는 상황이 되면 여전히 불안과 공포가 엄습했지만, 그 전처럼 자나 깨나 껴안고 괴로워하지는 않았다.

나는 '정신적 자유'를 찾기 위해 교양학부의 철학 과목을 열심히 들었다. 형체 없는 구속, 대인공포증에서 벗어나 자유롭게 되는 방법을 찾기 위해서였다. 그런데 수업시간에는 비현실적이고 실생활과는 동떨어진 구름 잡는 소리만 했다. 기말시험에 내 나름의 비판적인 내용을 썼더니 F학점을 받았다. 낙제였다.

학점은 비록 F였지만, 철학 강좌는 나로 하여금 '정신적인 무엇'을 찾는 계기를 만들어 주었다. 철학이나 종교 서적들을 읽어야 한다는 이상한 의무감에 사로잡혀 뜻도 제대로 이해하지 못하면서 닥치는 대로 읽었다. 성경과 불경, 니체와 쇼펜하우어, 논어와 노장 사상까지 읽었다. 이 때문인지 4학년 때 철학 과목 재수강을 했을 때는 A학점을 받았다. 그러나 그런 책들이 내가 원하는 욕구를 채워주지는 못했다. 항상 뭔가 허전하고 외롭고 갈증을 느꼈다.

당시 나는 나 자신을 객관화시켜서 바라보곤 했다. 눈을 감고 앉아 있으면 광활한 들판에 한 마리 외로운 승냥이가 비를 맞고 울부짖는 모습이 보였다. 외로운 영혼의 소유자, 바로 나의 모습이었다.

그러다가 대학 3학년 때 읽은 불교 서적에 "깨달으면 대자유인이 된다"는 구절이 있었다. '대자유인', 눈이 번쩍 뜨였다. 내가 지금까지 찾고 있었던 것이 아닌가! 그때부터 나는 불교에 많은 관심을 가지게 되었고 불교 서적에 심취했다.

그러나 읽으면 읽을수록 뭐가 뭔지 알 수가 없었다. "마음의 주인공을 찾는다"는 말은 무척 매력적이었다. 내가 나의 주인인데, 주인 노릇을 못하니까 불안과 공포에 휩싸이고 안절부절못하는 것이다. 마음의 주인을 찾음으로써 모든 장애에서 벗어난다는, 참으로 명쾌한 이론이었다.

그런데 어떻게 해야 마음의 주인이 될 수 있단 말인가? 방법론이 나와 있지 않았다. 불교에 대해 더 전문적으로 알아야겠다는 생각이 들었다. 나는 불교에 심취할수록 점차 내 적성을 의심하게 되었고, 급기야 내가 평생 후회하지 않고 할 수 있는 일이 무엇일까 심각하게 고민하게 되었다. 더 정확히 말하면, 지금까지 적성에 맞다고 생각해왔던 화학이 재미가 없어지면서 화학을 전공한 것이 먹고사는 수단 외에는 내가 살아가는 데 무슨 의미가 있을까 회의를 느끼게 된 것이다.

나는 대학을 졸업하고 대학원에 진학한 후 운 좋게 조교로 남았다. 그러나 이미 마음이 떠난 뒤라 더 이상 그곳에 머무는 것이 무의미했다. 불교를 전문가 수준으로 알고 싶었다. 어머니를 따라 절에 가보면 정식 스님이 되기 전에 행자, 사미니 과정을 6~7년간 혹독하게 거쳐야 했다. 나는 그럴 시간이 없었다.

수소문한 끝에 동국대학교에 스님이 아닌, 일반인들도 전문적으로 불교를 공부하는 불교학과가 있다는 것을 알았다. 고심 끝에 학사편입을 하기로 결정했다. 문제는 학비였다. 등록금 마련하기가 막막했다. 국립 부산대학교에 2년간 낸 등록금과 사립인 동국대학교의 한 학기 등록금이 비슷했다.

그러나 포기할 수 없었다. 계산해보니 조교로 받는 월급을 2년 정도 모으면 일단 상경을 할 수는 있을 것 같았다. 큰 결단이 필요했다. 어머니에게 넌지시 물었다. 동국대학교 불교학과에 학사편입 하면 어떻겠냐고. 어머니는 일언지하에 반대하셨다.

당연히 그럴 줄 알았다.

"남들은 대학에 한 번도 가기 힘든데, 대학원을 가는 것도 아니고 학부 과정을 두 번씩이나 한다니 말이 되는 일이냐? 앞으로 교수가 될 수 있는 좋은 직장을 두고, 스님도 아닌데 불교학과를 왜 가니?"

"불교학과는 불교를 공부하는 곳이지, 스님 되는 곳이 아니란 말입니다."

"그래도 안 된다."

어머니는 단호했다. 나는 어머니가 평소 하시던 말씀을 떠올려 대꾸했다.

"내세에는 출가해서 도를 닦는 수행자가 되면 좋겠다면서 나는 왜 안 된다는 말입니까?"

"그건 내 소원이고 너는 안 된다."

"나는 어머니의 소유물이 아닙니다."

어머니는 말을 돌려 다른 말씀을 하셨다.

"돈이 어디 있니? 먹고살기도 힘든데."

"시집보낼 돈 미리 주면 되잖아요."

"대학공부 시켜주었으면 시집은 네가 벌어서 가야지 무슨 소리야."

"그럼 됐어요. 내가 벌어서 갈 테니까."

당시에 여성이 대학에 가는 비율은 지금에 비해 훨씬 낮았다.

그런데 대학원도 아닌 학부로, 그것도 불교학과로 진학한다니 누가 들어도 반대할 일이었다.

독실한 불교신자였던 어머니셨지만 딸이 불교를 전문적으로 공부하겠다는 것에 대해서는 한사코 반대했다. 동국대학교 불교학과에 가는 것은 스님이 되는 것이나 마찬가지라고 생각했기 때문이다. 지금도 그렇게 생각하는 사람이 많은데 40여 년 전에는 오죽했겠는가.

어머니는 내가 아무리 스님이 되는 것과 불교학과는 상관이 없다고 설명해도 믿어주지 않았다. 어머니를 이해할 수 없었다. 평소에 당신은 내세에 출가하여 수행하고 싶다면서 왜 딸은 안 된다고 하는지.

나중에 안 것이지만, 당신은 아무리 힘든 수행이라도 해낼 수 있지만 딸이 힘든 수행을 하는 것은 못 본다는 것이었다. 고금을 통한 한결같은 부모의 마음이었다.

내가 고등학교를 졸업하자 인홍 스님은 아버지에게 나를 출가시키라고 권유하셨다. 아버지는 적당히 대답할 말이 없어 대학을 졸업한 뒤에 보자고 얼버무렸다. 스님은 내가 대학을 졸업하기를 기다리셨다. 그런데 뜬금없이 불교학과로 학사편입 한다는 이야기를 듣고 내게 말씀하셨다.

"교리는 절에서도 배울 수 있어. 참선을 해서 곧바로 마음을 뚫으면 대자유인이 된다."

"저는 불교 교리를 전혀 모르기 때문에 우선 전문지식이 필요합니다."

"참선을 하면 교리도 단박에 알 수 있어. 왜 지름길을 두고 둘러가려 하느냐. 참선을 해야 돼, 참선을."

그래도 나는 우겼다.

"불교 교리를 확실히 알고 나서 참선하겠습니다."

이렇게 대답은 했지만 속으로는 다른 생각을 했다.

'백날 앉아만 있으면 뭐합니까? 졸기만 하는데. 나는 교리를 꿰뚫어 대자유를 얻겠습니다.'

그때는 교리에만 통달하면 대자유인이 될 것 같은 당돌함과 오만함이 있었다. 이론과 실천, '머리로 생각하는 것'과 '몸으로 행하는 것'이 전혀 다른 문제라는 것을 그때는 꿈에도 생각하지 못했다.

당시 내 주위의 모든 사람은 나의 이런 변신을 결코 달갑게 여기지 않았다. 같은 과의 한 교수님은 내가 불교학과로 편입한다는 소문을 듣고 장시간 설득을 했다. 그래도 끝내 내가 뜻을 굽히지 않자 나를 인생을 포기한 사람으로 여겼다. 그것이 당시 일반인들이 불교 공부를 하겠다는 사람들을 보는 시각이었다.

불교학과로 학사편입

　스물일곱 살의 봄, 청운의 꿈을 안고 동국대학교 불교학과 3학년에 학사편입 했다.

　어느 날 모 교수님이 넌지시 물었다. 실연해서 잠시 피해온 것 아니냐고. 나중에 안 것이지만 같은 과 학생들도 처음에는 그렇게 생각한 사람이 많았던 것 같다.

　불교를 연구하는 사람이나 스님들을 보는 일반적인 시각이 왜곡되어 있는 줄은 알았지만, 같은 과의 교수님과 학생조차도 순수하게 공부하러 왔다는 말을 믿어주지 않으니 어처구니가 없었다. 그때 생각대로였다면 "그러면 여러분은 모두 과거가 있어서 불교 공부를 하게 되었습니까?"라고 한마디 해주고 싶었지만 부질없는 행동이라는 생각에 그저 웃고 말았다.

이런 따가운 시선은 집에서도 마찬가지였다.

서울로 올라와 언니 집에 신세를 지게 된 지 얼마 되지 않은 어느 날이었다. 하루는 언니 시집 식구들이 놀러왔다가 내가 함께 살고 있다는 것을 알게 되었다. 시동생 한 분이 방으로 들어가면서 작은 소리로 언니에게 물었다.

"동생 나이가 상당히 되었지요? 올해 몇입니까?"

"스물일곱이에요."

언니는 주저하다 대답했다. 당시 여성들의 결혼 적령은 24~25세로, 27세가 되면 이미 노처녀 소리를 들을 나이였다.

"서울에는 무슨 일로요?"

"공부를 더 하겠다고 동국대학교에 편입했어요."

"무슨 과요?"

"국문괍니다."

자존심 강한 언니가 기어들어가는 목소리로 '국문과'라고 대답했다. 시집갈 나이를 넘어선 여동생이 불교학과에 편입했다고 하면, 보나마나 실연당해 스님이 될지도 모른다고 생각할 것이 뻔했기 때문이다.

언니의 대답을 듣는 순간 가슴이 미어지는 듯한 실망감이 나를 엄습했다. 내가 왜 이렇게 구차한 인간으로 전락해버렸나? 그 순간 거짓말을 할 수밖에 없는 언니의 입장을 이해하면서도 기분이 우울했다.

그러나 내가 겪은 이 일은 아무것도 아니었다. 한 후배의 이야기를 들어보면 정말 가관이었다. 그의 집에서는 불교 공부를 하러 동국대학교 불교학과에 간다고 하니까 처음에는 굿을 하더니 나중에는 정신병원에 입원까지 시키더라는 것이다. 얼핏 들으면 과장인 것 같고 특수한 경우라고 할 수 있겠지만, 불교에 대한 시각이 상당히 왜곡되어 있던 것만은 사실이었다.

나는 불교학과 교수님들의 배려로 산학협동 장학금이라는 큰 장학금을 받게 되었고, 경제적으로 큰 부담 없이 무사히 불교학과 학부를 졸업하고 다시 대학원 석사 과정에 진학했다.

대학원 과정에서도 운 좋게 교내의 불교문화연구원 조교를 할 수 있었다. 조교 일을 하고, 석사논문을 준비하는 와중에도 나는 간간히 신간 서적을 읽었다. 그때 읽은 한 권의 책, 『갈매기의 꿈』은 나의 인생을 완전히 바꾸어놓았다. 내용은 이렇다.

생존을 위한 삶보다는 자유의 참다운 의미를 깨닫기 위해 비상을 꿈꾸는 한 마리 갈매기, 조나단 리빙스턴. 동료 갈매기들의 따돌림에도 꿋꿋하게 자신의 꿈에 도전한다. 그는 죽음의 위험을 무릅쓰고 수천 피트 상공에서 자신의 한계 속도를 넘어 수직 강하한다. 실패하면 수백만 조각으로 갈기갈기 찢어진다는 사실을 알면서도. 목숨을 건 피나는 노력과 눈물겨운 인내로 그는 마침내 비상의 꿈을 실현한다.

나는 더 멀리, 더 높이 날고 싶었다.
현실에 안주하지 않고, 꿈과 이상을 실현하고 싶었다.
정신적 자유를 얻은 자유자재한 삶을 살고 싶었다

그러나 그는 자기만족에 안주하지 않고, 각자가 가진 초월적 능력을 계발하기만 하면 누구나 자기 한계를 뛰어넘을 수 있다는 신념을 가지고, 자신을 따돌린 동료 갈매기들에게 초월의 경지에 이르는 길을 가르쳐준다. 그리고는 마침내 완전한 자유를 얻은 빛나는 갈매기가 되어 어두운 하늘 저쪽으로 사라진다.

나는 이 작품을 읽자마자 내가 2년간 배운 불교사상이 바로 이것이라는 것을 알았다. 불교에서는 깨달음, 곧 '대자유'를 얻기 위해서는 자리와 이타의 행동이 필요하다.

자리행(自利行)이란 자신을 이익 되게 하는 행동, 곧 자신이 수행하여 '지혜로운 자'가 되는 것이고, 이타행(利他行)은 남을 이익 되게 하는 행동, 곧 아무런 욕심 없이 자비심으로 남을 구제하는 것을 말한다. 자리와 이타, 이 두 행동이 다 완성되었을 때 '대자유인', 즉 깨달은 자가 되는 것이다.

『갈매기의 꿈』에서 "목숨을 건 피나는 노력과 눈물겨운 인내로 비상의 꿈을 실현한 것"은 불교에서 말하는 '자리행'이고, "자신을 따돌린 동료 갈매기들에게 초월의 경지에 이르는 길을 가르쳐준 것"은 '이타행'이다. "그리고는 마침내 완전한 자유를 얻은 빛나는 갈매기가 되어"는 자리와 이타의 행동이 완성되어 대자유와 깨달음을 얻은 것이고, "어두운 하늘 저편으로 사라졌다"는 완벽한 대자유를 얻었기에 대자유라든가 깨달음이라는 흔적조차 없는 경지가 되었다는 뜻으로 볼 수 있다.

나는 이 책을 읽고 주인공 갈매기처럼 창공을 비상하고 싶었다. 현실에 안주하지 않고 꿈과 이상을 실현하고 싶었다. 대인공포증이라는 형체도 없는 속박에 묶여 두려워하고 있는 자신이 억울했다.

"억울하면 출세하라"고 했다. 나에게 출세는 돈이나 명예가 아니었다. 대인공포증이라는 불안과 공포에서 벗어나 자유자재한 삶, 정신적 자유를 얻는 것이었다. 『갈매기의 꿈』의 저자는 "가장 높이 나는 새가 가장 멀리 본다"고 했다.

한국 내에서만 발버둥 쳐서는 안 된다. 더 넓은 세상으로 나가자. 실력을 갖춘 큰 사람이 되면 대인공포증 같은 것도 없어질 것 아닌가? 이것을 극복하기 위해서는 더 높이 더 멀리 날아야겠다고 생각했다. 이판사판 부딪치기로 했다.

나는 말없이 유학을 준비했다.

높이 나는 새가
멀리 본다

　사람들은 대학원 석사학위를 받으면 그 전공에 대해 전문가 수준으로 알고 있으리라고 생각한다. 그러나 실제로는 그렇지 않다. 나 자신으로 말하면, 이제 겨우 세부 전공 분야를 정해서 기초적인 공부를 한 정도에 지나지 않았다.

　나는 석사학위 정도로 만족할 수 없었다. 불교학의 세계적인 석학이 있는 곳으로 가서 배우고 싶었다. 신라시대의 혜초 스님이 죽음도 불사하고 중국을 거쳐 인도까지 구법순례를 떠난 이유가 어디에 있겠는가? 좋은 스승을 만나 더 깊은 지혜와 더 넓은 자비를 얻기 위해서였다.

　전문적인 불교 연구를 위해 유학 간다고 하면, 일반적으로 불교의 발상지인 인도 유학을 생각한다. 그러나 지금 인도는 힌두

교가 주류로 불교는 거의 없고 유적지만 남아 있을 뿐이다. 불교 연구 분야의 업적물이나 학자 수에서 세계 최고 수준은 일본이다. 그중에서도 도쿄(東京)대학이나 교토(京都)대학 문학부의 불교 전공 교수들이 손꼽힌다.

1980년대 초반은 유학 가는 사람이 드물었다. 집이 부유하거나, 장학금을 받거나, 친척이 있거나 하지 않으면 엄두를 내지 못하였다. 나는 일본의 도쿄대학으로 유학을 가기로 마음먹었다. 내가 유학을 간다는 것은 요즘말로 하면 맨땅에 헤딩하는 짓이었다. 그래도 나는 가야 했다. 집안의 반대와 경제적인 문제가 발목을 잡았지만 진정으로 원하는 사람에게는 문제가 되지 않았다.

먼저 어머니의 반대에 부딪혔다.

"무슨 돈으로 유학을 가니?"

"걱정하지 마세요. 돈은 알아서 할 테니까."

나는 아무런 대책도 없으면서 큰소리쳤다.

"내가 살면 얼마나 산다고 떠난다고 그러니?"

당시 어머니는 간경화로 투병 중이셨다. 그 말을 듣는 순간 눈물이 핑 돌았지만 모른 척 정나미 떨어지게 말했다.

"어쩔 수 없어요."

"나는 네가 졸업하고 나면 너와 함께 만행(萬行)을 하고 싶었다. 내 도반들이 이 이야기를 듣고 얼마나 부러워한 줄 아니?"

나는 더 이상 대꾸를 하지 않았다. 대화가 길어지면 내 진심과는 반대로 화를 낼 것이 뻔했기 때문이다. 아버지는 내 유학에 대해 침묵하셨다.

유학자금도 문제였다. 나는 자금을 구할 방법이 없었다. 서울대학교도 아니고, 비전 있는 과목도 아니고, 남자도 아니고, 고작 동국대학교 불교학과 출신의 여자. 누가 봐도 꿈도 야무지다는 소리를 들을 수밖에 없는 일이었다. 하지만 하늘이 무너져도 솟아날 구멍이 있다고 하지 않던가? 앉아서 고민만 한다고 해결될 문제가 아니었다. 과감히 부딪쳐보는 수밖에 없었다.

고심 끝에 작은형부를 찾아가기로 했다. 나는 집에서 존재감이 없었기 때문에 평소에 작은형부와 대화해본 적도 거의 없었다. 무시당하면 평생 안 보면 된다고 생각했다.

형부는 작은 중소기업을 운영하고 있었다. 사전 연락도 없이 무작정 찾아갔다. 언니를 통하거나 미리 연락을 하면 말도 채 끝내기도 전에 거절당할 것 같았기 때문이다. 그때 나는 분명히 내 정신이 아니었다. 오로지 유학을 가야 한다는 일념뿐이었다.

회사 공장을 찾아가 사장실 문을 열고 들어서니 서너 평 남짓 방에 보통 책상 하나, 책꽂이 하나, 작은 소파 한 세트가 있을 뿐 내가 평소에 생각한 사장실이 아니었다. 나는 잘못 왔다는 생각이 들었지만 이미 늦었다.

형부는 나를 보더니 깜짝 놀라며 무슨 일이냐고 물었다. 나는 헐떡이는 마음을 애써 진정하며, 일본 유학을 가는데 일본에서의 생활비 중 6개월 치만 지원해주면 나중에 돈 벌어서 갚겠다고 했다. 형부는 주저 없이 그 자리에서 승낙했다.

일본에서의 6개월 치 생활비는 상당히 큰돈이었다. 그 돈을 선뜻 마련해주겠다는 것은 보통 사람으로는 하기 힘든, 참으로 대인(大人)의 행동이었다. 그것도 아무런 조건 없이. 공부 잘해야 된다느니, 돈을 언제 갚겠느냐는 말 한마디 없이.

한참 세월이 지난 뒤 언니에게서 들었다. 그때 나의 과감한 행동에 "저 정도면 무슨 일이든 해내겠다"는 생각이 들어서, 인재를 키우는 의미에서 돈을 지원하기로 했다고 한다.

그때 한국과 일본의 경제적 격차는 매우 컸다. 1970년대 일본은 공중 화장실에서 휴지를 무한정 두고 썼지만, 우리는 가정집 화장실에서도 신문지나 금은방에서 특별 고객에게 주는, 매일 한 장씩 떼는 얇은 달력 종이를 사용하는 경우가 많았다. 또 일본에서는 생수를 사먹는다는 이야기를 듣고, 대동강 물 팔아먹는 봉이 김선달 같은 짓을 한다고 욕하던 시절이었다. 우리에게도 생수를 사먹는 시절이 올 줄은 꿈에도 몰랐다.

뜻이 있는 곳에 길이 있다고 했다. 막힌 듯 생각되었던 일들이 하나씩 풀리기 시작했다. 대학원 때 받았던, 고 장경호 거사님이 설립한 불교장학재단 대원정사 장학금이 외국 유학생에게 주는 장학금으로 명목이 바뀌면서 계속 받을 수 있게 되었다.

물론 액수도 훨씬 많아졌다. 또 마침 일본에서 불교학을 전공한 신현숙 교수님이 귀국하여 동국대학교로 오셨다. 내가 유학을 가겠다는 뜻을 밝히자 신 교수님은 적극적으로 도와주셨다.

시작이 좋으면 끝도 좋은 법, 드디어 일본으로 유학을 떠나게 되었다.

외국에 왔으니 낯선 얼굴, 낯선 말, 낯선 풍습을 대하는 것은 당연하다. 입국심사를 하는데 긴장해서 덜덜 떨렸다. 심사 공무원이 서류를 보더니 도쿄대학으로 유학 가느냐고 대단하다는 듯이 말을 걸었다. 불안했던 마음이 누그러지고 한결 안심이 되었다. '그래 이거야, 떨 필요 없어!' 하면서 마음을 크게 먹으려고 했지만 소용이 없었다. 앞으로 또 얼마나 불안과 공포에 떨게 될지 걱정이었다.

성실함이 재산이다

한국에서 석사학위를 받았지만 도쿄대학 인도철학과에서는 외국학위를 인정해주지 않았다. 어쩔 수 없이 인도철학과 연구생으로 들어갔다. 연구생 신분으로 처음 학부 4학년 수업시간에 들어갔을 때 받은 충격은 지금도 생생하다.

〈여래장사상 연구〉라는 과목이었다. 범어·티베트어·한문·일본어로 된 네 종류의 교재를 들고 세미나 형식으로 강의했다. 범어 원전에 빠진 부분을 티베트어나 한문 원전에서 추측해내고, 티베트어 원전에 빠진 부분은 범어나 한문 원전에서 추측해내면서 범어·티베트어·한문을 자유자재로 구사하고 있었다. 여기서 범어라는 것은 인도 고전어인 산스크리트어를 말한다.

이런 교수님과 학생들을 보니 '사람의 능력으로 저렇게까지

할 수 있는가?' 하는 생각이 들면서 부럽고 비참했다. 수업시간 내내 고개 한번 들지 못하고 책장만 넘기다 보니 수업이 끝났다.

지금은 여러 분야에서 한국이 일본을 능가하고 있지만, 그때는 특히 불교학 연구 분야에서는 한국이 일본보다 매우 뒤처져 있었다. 나의 범어와 티베트어 실력은 글자와 문법을 익히는 데 그친 정도였고, 한문으로 된 경전도 번역본이 있어야 대조하면서 해석하는 정도였다. 이런 상황에서 어찌 불안 초조하지 않겠는가?

강의 시간이 끝나자 교수님이 친절하게도 내게 말을 건넸다.

"한국 성적표를 보니 범어 성적이 좋던데 그쪽하고 비교하면 강의 수준이 어떤가?"

나는 당황했다. 일본말도 서툴렀지만, 자존심이 상해서 비교도 안 된다는 말을 할 수 없었다. 나는 일본말이 서툴러 제대로 대답할 수 없다는 어색한 표정을 지으며 그 자리를 모면했다.

창피하고 비참하고 앞으로 어떻게 해야 할지 막막했다. 지금의 실력으로는 석사 과정에 들어간다 하더라도 문제였다. 그러나 그런 걱정을 할 시간적 여유가 없었다. 당장 급한 것은 5개월 뒤에 있을 석사 과정 시험에 합격할 수 있느냐 없느냐 하는 것이었다.

나는 신 교수님의 도움으로, 도쿄대학 동양문화연구소의 가마다 시게오(鎌田茂雄) 교수님의 조교로 들어갔다. 가마다 교수님은 불교학의 세계적인 석학이었다. 천운이라고 생각해도 좋을 정도의 행운이었다. 나는 그때부터 조교와 인도철학과 연구생을 겸하게 되었다.

가마다 교수님은 성실하고 정확한 사람이었다. 특히 자기 자신에게는 한 치의 여유도 주지 않는 무서운 분이었다. 세계적인 석학은 그냥 되는 것이 아니었다. 교수님은 특별한 일이 없는 한, 월요일부터 토요일까지 연구실로 매일 아침 8시까지 출근하고 오후 6시에 퇴근했다.

점심은 12시 정각에 아침 출근길에서 사온 도시락을 먹은 뒤 그날의 우편물을 정리했다. 12시 30분에서 1시까지는 외부 손님을 맞는 시간이었다. 외부 손님도 출판 관계나 방송출연 등 공적인 업무로 제한되었고 용건만 간단히 말하고 돌아갔다. 1시가 되면 어김없이 다시 연구를 시작했다.

전화는 업무에 관한 것 외에 사적인 전화는 전혀 없었다. 내가 6년 반 조교를 하는 동안 교수님 댁에서 온 전화는 단 두 번 뿐이었다. 부인이 위독했을 때와 딸이 다쳤다는 연락을 받은 것이 전부였다.

오후 6시에 퇴근하면 반드시 합기도 도장에 들러 운동을 했다. 건강을 유지하는 비결이었다. 운동 외에는 어떠한 여가도 허락하지 않았다. 영화를 본다거나 여행이란 있을 수 없었다. 다른 사람이 보면 무슨 재미로 사는가 싶은데, 교수님 자신은 공부가 취미라고 했다. 이렇게 평생을 도 닦듯이 공부하는데 어떻게 세계적인 석학이 되지 않을 수 있겠는가.

가마다 교수님은 말이 적었다. 내가 실수를 해도 문제될 것 없다고 말하며 절대로 싫은 소리를 하지 않았다. 속마음을 알 수가 없었다. 그것이 야단치는 것보다 훨씬 무섭고 두려웠다.

아버지와 오빠도 무서웠는데 또다시 무섭고 두려운 사람을 만난 것이다. 대인공포증이 서서히 고개를 들었다. 나는 말을 극히 제한했다. 묻는 말에도 가능한 한 짧게 대답했다. 가마다 교수님은 내가 일본말을 거의 못한다고 생각할 정도였다. 서투른 일본말로 진땀 빼는 것보다 아예 외국인이라 말을 못한다고 여기게 하는 편이 자존심이 덜 상했다. 그 대신 다른 방법으로라도 나의 진면목을 보여야 했다. 그것은 교수님처럼 성실하고 정확하며 실력을 갖추는 것이었다. 실력 있는 교수는 실력 있는 제자를 원하기 때문이다.

나는 평소 성실한 편이지만 더욱 성실히 일하고 공부했다. 절대로 꾀를 부리지 않았다. 매일 동양문화연구소로 시계바늘처럼 정확한 시간에 출근하고 퇴근했다. 수업을 듣는 시간 외에는 절대로 개인 시간을 갖지 않았고, 연구소 외 다른 곳에 나가는 일도 없었다. 점심도 도시락을 사와서 먹었다. 때문에 유학하는 동안 한국인 유학생회에 한 번도 참가할 수가 없었다.

조교로 들어온 지 보름쯤 되었을 때 늦잠을 자서 한 시간가

자연은 결코 게으름을 피우지 않는다.
요령을 부릴 줄도 모른다.
뼛속까지 사무치는 추위를 겪지 않고서
어찌 코를 쏘는 매화 향기를 뿜겠는가?
사람도 올바르고 성실하면 그 향기는
언젠가 자신에게 돌아온다

량 지각하게 되었다. 배포가 없는 나는 불안, 초조에 휩싸여 전화할 엄두를 내지 못했다. 일본에서는 택시비가 비싸기 때문에 비상시 아니면 탈 수가 없다. 학회 발표가 있는 것도 아니고, 수업이 있는 것도 아니었지만 지각 자체가 내게는 비상시였다.

택시를 타고 숨이 턱에 닿도록 학교로 달려갔다. 교수님이 나를 보더니 왜 늦었느냐고 물었다. 늦잠을 자서 택시를 타고 왔다고 솔직히 말했다. 알았다고 하셨다. 그러나 그 대답이 별로 기분 좋게 들리지는 않았다.

점심시간에 나는 도시락이 없어 그냥 앉아 있었다. 그러자 교수님께서 왜 식사를 하지 않느냐고 물었다. 택시를 타고 오느라 도시락 살 시간이 없었다고 하자, 교수님은 교내식당에 가서 식사하고 오라고 하시며 다음부터는 전화를 하고 천천히 와도 된다고 했다.

교수님은 그때까지 내가 과연 택시를 타고 왔는지 반신반의했는지도 모른다. 그렇지 않다면 어째서 "전화를 하고 천천히 와도 된다"는 말씀을 지금에야 하실까? 오전에 내가 택시 타고 왔다고 했을 때 바로 하실 수도 있었을 텐데.

피 같은 돈을 택시비로 날린 것도 속상했지만 교수님께 실수를 한 것이 하루 종일 마음에 걸렸다. 집으로 돌아가는 길에 자명종 시계를 하나 더 샀다. 시계를 누르고 또다시 자는 일은 두 번 다시 없어야 했기 때문이다.

다음 날 가마다 교수님과 옆방 교수님이 나누는 이야기를 언뜻 듣게 되었다. 내가 늦어서 택시 타고 온 이야기를 하면서, 아직 말은 잘 못하지만 매우 성실하고 머리도 좋은 것 같아서 공부시킬 만하다고 했다.

교수님의 심중을 헤아릴 수 없어 전전긍긍하던 나는 일본에 와서 처음으로 기분 좋게 웃었다. 실수한 것이 도리어 도움이 되다니! 나는 화장실로 달려가 거울을 보고 혼자 웃었다. 누군가 나를 보았다면 실성한 사람으로 여겼을 것이다.

올바르고 성실하면 그 열매는 언젠가 자신에게 돌아온다. 내가 배포가 좋고 대인공포증이 없었다면 연구실로 전화해서 좀 늦게 가겠다고 일방적으로 통고했을 테고, 기왕에 늦었으니 도시락도 사고 천천히 갔을 것이다.

그런데 상대방이 전화해서 일방적으로 늦게 가겠다고 하는 것과, 지금과 같이 사전에 허락을 받고 늦게 가는 것과는 천지 차이다. 나는 배포가 없고 대인공포증에 시달리고는 있었지만, 그 대신 요령을 부리지 않고 성실했기 때문에 도리어 행운을 얻은 것이다. 한쪽을 잃으면 한쪽을 얻는 것이 세상의 진리다.

도쿄대학 석사 과정에 합격하다

　지각 사건이 있은 다음 날부터 교수님은 매일 불교 잡지에 기고할 원고를 열 장씩 주며 정서하라고 했다. 나는 한글이 악필이기 때문에 당연히 일본글도 악필이었다. 누가 봐도 초등학생이 쓴 서툰 글씨였다. 교수님이 건네준 원고는 정서를 할 필요가 없이 깨끗했다. 그런데도 정서를 하라고 했다.

　나는 엉성한 글씨지만 정성을 다해 베껴 썼다. 모르는 내용도 많았지만 그냥 옮겨 적었다. 그러는 사이 글 쓰는 속도도 빨라지고 이해하지 못했던 내용도 점점 알 수 있게 되었다. 4개월쯤 지나, 석사 과정 시험을 칠 무렵에는 한글처럼 휘갈겨 쓸 정도로 글 쓰는 속도가 빨라졌다. 처음에는 거의 종일 걸리던 것이 한두 시간이면 끝났다. 그러나 여전히 교수님이 준 원고와 내가 정서한 원고를 비교해보면 내 원고는 보기 흉했다. 왜 정서를 하라고 할까?

대인공포증이 있으면 서툰 일본말이 더욱 서툴러진다. 이것은 역으로 말하면, 일본말에 자신이 있으면 대인공포증도 줄어든다는 뜻이다. 말을 잘하기 위해서는 끊임없이 듣고 말하는 연습을 해야 한다. 때문에 나는 집에 돌아오면 공부하는 시간 외에는 텔레비전을 켜놓았다. 잠잘 때도 켜놓았다. 밥 먹을 때도 차를 마실 때도 텔레비전 앞에 있었다. 전화를 받을 때도 텔레비전 앞에서 받았다. 텔레비전 광고 문구는 반복되기 때문에 신경 쓰지 않아도 저절로 익혀졌다. 모르는 말도 자꾸 들으면 귀에 익숙해지고, 귀에 익숙한 말은 쉽게 따라할 수 있다.

4개월쯤 지난 어느 날, 부엌에서 저녁 준비를 하고 있는데 한국에 관한 뉴스가 들려왔다. 처음에는 한국말인 줄 알았다. 그런데 생각해보니 일본말이었다. 텔레비전 뉴스 시간에 한 말이었다. 이럴 수가! 일본말을 신경 쓰지 않고도 저절로 들을 수 있게 된 것이다. 물론 일부 내용이었지만 정말 기뻤다.

나는 6개월 치 생활비를 가지고 일본으로 건너왔다. 도쿄대학 석사 과정에 들어가지 못하면 아르바이트를 하든지 한국으로 돌아가야 했다. 아르바이트를 하면 공부를 따라갈 수 없고 한국으로 돌아간다는 것은 말이 안 되는 소리였다. 일단 석사 과정에 들어가기만 하면 장학금도 받을 수 있고 무슨 수라도 생길 텐데…… 목숨이 바람 앞에 등불이었다. 무슨 일이 있어도 석사 과정에 들어가야 했다. 당시 석사 과정 시험은 지금과 달리 외국인 정원이 없었기 때문에 일본 학생들과 똑같이 경쟁해야 했다. 60점이 넘지 않으면 정원과 상관없이 뽑지 않는다고 했다.

아무도 내가 석사 과정 시험에 응시하리라고는 생각하지 못했다. 가마다 교수님도 말했다. 일본말을 잘하는 사람도 최소한 1년은 준비해야 된다고. 그런데 하물며 일본말도 제대로 안 되는데 어떻게 5개월 뒤에 있을 시험에 응시한다는 말인가? 막막했다.

시험문제는 인도사상과 인도·중국·한국·일본·티베트·동남아시아 불교에 관한 문제가 70점이고, 범어·한문·티베트어 원전 해석이 각각 10점씩 배당되었다. 범어와 티베트어를 포기하면 80점이다. 80점에 승부를 걸어야 했다.

나는 생각했다. 아무리 천재라도 방대한 과목을 다 외울 수는 없다. 시험공부는 요령이 있어야 한다. 족집게 과외가 성한 이유가 무엇 때문이겠는가? 백방으로 수소문하여 인도철학과 석사 과정 시험문제를 구했다. 다 모으니 12년 치가 되었다. 70점짜리 주관식·객관식 문제를 유형별로 나누고 빈도수를 조사하여 표를 만들었다.

중요한 문제는 대체로 3~4년 만에 한 번씩 출제되었고, 꼭 알아야 할 문제는 거의 매년 혹은 격년제로 출제되었다. 그중에서 출제 빈도수가 가장 많은 50문제를 뽑았다. 모범 답안을 만드는

데 두 달이 걸렸다. 그때부터 무조건 쓰면서 외웠다. 하루 서너 시간 정도밖에 자지 않았다. 그것도 좌식 책상 앞에 앉은 자리에서, 좌식 의자만 뒤로 눕혀 바람막이 무릎 덮개 이불을 목까지 끌어올려 덮고 잤다. 너무 피곤해서 자명종 시계 소리를 들어도 무의식적으로 누르고 또 자버리기 때문에 이렇게밖에 잘 수가 없었다.

시험 일주일 전부터는 과감하게 빈도수가 가장 높은 30문제를 추려서 외웠다. 과욕을 부리면 오히려 실패할 수 있기 때문이다. 아는 것이라도 제대로 쓰는 것이 점수를 확보하는 길이므로 욕심을 버렸다.

일본어 문장에는 한자가 많다. 한자를 알고 있어도 막상 쓰려고 하면 정확히 기억나지 않을 때가 많았다. 나는 한글세대가 아닌데도 한글 전용화를 기대하고 한자 공부를 게을리했기 때문에 한자가 서툴렀다. 자업자득이지만 후회스러웠다.

원전 해석은 범어와 티베트어는 포기하고 한문 원전만 추려보았다. 출전 경전들의 제목이 나와 있었다. 경전은 스토리만 잘 알고 있으면 한문을 잘 몰라도 대충 끼워 맞추어 내용을 쓸 수 있다. 출전 경전들의 일본어 해석판을 찾아서 읽고 또 읽었다. 아무리 못 써도 10점 만점에 5점은 받을 수 있을 것으로 예상했다.

5개월 뒤 석사 과정 시험날이었다. 고사장에 앉아 기다리는데 불안과 공포가 밀려왔다. 주체할 수 없을 정도로 몸이 덜덜 떨렸다. 이빨까지 턱턱 부딪칠 정도였다. 마음속으로 관세음보살을 부르며 진정시키려 애를 썼지만 집중이 되지 않았다.

시험 문제지가 손에 들어왔다. 시험지를 보니 새까맣고 아무것도 보이지 않았다. 눈을 꼭 감았다가 다시 떴다. 문제가 눈에 들어오기 시작했다. 쓱 한번 훑어보았다. 오, 관세음보살님! 내가 예상했던 문제들이 거의 다 나와 있었다. 한 문제만 생소하고 모두 아는 문제였다. 이번에는 기억하고 있는 것을 잊어버릴까봐 불안하고 떨렸다. 중풍 걸린 사람처럼 손을 덜덜 떨면서 미친 듯이 써내려갔다. 글씨가 엉망이었다. 그러나 기억한 한자를 잊어버리기 전에 빨리 써야 했다. 어떻게 썼는지 기억도 없이 써내려갔다.

이틀 뒤 면접시험을 보았다. 여섯 명의 교수님이 앉아 계셨다. 이상하게 떨리지 않았다. 필기시험을 잘 쳤다는 것과 일본말에 자신이 있다는 생각이 불안과 공포를 어느 정도 덜어주었다.

질문은 주로 내 이력과 신상에 관한 것이었다. 유학 와서 여러 사람에게 질문 받은 내용이라서 생각할 것도 없었다. 막힘없이 술술 대답했다. 교수님들은 깜짝 놀랐다. 일본말을 한마디도 못하던 학생이 5개월 만에 이렇게 잘할 수가 없다는 것이다. 언어에 득별한 재능을 가졌다고 극찬을 했다.

또 필기시험은 일본 학생들보다 잘 쳤다고 칭찬을 했다. 비결이 뭐냐고 묻기도 했다. 나는 단지 열심히 공부했다고만 했다. 시험 준비과정에 대해서는 누구에게도 말하지 않았다. 나의 지적소유권(?)에 해당하는 것이기 때문에.

일본 학자와 학생들에 대한 열등감을 버리지 못하고 있던 나는 가슴 뿌듯한 자부심을 느꼈다. 머리 좋은 한국인이라는 칭찬을 듣고 나니 위축되어 있던 가슴이 저절로 펴졌다. 피나는 노력이 가져온 결과였다.

일본 사람들은 한번 그 사람을 믿고 인정하기 시작하면 끝까지 믿는 성향이 있다. 석사 과정 시험을 계기로 나는 앞날을 보장받는 행운을 쥐게 되었다.

교수님들의 강력한 추천으로 나는 일본 국비장학금인 문부성 장학금을 받게 되었다. 등록금은 물론 생활비 일체가 나오는 장학금이었다. 일본 문부성 장학금은 주로 외국의 각 나라 현지에서 유학 전에 장학금 선발시험에 합격하고 일본에 유학 온 사람에게 주는 장학금이다. 때문에 일본에 이미 유학 와 있는 유학생은 해당사항이 거의 없는데 내가 선발된 것이다.

나는 집에 돌아와서 혼자 울었다. 미운 오리 새끼가 진짜로 백조가 된 것이다. 한국에서 서울에 있는 대학도 가지 못한 내가, 어떻게 일본 도쿄대학 인도철학과 석사 과정에, 그것도 국비 장학생이 될 수 있다는 말인가? 믿기지 않았다. 시험 준비한 5개월 동안 하루하루를 어떻게 보냈는지 기억이 아련했다.

콤플렉스가 만든
세계적인 석학

석사 과정에 합격하자 가마다 교수님은 나에게 말했다.

"이제 원고는 정서하지 않아도 된다. 괜히 두 번 쓸 필요가 없지 않니?"

그러고는 더 이상 말씀이 없었다. 나는 머리가 멍해지는 듯했다. 처음에는 무슨 뜻인지 몰랐다. 생각해보니 조교니까 '정서'라는 명목으로 일거리를 주는 척하면서 일본말 쓰기 연습을 시킨 것이었다. 나중에 잡지사 기자와 이야기하면서 알았지만, 잡지사에서는 교수님이 직접 쓴 원고를 넘겨받았다고 한다. 내가 정서한 원고는 몰래 폐기했다는 말이다.

기가 막힌 제자 교육이다. 어린 아이에게 글을 가르칠 때 쓰기 연습은 매우 중요하다. 나에게 그냥 책을 베끼라고 한다면 도

중에 분명히 그만두었을 것이다. 또 명색이 조교라는 공적인 업무가 있는데 개인적인 글쓰기 연습이나 하게 한다는 것은 업무상 과실이다. 두 마리 토끼를 다 잡은 뛰어난 용병술에 놀라움을 금치 못했다.

가마다 교수님이 일본 NHK TV에 출연하여 자신의 삶을 이야기 한 적이 있다. 사회자가 "세계적인 석학이 된 특별한 동기가 있습니까?" 하고 물었더니, 교수님은 "제 자신의 콤플렉스 때문입니다"라고 대답했다.

그는 어릴 때부터 키가 작은 것이 불만이었다.

사춘기에 접어든 어느 날, 하숙집 방에 누워서 무심코 벽에 걸린 자기 바지를 보니 무척 짧아 보였다. 이때부터 그는 키 작은 것이 콤플렉스가 되어, 사귀고 싶은 여학생이 있어도 말 한번 건네보지 못하고 고민하다가 자살까지 생각하게 되었다.

죽을 채비를 하고 바닷가 바위 꼭대기에서 부서지는 시퍼런 바닷물을 내려다보았다. 거북이 새끼 한 마리가 거센 파도를 맞으며 바위 위로 기어오르는 것이 보였다.

밀려나면 기어오르고, 밀려나면 기어오르고……

문득, 내면에서 외치는 소리가 있었다.

"저 작은 놈도 거센 파도를 이겨내며 살고 있어. 육신이 멀쩡한데, 키 작은 것 하나 때문에 인생을 끝내다니!

머저리 같은 놈, 분하지도 않나?"

그때부터 생각을 바꾸어 어떻게 해서라도 성공하여 키 작은 한을 꼭 풀겠다고 마음먹었다. 그래서 신체적 조건과 상관없는 학문의 길을 택하게 되었고 결국 세계적인 석학이 되었다는 것이다.

사회자가 웃으면서 다시 물었다.

"지금도 키 작은 것에 대한 콤플렉스가 남아 있습니까?"

가마다 교수님은 장난기 섞인 말투로 대답했다.

"지금 저를 존경하고 따르는 여성이 얼마나 많은 줄 아십니까?"

머리가 희끗희끗한 노 박사의 얼굴은 언제 나에게 콤플렉스가 있었느냐는 듯 만면에 수줍은 듯한 미소를 띠고 있었다.

우리는 성공한 사람들을 보면서, 그들이 성공하기까지 얼마나 힘든 과정을 거쳐 왔는지는 생각하지 않고 결과만 부러워하는 경향이 있다.

세상에 천재라고 불리는 사람들도 노력 없이는 천재가 될 수 없었다. 그들의 비하인드 스토리를 들어보면 눈물겨운 사연이 많다. 저 정도까지 노력한다면 누가 저런 결과를 얻지 않을까 하는 생각을 하기도 한다. 결국 대가를 치르지 않은 결과는 없다. 성공한 사람은 다 그들 나름대로 성실하고 부지런하고 힘든 노력의 결과 그 위치에 있게 된 것이다.

"힐링이 필요하다" "정신적 여유가 필요하다"라고 앉아서 말만 하는 사람들에게 한마디 해주고 싶다. 말만 할 뿐, 스스로 그 고통에서 벗어나기 위한 행동을 취하지 않으면 변화는 찾아오지 않는다.

나의 30대는 가마다 교수님을 만난 이후로 새롭게 시작되었다. 성실, 정확함과 도덕성, 자기 자신에 대한 엄격함, 상대에게 폐를 끼치지 않는 태도 등을 배우고 익혀 내 인생을 한 단계 업그레이드시킬 수 있었다.

당시 도쿄대학 문학부는 외국 유학생을 쉽게 받아들이지 않았기 때문에 외국인이 석사 과정에 입학했다는 그 자체만으로도 선망의 대상이 되었다. 거기다 세계적인 석학 가마다 교수 연구실의 조교로 있었으니 주위의 부러움은 말할 수 없었다.

그러나 나는 더 높이 날고 싶었다.

"가장 높이 나는 새가 가장 멀리 본다"는 『갈매기의 꿈』의 말이 뇌리를 떠나지 않았다. '그래, 지금부터는 완성과 초월을 위해 비상연습을 하는 거야. 갈매기 조나단이 실패하면 자신의 몸이 수백만 조각으로 갈기갈기 찢어지는 줄 알면서도, 수천 피트 상공에서 자신의 한계 속도를 넘어 수직 하강한 것처럼.' 나는 해낼 수 있다는 강한 의지를 가지고 스스로에게 최면을 걸듯이 더 높은 곳을 향한 비상을 각오했다.

그러나 이런 각오도 잠시뿐 나는 빛 좋은 개살구였다. 석사 과정에 입학한 뒤부터 범어·티베트어·한문으로 된 원전을 읽고 수업시간마다 그 내용에 대해 발표를 해야 됐기 때문이다. 피를 말리는 일이었다. 알다시피 언어는 짧은 시간 내에 습득할 수 있는 것이 아니다.

매주 발표할 원전 해석을 준비할 때마다 그만두고 한국으로 돌아가고 싶은 생각이 간절했다. 그러나 좌절하고 돌아간 나 자신의 초라한 모습을 떠올리면 포기할 수도 없었다. 돌아가지도, 그대로 있지도 못하는 천애의 정신적인 고아가 된 것이다. 유학을 한다는 것은 진짜로 공부를 하겠다는 사람에게는 목숨을 걸고 오지를 통과하는 것과 같은 나날이다.

깨달은 자도
슬퍼한다

지난밤 꿈이 불길하더니 어머니가 돌아가셨다는 비보가 날아왔다. 애써 개꿈이라 생각하고 한국으로 전화도 하지 않고 학교로 가버린 것이 어머니 장례식에도 참석하지 못하게 만들었다. 토·일요일은 출입국관리소가 쉬는 날이라 출국수속을 할 수가 없었다.

나는 어릴 때부터 어머니에게 많은 것을 의지하며 살아왔다. 대인공포증이라는 불안과 공포를 감추고 혼자 힘든 유년시절을 보내면서 나도 모르게 어머니의 사랑에 집착하고 있었다.

아버지가 무서워서 아버지 앞에서는 어떤 불만도 표현하지 않은 반면, 어머니에게는 화가 나면 막무가내로 대들고 짜증이 나면 있는 대로 성깔을 부렸다. 그래도 나의 유일한 의지처인 어머니는 항상 그 자리에 있었다.

그런데 그 의지처가 사라졌다. 다시는 볼 수 없게 되었다. 전날 밤 꿈에 일부러 찾아와 떠난다는 말까지 해주었는데, 그것조차 개꿈이라고 일축해버렸으니. 간경화로 어머니의 생이 얼마 남지 않았다는 것을 알면서도 인정에 끌리지 않으려고 일부러 매몰차게 뿌리치고 왔는데……. 월요일 아침, 출국수속을 밟아 한국으로 가는 동안 공항과 기내, 고속버스 안에서 나는 내내 울었다. 누가 보든 말든 상관이 없었다.

어머니의 초재에 참석했다. 어머니가 오래 살 수 없다는 것을 알면서도 떠나야 했던 내 자신이 야속해 눈물이 그치지 않았다. 의연하게 행동하고 싶었지만 내 마음이 말을 듣지 않았다.

참석한 사람들은 하염없이 눈물을 쏟는 나를 의아하게 쳐다보았다. 불교 공부를 하기 위해 유학까지 간 사람이니 죽음에 대해 초연할 줄 알았던 것이다. 재가 끝나고 친척 한 분이 나에게 말했다. 부처님의 가르침에 "제행(諸行)이 무상(無常)하다"고 했는데 뭐가 그리 슬프냐는 것이었다. 쉽게 말하면 '제행무상'이란 이 세상에는 영원한 것이 없다는 뜻이니, 인간은 누구나 태어나면 죽는 것이 당연한 이치인데 어머니가 돌아가신 것이 뭐가 그리 슬프냐는 것이었다.

그는 자신의 수행력을 내보임과 동시에 한편으로는 깨달은 자는 눈물도 없이 무감각해야만 된다고 생각하고 있었던 것 같다.

또한 그의 말 속에는 명색이 일본까지 가서 불교를 전공한다기에 뭔가 다를 줄 알았는데 별것 아니지 않느냐는 뜻도 내포되어 있었다. 나는 대꾸할 생각이 없어 고개만 숙이고 있었다.

슬픔에서 벗어나지 못한 채 나는 2~3일을 보냈다. 홀로 남게 된 아버지를 보는 것은 또 하나의 슬픔이었다. 그때까지 아무 말이 없던 아버지가 나를 불렀다. 어머니는 생전에 내가 불교 공부하는 것을 무척 자랑스럽게 생각했다는 것과, 일본으로 돌아가 열심히 공부하는 것이 돌아가신 어머니에 대한 보답이라고 했다.

어머니가 불교 공부하는 것을 겉으로는 반대하셨지만 내심으로는 자랑스럽게 생각하고 있다는 것을 나는 알고 있었다. 그러나 아버지가 이런 말씀을 하신다는 것은 의외였다. 결국 아버지 생각도 마찬가지라는 뜻이다.

어쩌면 죽겠다고 난리치던 딸이 불교에 귀의하여 안정을 찾아가던 차에 어머니의 죽음으로 또다시 문제를 일으킬까 노심초사했는지도 모른다. 아버지의 감추고 싶은 내면을 읽은 것 같아 가슴이 쓰라렸다.

돌아오는 비행기 속에서 친척의 말이 다시 떠올랐다. 불교 공부를 많이 하면 부모의 죽음에도 초연할 수 있을까? 만약 그가 말하는 것처럼 깨달은 자는 눈물도 없이 무감각해야 된다면, 그는 불교를 크게 잘못 알고 있는 것이다.

뿌리 내리기 힘든 진흙 속에서도
꼿꼿하게 서서 꽃을 피우는 연꽃처럼,
깨달은 자는 슬픔에만
자신의 마음을 묶어놓지 않는다.
슬픔의 순간이 지나고 일상으로 돌아온 그에게
슬픔의 그림자는 없다.
오직 일상에만 열중할 뿐이다

"제행이 무상하다"는 것을 깨닫는다는 것은, 모든 구속에서 자유롭게 되는 것을 의미하는 것이지 정(情)이 없는 냉혈동물처럼 되는 것을 말하는 것은 아니다.

깨달음이란 우리 자신이 본래부터 지니고 있는, 때 묻지 않은 순수하고 깨끗한 마음을 되찾는 것이므로 수행을 하면 할수록 마음은 더 순화되고 감정은 더 풍부하게 되는 것이다. 석가모니 부처님도 그의 상수제자였던 사리불과 목건련이 유명을 달리했다는 비보를 받았을 때 매우 비통해했다고 전해지고 있다.

불교가 철학과 다른 점은 인간의 감성을 중시하는 데 있다. 다른 생명도 사랑해야 한다는 것은 누구나 머리로는 알고 있다. 그러나 실제로 다른 생명을 내 몸처럼 사랑하는 사람이 몇이나 될까? 지식만으로는 사랑이 따르지 않는다.

다른 생명을 내 몸처럼 느끼는 감성이 있을 때, 그들의 기쁨과 고통은 곧 나의 기쁨과 고통이 되고 자연스럽게 내 몸처럼 그들을 사랑하게 된다. 이 자연스러운 감성은 수행에 의해 지혜가 생겨날 때 저절로 우러난다.

깨달은 자도 인간적인 감성과 정 때문에 죽음에 대해 슬퍼한다. 그러나 정 때문에 죽음을 슬퍼한다는 이유 하나만으로는 깨달은 자라고 할 수 없다. 범부는 자신과 가깝거나 자신에게 잘해주었던 고인에 대해서만 슬퍼한다. 그리고 그 슬픔이 크면 클수록 슬픔의 그림자가 마음속에 오래 남아 슬픔에서 쉽게 벗어나지 못한다.

그러나 깨달은 자는 모든 생명의 죽음에 대해 슬퍼한다. 슬퍼할 때는 온 천지 가득 슬픔밖에 없지만 그 슬픔이 그의 마음을 묶어놓지는 않는다. 아무리 번개가 쳐도 하늘은 멍들지 않듯이, 슬픔의 순간이 지나고 일상으로 돌아와 사람을 만나거나 일을 할 때, 그에게는 슬픔의 그림자가 없다. 오직 사람 만나는 것과 일에만 열중할 뿐이다.

나는 이론적으로는 이렇게 설명을 잘했지만 막상 내 자신은 이론처럼 되지 않았다. 이론 따로 생활 따로였다. 어머니가 떠난 자리를 불교 이론으로 메우기는 역부족이었다.

하루 다섯 장의
논문 쓰기

　일본으로 돌아온 다음 날 곧바로 동양문화연구소로 출근했다. 일주일 휴가를 받았지만 5일 만에 복귀한 것이다. 가마다 교수님은 내가 빨리 돌아온 것을 내심 기뻐하는 눈치였다. 나에게 간단한 위로의 말을 한 뒤, 내일부터 당장 석사논문에 쓸 내용을 매일 200자 원고지 다섯 장씩 써오라고 했다. 이 무슨 날벼락인가?

　나는 처음으로 교수님께 대꾸했다. 아직 논문 주제도 정하지 않았는데 어떻게 쓰느냐고. 그러나 교수님은 빨리 주제를 생각해서 내일부터 내용이 무엇이든 무조건 다섯 장씩 써오라는 것이었다. 더 이상 항변할 여지를 주지 않았다.

　나는 해도 너무하다는 생각을 하면서도 감히 거역할 수가 없었다. 다음 날부터 슬픔과 오기를 합쳐서 매일 원고지 다섯 장씩 제출했다. 어머니의 죽음을 슬퍼할 겨를이 없었다. 매일 너무 피곤하고 지쳐서 어머니 생각도 나지 않았다.

일주일 뒤 한국에서 전화가 왔다. 어머니의 두 번째 재를 무사히 지냈으니 너무 슬퍼하지 말라고. 나는 그날이 잿날이라는 것도 잊고 있었다. 가마다 교수님의 두 번째 용병술에 혀를 내둘렀다. 그냥 두면 분명히 슬픔에 빠질 테니까 슬픔을 느낄 여유를 빼앗아버린 것이다. 참으로 간화선 수행을 하는 임제종 스님의 선적인 기질이었다.

가마다 교수님은 젊을 때 참선수행을 했던 인연으로 임제종의 작은 말사 주지를 겸하고 있었다. 일본 임제종은 우리나라의 조계종과 같이 간화선 수행을 종지로 하며, 다 같이 중국 임제종 양기파의 법맥을 잇고 있다.

교수님의 배려(?)로 나는 유학기간 동안 1년에 한 번씩 학교에서 공짜로 보내주는 외국인 유학생을 위한 단체여행에 한 번도 참석하지 못했다. 하루 펜을 놓으면 글 쓰는 흐름을 만회하는 데 사흘이 걸린다는 이유 때문이었다. 덕분에 남들 3년 걸리는 석사 과정을 나는 2년 만에 마치고 박사 과정에 진학할 수 있었다.

그 당시만 해도 도쿄대학 문학부는 보수 성향이 강했기 때문에 연구생으로 입학해서 석사학위를 받으려면 최소한 4~5년은 걸렸고, 박사학위는 빨라도 6~7년이 걸렸다. 그런데 나는 가마다 교수님의 지도와 내 자신의 피나는 노력의 결과로 초고속 진학했다.

일본 학생들이 나를 바라보는 시선이 완전히 달라졌다. 나는 수업시간에 존재감이 없는 외국인이자 개발도상국의 실력 없는 한국인이 아니라, 내 의견을 당당히 주장하고 의견을 관철시킬 수 있는 입지를 가진 대학원생이 되었다.

모두가 나에게 우호적이고 친해지고 싶어 했다. 한국과 한국인에 대한 왜곡된 인상도 많이 사라졌다. 그들의 머릿속에 나는 머리 좋고, 성실하고, 믿을 수 있는 사람으로 각인되어 갔다.

어느새 내가 한국인이라는 편견도 없어졌다. 언젠가 가마다 교수님이 내게 말한 적이 있다. 일본 사회는 실력만 있으면 인정해준다고. 역시 모든 것이 실력으로 승부하는 사회였다. 같은 전공의 일본인 후배도 모르는 것이 있으면 내게 조언을 부탁했다. 그들은 나중에 내가 박사논문을 쓸 때 일본말 정서, 수정 등 많은 도움을 주었다.

노력하는 사람에게는
운이 따른다

　박사 과정에 들어가자 내 석사 과정 지도교수님이 정년퇴임하셨다. 나는 당연히 가마다 교수님이 지도교수가 될 줄 알았다. 그런데 가마다 교수님은 내 의사도 묻지 않고 우리 과 출신으로 새로 부임한 기무라 기요타카(木村淸孝) 교수님께 지도교수를 이미 부탁해놓았다는 것이다. 도쿄대학 교수로 처음 부임하면 의욕적으로 가르치기 때문에 많은 것을 배울 수 있다는 이유에서였다.

　석사 과정 때는 전공분야가 달랐기 때문에 전공에 맞는 분이 지도교수가 되는 것에 수긍을 했지만 가마다 교수님이나 기무라 교수님이나 똑같이 화엄학 전공인데 이유를 알 수 없었다. 자존심이 상해서 왜 지도교수가 되어주지 않는지 물어보고 싶지도 않았다.

그러나 내심 정말 속상했다. 생각할수록 자존심이 상하고 괴로웠다. 뭘 잘못했기에 그럴까? 뭐가 모자랄까? 생각은 꼬리에 꼬리를 물고 나를 괴롭혔다. 흰 백조가 다시 미운 오리 새끼로 변한 것 같은 좌절감에 휩싸였다. 지옥 같은 나날이었다.

학기가 시작되고 새로 오신 기무라 교수님을 만났다. 가마다 교수님으로부터 유능한 학생이라는 말을 들었다고 했다. 그러면서 대선배라서 아무 말 없이 지도교수를 승낙했지만, 연구실 조교로 있는 유능한 학생인데 어째서 본인에게 지도를 맡겼는지 이유를 모르겠다는 것이었다. 바로 내가 궁금해하던 것이었다.

나는 더 이상 참을 수가 없었다. 가마다 교수님 연구실로 돌아와 기무라 교수님이 한 말을 전했다. 그러고는 진짜 이유를 물었다. 교수님은 망설이다가 말씀하셨다. 5년 뒤에 정년퇴직이라, 그때까지 내가 박사논문을 쓰지 못하면 나중에 학위 받기가 힘들기 때문에 미리 다른 교수님으로 정했다는 것이다.

이런 깊은 뜻이 있는 줄도 모르고 나는 지옥 속을 보름 이상 헤매었다. 5년 뒤 퇴직이면 박사논문은 4년 만에 완성해야 한다는 계산이다. 깊은 수렁에서 빠져나온 것만도 다행이지만 뜻밖에 좋은 정보까지 얻었다.

가마다 교수님은 전생에 나와 무슨 인연이었기에 이렇게까지 나를 도와주실까? 어머니의 비보를 받고 한국에 다녀와 충혈된

눈으로 출근했을 때, 가마다 교수님이 나에게 말씀하셨다. "나는 딸만 둘인데 네가 온 뒤로는 셋이라고 생각한다."

나는 다시 박사학위 논문에 도전했다. 4년 만에 제출하려면 3년만 까무러쳤다가 깨어나면 된다. 어떻게 까무러치느냐가 문제다. 문득 가마다 교수님의 말이 생각났다. "도쿄대학에 부임하면 처음에는 누구나 다 의욕적이다. 기무라 교수는 젊으니까 당연하겠지."

내 삶은 내가 만드는 작품이다. 내가 얼마나 열심히 노력하느냐에 따라 작품이 달라진다. 나는 기무라 교수님을 찾아갔다.

"박사 과정은 제 일생에 마지막 배울 기회입니다. 졸업한 후에는 학생 신분으로 더 이상 묻고 배울 데가 없습니다. 그때부터는 제가 가르쳐야 합니다. 도와주십시오. 저는 실력으로 승부하는 학자가 되고 싶습니다."

기무라 교수님은 어떻게 해주면 좋으냐고 물었다.

"매주 정해진 날에 원고 30장씩 써와서 질문하고 조언 받고 싶습니다."

"그렇게 할 수 있겠는가?"

"꼭 해오겠습니다."

첫 제자인 데다 더구나 외국인 여성이 적극적으로 공부하겠다는데 감히 거절할 수가 없었을 것이다. 나는 승낙을 받은 뒤 연구실을 나와 교정을 한참 걸었다. 겨우 떨리는 가슴이 진정되었다. 뭔가를 이루어야 한다고 생각하면 저돌적으로 달려드는 성격 때문에 몸에 살이 붙을 날이 없었다. 그래서 더 많이 떨리고 힘들었다.

일주일에 원고지 30장씩 써간다는 것은 피를 말리는 작업이었다. 그러나 이것이 불가능을 가능으로 만드는 나의 작전이다. 평소 의지박약인 내 성격으로 미루어보면 일주일에 원고지 30장을 써낸다는 것은 불가능하다. 그러나 피할 수 없는 약속이나 기한을 정하면 기필코 그 약속을 지키기 위해 부단히 노력했고, 마침내 이루어냈다.

그런데 원고를 써가는 나도 힘들었지만 원고를 검토해주는 교수님도 예삿일이 아니었다. 질문을 받고 정확한 대답을 못할 때는 다음 주까지 연구해와야 했기 때문이다.

논문의 아우트라인이 잡히기까지 한 학기가 걸렸지만 한 번도 빠지지 않고 원고를 써갔다. 교수님도 혀를 내두르며 농담을 하셨다.

"악착같이 연구해오는 것은 좋은데 도쿄대학 교수를 자기 가정교사처럼 여기는 것 같다."

그때는 참 민망했다.

어느 날 기무라 교수님이 선후배들이 만나는 모임에서 자신이 도쿄대학에 오게 된 과정을 이야기한 적이 있다.

교수님은 일본의 가장 북쪽 지방인 홋카이도(北海道) 출신이다. 아버지가 조동종 스님이라 작은 절에서 살았다. 아버지는 고지식할 정도로 불교 계율을 지키시는 분이라 탁발로 생활을 했다. 아버지는 탁발을 나갈 때마다 대를 이을 장남 기무라를 꼭 데리고 다녔다.

초등학생이던 기무라는 아버지와 함께 탁발하러 다니다 보면 친구 집에 들어가는 경우도 많았다. 들어가지 않으려고 하면 아버지는 중이 탁발하는 것이 당연한데 무슨 소리냐고 야단치며 끌고 들어갔다.

탁발 다음 날 학교에 가면 친구들이 여지없이 '거지새끼'라고 놀렸다. 너무나 치욕스러워 죽고 싶었지만 이를 악물고 참았다. 중학교, 고등학교 때는 직접적인 놀림을 받지는 않았지만 수치스러운 것은 마찬가지였다.

무서운 아버지 밑에서 반항 한 번 할 수도 없었다. 거기에서 벗어나는 길은 공부를 잘해서 도쿄대학에 가는 길밖에 없었다. 돈이 없었기 때문에 사립대학은 꿈도 꾸지 못했다. 친구도 사귀지 않고 이를 악물고 공부했다. 괴로우면 틈틈이 참선을 했다.

그때 이를 지나치게 악물어서 어른이 되어서 풍치로 고생은 했지만, 그 덕분에 도쿄대학 입학은 물론 교수까지 되었다는 것이다. 어릴 때는 아버지를 원망했지만 지금은 아버지께 감사한다고 했다. 아버지가 무섭게 탁발을 시키지 않았다면 적당히 공부해서 아버지 뒤를 이어 작은 절이나 운영하고 있을지 모른다는 것이다.

인간에게 위기는 새로운 도약의 계기를 만들어준다. 이 위기를 얼마나 잘 활용하느냐에 성공의 여부가 달려 있다.

간혹 나는 공부를 하는 데 억세게 운이 좋은 사람이라고 생각했다. '운'이라는 것은 복권 같은 것에 잘 걸리는 요행수를 말하는 것이 아니다. '운'은 결코 저절로 오지 않는다. 불교에서는 인간의 의지로 자기 인생을 개척해나갈 수 있다고 한다.

나의 경우 처음 공부를 시작할 때는 주위의 반대도 심했고 경제적으로도 어려웠다. 그러나 좌절하지 않고 강한 정신력과 의지로 주위를 변화시켰고, 그 변화는 정신적으로는 물론 경제적으로도 내게 도움을 주었다. 이로 인해 나는 더욱더 열심히 노력했고 결과적으로 '운'을 얻게 된 것이다.

내가 만일 공부하고자 하는 꿈만 가지고 안이하게 '운'만 기다리고 있었다면 결코 오늘의 나는 있을 수 없었을 것이다. 이런 의미에서 보면, 결국 인생에서 무엇인가 해내고자 노력하는 사람에게는 '운'이 따르게 되고, 게으르고 불성실한 사람에게는 '운'도 외면한다고 할 수 있다.

일체는
마음이 만든 것

나는 열심히 박사논문을 준비했지만 3년 만에 끝내지 못했다. 문부성 장학금은 박사 과정 3년 동안 지급되지만, 학위를 받을 수 있다는 보장하에서 1년 더 연장해준다. 1년 시한부 인생이 되었다.

밤낮으로 매달렸다. 눈은 퀭하고, 전철을 타도 멀미를 하고, 몰골이 말이 아니었다. 저녁마다 책상 앞에 앉으면 척추에 열이 나서 화끈화끈 했다. 이대로 죽는 것이 아닌가 하는 생각이 들었다. 그러나 정신은 맑았다.

끝나지 않을 듯한 힘든 나날이 이어질 때면 죽음에 대한 미련이 다시 떠올랐다. 불교 공부를 하면서 '자살'이 중죄인 줄은 알았지만, 내 마음속에 한번 심은 죽음의 종자는 조건만 되면 싹을 틔웠다. 형체 없는 구속은 여전히 나를 옥죄고 있었다. 나는 공부하다 죽는 것도 멋진 인생이라고 생각했다. 기무라 교수님은 4년 만에 학위를 받는 것은 무리라고 말렸지만 내 귀에는 들리지 않았다.

어느 날 기무라 교수님이 점심을 같이 하자고 불렀다. 나는 척추에 열이 난다는 이야기는 하지 않기로 마음먹었다. 당연히 병원에 가보고 논문도 천천히 쓰라고 할 것 같았기 때문이다.

식사를 하면서 이런저런 이야기를 나누다가, 나도 모르게 저녁마다 책상 앞에 앉으면 척추에 열이 나서 화끈화끈한데 머리는 이상하게 맑다고 이야기했다. 절대 말하지 않기로 다짐하고 나왔건만 이미 후회해도 소용이 없었다.

교수님은 잠시 생각하시더니 부지런히 논문을 완성해서 제출하라고 했다. 내 귀를 의심하지 않을 수 없었다. 척추에 열이 난다는 사람한테 병원이 아니라 논문을 완성하라니!

교수님은 말씀하셨다.

"척추에 화끈화끈 열이 나는 것은 전생부터 이어져온 불가(佛家)의 인연이 너를 받쳐주고 있기 때문이다."

어떻게 이런 해석을 할 수 있을까? 전생부터 이어져온 불교와의 인연이라니? 오랫동안 참선하셨다는 말은 들었지만…… 온몸에 전율이 흘렀다.

구름을 밟고 왔는지 기억이 없는데 정신을 차려보니 집에 와 있었다. '전생부터 이어져온 불가의 인연'이라는 말이 끊임없이 뇌리를 맴돌았다. 섣불리 책상 앞에 앉고 싶지 않았다. 왠지 여유를 가지고 싶어서 마트에서 장도 보고, 동네 목욕탕에서 목욕도 하고, 돌아오는 길에 오뎅도 사먹었다.

심기일전하고 다시 책상 앞에 앉았다. 화끈거리던 열은 흔적이 없고 척추에 무한한 힘이 느껴졌다. 이것이 '전생부터 이어져온 불가와의 인연의 힘'이구나 하는 생각이 들었다. 뿌듯함과 함께 뭔가 정확하게 말할 수는 없지만 무한한 과거로부터 이어져온 끊이지 않는 어떤 힘, '인연의 힘'을 느낄 수 있었다.

어제까지는 이대로 죽어도 좋다는 각오로 책상 앞에 앉아 있으면 폭풍우 치는 망망대해에 언제 가라앉을지 모르는 나뭇잎으로 된 쪽배를 타고 있는 내 자신의 모습이 떠오르곤 했다. 그런데 오늘은 달랐다. 빠지려고 애를 써도 빠질 수 없는 바다 위의 쪽배를 타고 있었다. 연극무대에서 망망대해의 파도를 표현할 때 흰색의 긴 천을 양쪽에서 잡고 울렁울렁 흔들어댄다. 내 눈앞에 펼쳐진 망망대해의 파도는 바로 그런 것이었다. 망망대해의 파도와 그 파도에 붙어서 절대 뒤집어지지 않는 쪽배, 파도와 하나가 된 쪽배를 타고 나는 울렁울렁 자유롭게 흔들리고 있었다.

온 세상과 하나가 되었다는 느낌이 들었다. 두려움도 공포도 있을 리 없었다. 이게 '인연의 바다'라는 것이구나. 학문적으로만 알고 있던 '인연'의 의미를 직접 몸으로 체험하게 된 것이다.

학문적으로 아는 것과 몸으로 체험하는 것은 이렇게 달랐다. 온 세상이 인연으로 얽혀 있어 빠져 죽을 데도 없는데, 나는 왜 죽는다는 생각을 버리지 못하고 쓸데없는 잡생각만 하고 있었던가!

일체가 유심(唯心), 마음먹기에 달렸다. 기무라 교수님의 한마디에 나의 모든 고통이 사라졌다. 교수님은 참으로 사지에서 나를 구해준 은인이었다. 지금은 학교를 은퇴하고 일본 인도학불교학회 이사장을 거쳐 일본 조동종 최고의 원로 스님으로 존경받고 있다.

6년 반의 대장정, 박사학위를 받다

도쿄대학의 동양문화연구소 건물은 교내의 가장자리, 학교 주위의 도로를 달리는 자동차 소리가 간간히 들리는 곳에 있었다.

매년 늦가을 오후 네다섯 시쯤이면 건물의 그림자가 땅에 길게 깔리고, 밖에서는 군고구마 장수가 리어카를 끌고 골목길을 다니며 "야끼-모(군고구마의 일본말), 야끼-모" 하며 겨울의 문턱에 와 있음을 을씨년스럽게 알렸다.

마음이 울적해 의자에서 일어나 창밖을 내다보면 교정은 해묵은 은행나무들이 온 천지를 노랗게 물들이고 있었다. 샛노란 은행잎으로 뒤덮인, 땅거미 내리는 교정의 풍경을 바라보고 있으면 나는 어느새 여섯 살 어린 나이로 돌아갔다.

아버지의 고향인 거창에서 나는 6~7세의 시절을 보냈다. 비록

1~2년 남짓이었지만 그때의 기억의 편린들은 평생 나를 따라다닌다.

언니를 따라서 언니 친구집에 놀러 갔다. 돌담 뒤로 큰 감나무가 보이는 집 앞에 도착했다. 싸리문을 열고 집 뒤꼍으로 돌아 들어가니 아, 그곳은 온통 노란색 별천지였다. 여섯 살 어린 나이에 본 그 신비스러운 광경이 지금도 가끔 눈앞에 떠오른다.

고목이 된 큰 감나무에는 노란 감꽃이 눈꽃송이처럼 피어 있었고 땅바닥에는 노란 물감을 풀어놓은 듯 감꽃이 쌓여 있었다. 미풍에 감나무가 흔들릴 때마다 감꽃은 우수수 비 오듯 떨어져 내렸다. 우리는 환호를 지르며 그 아래서 감꽃을 주워 먹기도 하고, 실에 꿰어 목걸이도 만들어 서로에게 걸어주며 시간 가는 줄 모르고 놀았다.

고향의 감나무는 지금도 꽃을 피울까? 그 생각을 하니 한국에 계신 분들이 그리워졌다. 집으로 돌아가는 길에 백화점에 들러 아버지와 석남사 인홍 스님께 겨울 순모 내의를 사서 보내드렸다.

그런데 내의를 받은 노스님께서 뜻밖에 답장을 주셨다. 한 번도 받아본 적 없는 친필 편지였다. 편지를 열자마자 칠순이 넘은 노스님이 떨리는 필체로 쓰신 첫 구절을 보고 얼마나 울었는지 모른다. 억눌려 있던 향수병이 발병한 것이었다.

떨어진 꽃잎의 안쓰러움은 과거 눈부시게
아름다웠던 추억을 떠올리게 한다.
교정을 가득 노란빛으로 물들인 은행잎은
유년의 즐거웠던 추억을 생각나게 했다.
6년 반 동안 꾹꾹 참았던 향수병이 터져
참 많이도 울었던……
그런 날이 있었다

사진 장성진

옥아

한국에 돌아오면 곧바로 석남사로 오너라…….

고등학교를 졸업하면 나를 출가시키겠다고 마음먹었던 인홍 노스님은 아직도 그 끈을 놓지 않고 계셨던 것이다.

몸도 마음도 지쳐 있던 나는 '전생부터 이어져온 불가의 인연'이라는 말을 들은 뒤, 논문을 몇 편이라도 완성시킬 수 있는 정신적인 힘을 가지게 되었다. 그때부터 논문을 일사천리로 썼다. 몸은 힘들었지만 정신은 맑았다. 1987년 겨울에 논문을 제출했고 1988년 봄, 한국이 올림픽 준비로 한창 분주할 때 박사학위를 받았다.

일본으로 건너가 박사학위를 받을 때까지 6년 반 동안의 대장정이 비로소 막을 내렸다. 그동안 한순간도 긴장을 놓아본 적이 없었다. 때로는 우울하고 때로는 몸이 아파 죽을 고비도 넘겼지만 오직 '학위논문 완성과 정신적 자유'를 위한 일념 하나로 버텨왔다.

대인공포증의 불안과 초조는 6년 반 동안 살아남아야 한다는 더 큰 서바이벌 게임에 휩쓸려 자신의 얼굴을 또렷이 드러내지 않았다. 더 큰 위기가 오면 작은 위기는 그 속에 감춰지기 마련이다.

대학 강단에 서다

　나는 귀국하면서 굳은 다짐을 하였다. 석남사로 가서 수행도
하고, 학생들에게는 새롭고 신선한 학풍을 불어넣고, 좋은 불교
서적을 출판하여 불교인들에게 읽을거리를 만들어주겠다고. 하
지만 나는 세상이 '변해간다'는 '무상'의 진리를 망각하고 있었
다. 7년 전 내가 떠나올 때 그 세상이 그대로 있는 줄 알았다.
아니, 떠날 때보다 한국 사회를 더 몰랐다고 해야 할 것이다.

　1980년대 말, 한국은 아직도 암울한 시기였다. 동국대학교 불
교학과에 강사 자리를 얻어 학교로 출강하니 학내 시위가 한창
이었다. 특히 불교대학 학생들이 앞장서서 시위를 했다. 어용·무
능 교수에 대한 질타와 구태를 답습하는 불교재단을 향한 시위
였다. 내가 학사편입 할 당시부터 불교학과 학생들이 가지고 있

던 해묵은 불만이 결국 학생들의 시위로 터진 것이다.

학생들은 새로운 학문에 대한 기대로 강사인 내 강의를 선호했고, 나는 열심히 가르쳤다. 이 때문인지 어느새 나를 학생 시위와 관련시키는 구설수가 생기기 시작했다. 결코 시위와 관련이 없었기 때문에 나는 그런 구설수에 전혀 대응하지 않았다. 그러나 이 구설수는 교수 공채 등 나의 진로에 여러모로 좋지 않은 영향을 미쳤다.

나는 누구보다 불교에 애정을 가지고 있었다. 아니 불교뿐만 아니라 한국 종교계가 대중을 위해 제대로 역할을 해주기를 원했다. 나는 불교를 전공했지만 종교에 대한 편견은 전혀 없다. 어느 종교든 자기 취향에 맞으면 그 종교를 믿고, 그로 인해 올바른 삶과 안심입명의 삶을 살 수 있다면 좋다고 생각한다.

한국인의 성숙된 종교관, 이것이 내가 원하는 것이었다. 최소한 불교인들만이라도 그렇게 되기를 원했다. 불교재단, 불교대학은 물론 불교계 전체가 탁한 물은 버리고 청정한 원래의 물이 흐를 수 있도록 늘 각성하고 실천해야 한다고 생각하고 있었다. 석가모니가 목숨을 걸고 깨친 법이 힘든 대중의 양식은 되지 못할지언정, 개인의 먹고사는 수단으로 전락해서는 안 된다고 생각했다.

나는 부처님 법을 제대로 믿고 행동하는 사람으로 남고 싶었다. 내게는 큰 재산이 있었다. 세계적인 석학 가마다 교수의 제자라는 것과 내가 가진 실력이었다.

나는 학내 문제와 상관없이 강의와 저술에 심취했다. 〈불교학개론〉 강의시간에는 특히 심혈을 기울였다. 나는 학생들을 진정으로 사랑했다. 내가 대학시절 방황했던 것을 생각하며 학생들에게 뭔가 심어주고 싶은 생각이 간절했다. 학생들에게도 정신적 자유를 찾는 실마리를 만들어주고 싶었다.

동국대학교는 불교재단에서 운영하는 학교이기 때문에 〈불교학개론〉 과목은 전교생이 필수적으로 들어야 했다. 내가 강의할 무렵에는 〈불교학개론〉 과목을 거부하는 움직임도 있었다. 그러나 내 시간에는 언제나 학생이 넘쳤다. 종교가 불교인 학생보다 타종교 학생이 더 많았다. 나는 첫 시간에 들어가면 언제나 이렇게 말했다.

"불교는 일반적인 지식을 전달하는 학문과는 다릅니다. 한마디로 철학적이면서 철학을 뛰어넘는 종교입니다. 당연히 철학에 실천을 병행하고 있습니다. 그러나 강의시간에는 실천을 병행할 수 없으니, 불교의 철학적인 면만을 취급할 수밖에 없습니다. 철학이란 '사색하는 것'을 말합니다. 나는 여러분들에게 불교 지식을 전달하기보다 불교 교리를 통한 사색을 요구할 것입니다.

불교는 어디까지나 우리의 삶의 문제, 인생문제를 다루고 있습니다. 인간으로 태어난 이상 어떻게 인간답게 살아가느냐 하는 문제를 석가모니의 생애와 그 말씀을 통해 해결해나가고자 하는 것입니다.

그러므로 석가모니의 고민은 바로 나의 고민이고, 석가모니의 출가는 곧 나의 출가가 되는 것입니다. 그러니까 내 강의를 듣고 무조건 외우거나 기억하려고 하지 말고, 자신의 삶을 대입시켜 자기 것으로 만드십시오.

석가모니가 몇 년에 태어나고 몇 살에 죽었다는 것은 하나도 중요하지 않습니다. 중요한 것은 불교의 가르침이 자기의 인생관에 얼마나 변화를 주게 되었는가 하는 문제입니다. 불교 강의를 듣고 자신을 되돌아보는 계기로 삼으라는 말입니다."

나는 자신의 종교가 무엇이든 상관없이, 한 학기 불교 강의가 학생들이 세상을 살아가는 데 진정으로 도움이 되기를 원했다. 그래서 불교 이론을 현실에 적용시켜 학생들이 부딪히게 될 삶의 고뇌를 어떻게 하면 지혜롭게 해결할 수 있게 하느냐에 초점을 맞추어 강의했다.

"석가모니의 출가 의의는 따로 거창한 데에 있는 것이 아닙니다. 인간이기에 누구나 겪어야 하는 현실적 한계와 고통, 그것을 자각하고 거기로부터 자유를 추구한 데에 있습니다."

석가모니의 출가에 대해서도 위대한 성인의 범접하기 어려운 출가가 아니라, 고뇌로 힘들어 하는 바로 내 자신의 모습임을 가르쳤다.

나는 내가 가진 실력이 큰 재산이라고 생각했기 때문에 언제나 당당했다. 학자는 실력만 갖추면 된다는 일본 교수님들의 영향이 머릿속에 박혀 있었던 것이다. 국내의 타 대학 교수님들이 다른 대학으로 갈 기회를 몇 번이나 마련해주었지만 거절했다. 오만하다는 말을 들으면서도 가지 않았다. 불교를 불교답게 가르치고 싶었기 때문이다. 애초에 교수가 되는 것이 목표가 아니었으므로 타 대학 철학과에서 불교를 학문적으로 연구하는 것에는 별로 흥미가 없었다. 마음 한구석에는 언젠가 수행하러 떠날지도 모른다는 생각이 남아 있는 탓도 있었다.

나는 비록 강사였지만 다른 사람보다 강의시간이 훨씬 많았다. 전공 강의는 물론, 저서 『불교학개론 강의실 J301』 덕분에 교내 전산원의 불교학개론 강의를 거의 도맡아 했다. 어떤 학기는 일주일에 스물여섯 시간씩 강의할 때도 있었다.

그래도 지칠 줄 몰랐다. 집에 돌아오면 저술과 논문 집필에 심혈을 기울였다. 나는 밤낮으로 연구했다. 내가 알고 있는 것을 책으로 펴내고 싶었고, 한국 불교학계를 위해 중요한 불교서적을 번역하고 싶었다. 새로운 연구 스타일인 주석적 연구서 『해동고승전 연구』를 출간했고, 가마다 교수님의 역작 『중국불교사』 제1권을 번역해 출간했다. 그러자 다음 책 출판에 대한 각계의 기대가 대단했다. 어떤 출판사는 출판 계약금으로 백지수표를 내밀면서 액수를 마음대로 써넣으라고도 했다.

나는 한국 불교학을 한 단계 더 업그레이드시켜야 한다는 사명감에 불탔다. 주위 사람들의 기대도 저버릴 수 없었다. 그런데 한 권, 두 권 책이 출판되기 시작하면서 더 많은 책을 내고자 하는 욕심이 생겼다. 업적이 쌓이니까 재미가 붙어 몸을 돌보지 않았다. 인도 민화에 이런 이야기가 있다.

소 아흔아홉 마리를 가진 부자가 살고 있었다. 부자는 한 마리를 더 가져 백 마리를 만들려고 안달이었다. 자신이 소유한 아흔아홉 마리는 눈에 들어오지 않았고 모자라는 한 마리만 크게 보여 마음이 편치 않았다. 한 마리를 더 채우려고 그는 애간장을 태우며 궁리하고 궁리한 끝에 한 가지 묘책을 생각해 내었다.

이튿날 그는 누더기를 걸치고 멀리 살고 있는 옛 친구를 찾아갔다. 친구는 소 한 마리만 가지고 근근이 살아가고 있는 가난한 사람이었다.

친구에게 부자는 눈물을 흘리면서 말했다.

"너무 궁핍해서 살기 힘들다네. 내일 아침 끼니도 없네. 제발 좀 도와줄 수 없겠나?"

물론 거짓말이었다. 친구는 근심스런 표정을 지으며 말했다.

"자네가 그렇게 힘든 줄 몰랐네. 옛날에는 이웃에 살면서 같이 놀았으니 사정을 훤히 알고 있었지만, 멀리 떨어져 살고부터는 자네 일을 잊고 있었네. 친구로서 면목이 없네. 내게 소 한 마리가 있네. 나는 소가 없어도 집사람과 힘을 합쳐 열심히 일하면 어떻게든 살

수 있을 테니 소를 가져가게. 너무 의기소침해하지 말고 부디 힘내
게나."

부자는 감사하다는 말만 건성으로 남기고 얼른 소를 끌고 집으로
돌아왔다. 마음속으로 쾌재를 불렀다. 속였든 어쨌든 이제 백 마리
를 채우게 되었기 때문이다.

친구를 속여 백 마리를 채운 부자와 유일하게 가진 소 한 마리마
저 주어 버린 친구. 이 두 사람 가운데 누가 더 행복한 사람일까?

인도 민화는 이 물음으로 이야기를 끝맺는다. 민화 속의 부자
는 가난한 친구를 속여서라도 100마리를 채울 정도의 욕심을
가졌다. 그런 욕망의 소유자이기에 그는 100마리에 만족하지 않
고 곧 150마리를 채우려고 할 것이고, 150마리 다음엔 200마
리, 200마리를 가지면 다시 250마리, 이렇게 죽을 때까지 끝없
이 더 채우려고 할 것이 분명하다.

이 부자의 욕망은 만족할 줄 모르는 욕망이다. 채워지는 족족
더 크게 부풀어 오르는 갈애(渴愛)다. 불교에서는 이 갈애 때문
에 모든 괴로움이 생긴다고 한다. 필요한 것은 충족되어야 한다.
문제는 '얼마나 필요하며 얼마나 가져야 만족하는가?'이다. '필
요'가 '갈애'로 변질되는 순간 우리는 '조금만 더, 조금만 더 가
졌으면' 하는 '조금만 더 병'에 걸리게 된다.

나는 '조금만 더 병'에 걸려 있었다. 지나친 것은 하지 않음만

못하다는 진리를 망각했다. 『불교학개론』과 『중국불교사』는 물론 기신론·화엄·정토 등 대승불교사상에 관한 저서와 번역본이 연이어 출간되고, 동국대학교 사회교육원 교수가 되면서 전국의 사찰이나 문화센터에서 불교 강의 요청이 쇄도했다. 서울·부산·대구·남원·충주·춘천…… 전국에 가보지 않은 곳이 없었다.

이 시대 최고의 스님들과 친분을 맺는 소중한 인연도 얻었다. 실상사 화엄학림에서 강의한 덕분에 실상사 도법 스님, 화엄학의 대강백인 연관 스님, 선서화의 대가 일장 스님과 소중한 인연을 맺게 되었다. 특히 일장 스님과 연관 스님은 나중에 오곡도에 수행처를 마련할 때 적극적으로 도와주셨다.

일장 스님은 젊은 시절 처음으로 조성했던 부처님을 우리 법당에 기증하셨고, 연관 스님은 출가하실 때 어머니가 만들어주신 이부자리 두 채를 제주도의 신도에게 보내어 방석을 만들어 보내주셨다. 뿐만 아니라 두 분은 오곡도 수행처의 개원 의식도 해주셨다.

또 쌍계사 학인들에게 강의한 인연으로 칠불사 회주 통광 스님과도 지중한 인연을 맺게 되었다. 수련원 정비 공사가 우왕좌왕하고 있을 때, 통광 스님은 직접 오셔서 의견을 주시고 전문가 스님을 보내어 공사를 마무리 짓게 해주셨다. 참으로 불가의 인연이란 말 외에는 달리 표현할 말이 없다.

'조금만 더 병'에 걸려 있던 나는 결국 과로로 허리 디스크 수술을 받아야 했다. 병원 침대에 누워 있으니 지난 일들이 주마등처럼 스쳤다. 내가 원했던 삶은 이것이 아니었다. 지난해 다녀왔던 실크로드 여행길이 떠올랐다.

실크로드는 예부터 중국과 인도·중앙아시아·유럽을 연결해주던 교역로였다. 이 길을 통해서 중국의 비단이 고대 로마에까지 전해지기도 했고, 불교가 인도에서 중국에 전래된 것도 이 길을 통해서였다. 중국과 한국의 많은 구법승이 목숨을 바쳐가며 인도로 진리를 찾아 걸었던 길도 바로 이 길이었다.

당나라 때의 중국 수도 시안(西安)에서 서쪽으로 초원과 사막이 반복되는 지역을 한참 지나면 교통의 요충지 둔황(敦煌)에 이른다. 둔황 앞에 끝없이 광활하게 펼쳐진 사막, 그 이름은 '타클라마칸', 현지어로 '살아서 돌아올 수 없는 땅'이란 뜻이다.

『서유기』에 나오는 삼장 법사의 모델이 된 중국의 현장 법사(602~664)도 법을 구하기 위해 이 길을 걷고 또 걸어 인도로 갔다. 타클라마칸 사막의 여름은 한낮에는 평균 45도, 지표 온도는 80도나 된다고 하니 현지 사람들이 "반죽한 밀가루를 벽에 붙이면 그대로 빵이 되고, 달걀을 물에 집어넣으면 삶은 달걀이 된다"고 하는 말도 과언이 아닐 것이다. 현장 법사는 죽을지 살지 모르는 그 머나먼 길을 걸으며 무슨 생각을 했을까?

닷새 동안 물 한 방울 먹지 못해 입과 배가 말라붙고

왜 그렇게 집착하면서 살았을까?
실크로드의 찬란했던 옛 문화가
흙무덤이 된 것을 보고
'세상에 영원한 것은 없다'는
진리를 사무치게 느꼈으면서도……

당장 숨이 끊어질 것 같아, 마침내 모래 위에 엎드려 자꾸만

관세음보살을 염했다.

그가 남긴 기록은 짧지만 이 글을 읽으면 목숨까지 바쳐가며 불법을 구하는 그의 열정이 느껴진다.

사막 북쪽 길 위에는 투루판(吐魯番)이라는 오아시스 도시가 있다. 현장 법사가 지나던 당시만 하더라도 이 인근에는 넓은 초원지대가 많았고, 오아시스를 중심으로 큰 성곽을 가진 나라들이 번성하고 있었다. 그중 하나가 고창국이었다. 현장 법사는 고창국 왕의 간절한 청에 못 이겨 고창성에 한 달 동안 머무르면서 불법을 설했다고 한다.

나는 당나귀 마차를 타고 고창성을 둘러보았다. 찬란했던 옛 문화는 완벽하게 흙덩이로 변해 흙무덤이 되어 있었다. 현장 법사가 300여 명을 앉혀 놓고 설법했다는 절터 자리도 마찬가지였다. 한때 고창성에도 백화가 흐드러지게 피었을지 모른다. 그러나 고창성의 백화도 흐르는 시간 속에서 지금은 황토 흙덩이와 시멘트 바닥으로 변해 있지 않은가. 아득한 세월이 흐른 뒤 황토 바닥은 다시 무엇이 되어 있을까. 그 생각을 하자 갑자기 모든 것이 무상해졌다. 폐허가 된 성터는 기쁨도 아니고 그렇다고 슬픔도 아닌 묘한 감정을 불러일으켰다.

병원에 누워 실크로드 여행을 생각하자 문득 가슴속에 메아

리치는 울림이 있었다.

"별것도 아닌 것에 왜 그렇게 집착하면서 살았을까? 세상에 영원한 것은 없다는 걸 알면서도⋯⋯."

그물에 걸리지 않는
바람처럼

내가 일본 유학을 하는 동안 아버지는 일본을 세 번 다녀가셨다. 가마다 교수님과 자취집 주인 내외분을 만났을 때는 유창한 일본어로 딸을 잘 부탁한다고 하셨다. 어머니가 돌아가셨을 때는 가마다 교수님에게 일본말로 "조의를 표해주셔서 고맙다"는 답장도 보냈다.

아버지는 일본에서 공부했기 때문에 일본어에 능했다. 일본까지 와서 다 큰 딸을 정중히 부탁했으니 어찌 놀라지 않겠는가. 아버지 덕분에 일본의 지인들은 나를 한국의 대단한 집안 딸로 여겼다. 이러한 인식은 내가 일본에서 생활하는 동안 얼마나 큰 도움이 되었는지 모른다.

내가 한국에 돌아왔을 때 언니들이 결혼 말을 꺼내자 아버지는 그냥 두라고 하셨다고 한다. 아버지의 속마음은 알 수 없지만, 풍진세상 결혼하지 않고 수행자로 사는 것도 좋다고 생각했는지 모른다.

강사 생활을 하는 동안 아버지는 매달 생활비를 꼬박꼬박 보내주셨다. 자식들이 준 용돈을 모아서 나에게 보낸 것이다. 나는 사양했지만, 언니들은 그게 아버지 삶의 마지막 보람이니 그냥 받으라고 했다.

가끔 아버지를 만나 뵈러 가면 "내가 점심을 비싼 것 먹지 않고 모은 돈이다" 하시면서 그달 생활비를 빳빳한 신권 지폐로 건네주셨다. 아버지 가슴에 평생 지울 수 없는 상처를 남긴 내가 무슨 말을 더 하겠는가.

아버지는 내가 한국으로 돌아온 뒤 몇 년 지나지 않아 세상을 떠나셨다. 뇌출혈로 쓰러져 그대로 가셨다. MRI 판독은 뇌혈관이 노쇠하여 가늘어질 대로 가늘어져 더 이상 지탱할 수 없어 끊어졌다고 했다. 천명을 다한 운명이었다. 나는 슬픔 속에서도 내게 묶여 있던 아버지의 영혼이 자유롭게 된 것 같아 홀가분함을 느꼈다.

몇 년 뒤, 석남사 인홍 노스님도 떠나셨다. 석남사로 노스님을 찾아뵈었을 때, 아버지의 부고를 전했더니 이제 걸릴 것이 없으니 출가하라고 하셨다. 노스님은 내가 출가하여 한국 비구니계의 위상을 세계적으로 우뚝 세우는 것을 보고 싶다고 하셨다.

또 머리를 깎으면 직접 지도해주시겠다고 약속까지 하셨다. 불교에 대한 애정이 철철 넘치셨다. 나도 걸려 있는 일들이 어느 정도 정리되면 출가해야겠다고 마음먹고 있었다. 그날 노스님은 밥상도 당신과 겸상으로 차리게 했고, 속가의 어머니처럼 나를 당신 곁에 재웠다. 참으로 자비로운 불법의 어머니셨다.

그 뒤 병원에 입원하셨다는 전갈을 받고 찾아뵈었다. 젊었을 때 불호령을 내리시던 당당하고 근엄한 모습은 흔적이 없고 해맑은 어린아이의 얼굴로 변해 있었다. 마음에 어떠한 집착도 없으신지 그저 보시고 안부만 물으셨다. 더 이상 출가하라는 말씀이 없어 가슴 한구석이 텅 빈 것같이 허전했다.

석남사에서 한번 다녀가라고 전화가 왔다. 곧바로 내려가니 외부인 일체 면회사절이었다. 안내하던 시자가 많이 위독하시다고 귀띔해주었다. 노스님이 거처하시는 별당으로 들어갔다. 좌식 의자에 앉아 계시는 인홍 노스님 주변으로 상좌 스님들이 앉아 계셨다. 법희·법룡·불필 스님……

삼배를 올리고 자리에 앉으니 법희 스님이 "스님, 누군지 알아보시겠습니까?" 하고 여쭈었다. "알지 그럼, 휘옥이를 몰라" 하시고는 선연한 눈빛으로 가만히 쳐다보셨다. 세속의 그림자는 어디에도 없고 천진무구한 자연인 그대로였다.

상좌 스님들은 그런 노스님을 위해 잠시도 곁을 떠나지 않았다. 지극정성이 예사롭지 않았다. 나는 스승을 위해 이렇게까지 정성을 다할 수 있을까 생각했다. 노스님의 수행력에 감복하여 저절로 우러나온 제자들의 존경하는 마음이었다.

지난해 여름 노스님께서 직접 좌선 지도를 해주시겠다고 하셨고, 나도 선뜻 그렇게 하겠다고 했다. 그 언약을 지키려고 이제나 저제나 기다리고 있었는데 무상한 세월은 단 몇 개월을 기다려주지 않았다. 노스님과의 이생에서의 인연이 이렇게 끝이 날 줄 몰랐다. 노스님이 입적하셨다는 소식을 접하고 노스님과의 약속을 차일피일 미루었던 나 자신의 어리석음에 통곡하지 않을 수 없었다.

노스님을 처음 뵌 뒤로 어언 30여 년, 노스님 말을 듣지 않은 나는 불도수행이라는 차원에서 보면 많은 시간을 낭비했는지도 모른다. 그러나 그 대가로 얻은 것도 있다. 불교 교학을 공부함으로써 비로소 실천수행이 진정으로 필요하다는 것을 깨닫게 된 것이다. 더구나 입적하시기 전, 인홍 노스님의 천진불(天眞佛) 같은 모습은 분별심이 강한 나에게 참수행자의 진면목을 보여줌으로써 수행에 대한 확신을 심어주었다.

인홍 노스님이 돌아가시자 나는 출가할 마음을 접었다. 하지만, 수행을 해야겠다는 생각은 더욱 간절해졌다. 강의를 하고 강연을 하면서도 내가 원했던 삶은 이런 것이 아니었다는 생각을 버릴 수가 없었다.

가마다 교수님이 말씀하신 적이 있다. 무슨 일이든 10년을 하

사진 장성진

내 마음이 자연 그대로 자유로울 때,
비로소 깨달음을 얻는다.
철수도 수행 중이고 영이도 좌선 중인 수행처

면 그저 조금 알 것 같고, 20년을 하면 전체적으로 파악이 되고, 30년을 하면 비로소 그 일에 대해 자신할 수 있다고.

불교 공부를 시작한 지 20여 년의 세월이 흘렀다. 나는 불교 교리에 대해서는 어느 정도 자신이 있었다. 그러나 정신적 자유는 아직도 멀리 있는 듯했다. 세월이 흐를수록 오히려 더 많은 굴레에 매인다는 생각이 들었다. 앞으로 남은 세월은 수행을 해야겠다고 마음먹었다.

출가도 하지 않고 어떻게 전문적으로 불도수행을 할 것인가, 이것이 문제였다. 나는 전문 수행처에서 제대로 참선수행을 해보고 싶었다. 재가자들이 모여서 하는 시민선방이 아니라 선승들과 함께하는 본산급 사찰의 선방에 앉고 싶었다.

물론 승속이 다르고 계율에 어긋난다는 것도 알고 있었다. 그러나 강원에서 스님들에게 강의할 정도면 특례도 있을 수 있지 않을까 생각하여 여기저기 문을 두드려봤지만 말도 붙이지 못하게 했다.

나는 원효 스님을 좋아한다. 그래서 학위논문도 원효 스님의 사상에 대해 썼다. 내가 원효 스님을 좋아하는 이유는 출가와 세속 그 어디에도 얽매이지 않으면서 어느 쪽도 소홀하지 않는, 그의 걸림 없는 무애행 때문이었다.

어떻게 그처럼 자유로울 수 있었을까? 그의 지위와 명성과 행색이 그를 자유롭게 한 것은 결코 아니었다. 바로 그의 마음이 자유로웠던 것이다. 그랬기 때문에 그는 세속의 삶을 저버리지 않고 시장 한복판에서 각설이 차림으로 춤추고 노래하며 열심히 대중을 교화했던 것이다.

원효 스님이 주석을 단 『금강삼매경』에는 다음과 같은 구절이 나온다.

> 출가나 재가의 모습에 집착하지 않고, 법복을 입건 입지 않건, 그런 형식적인 것에 구애받지 않고…… 자기 마음이 자연 그대로 자유로울 때 깨달음을 얻는다.

나는 머리를 깎고 먹물 옷을 입지는 않았지만 일상생활 속에서 매일매일 정신적 출가를 하고자 했다. 출가·재가를 따지지 않고 누구나 동참할 수 있는 전문 수행처가 있으면 좋겠다는 생각을 했다. 그러면서 스스로 위로했다. '나에게는 전생부터 이어진 불가의 인연이 있다고 했으니 언젠가는 전문적으로 수행할 기회가 오겠지'라고.

그래서인지 목탁 치는 법을 배워두어야 할 것 같은 생각이 들었다. 무형문화재인 동희 스님에게 목탁과 염불에 대한 기본을 배웠다. 그러나 이생에서 목탁을 칠 일이 있으리라고는 한 번도 생각해본 적이 없었다.

도반과 길을 떠나다

그때 나는 고민을 함께할 수 있는 좋은 도반을 만나게 되었다. 학생과 강사의 신분으로 처음 만나 나중에는 함께 교수로 있었던 김사업 교수가 바로 그 사람이다. 나보다 10년 후배인 그는 실크로드 순례를 같이 다녀온 일원이었고, 지금은 오곡도 수련원에서 함께 수행에 몰두하고 있는 든든한 도반이기도 하다.

내가 일본 유학에서 돌아와 대학에서 강사생활을 시작할 때 그는 대학원 박사 과정 학생이었다. 사람 만나기를 별로 좋아하지 않던 나는 항상 바쁘다는 핑계로 대학원 학생들과 거의 어울리지 않았다. 박사 과정에 서울대학교 영문과 출신의 인재가 한 명 있다는 소문은 들었지만 누군지는 알지 못했다. 그도 나처럼 학사편입 해서 지금까지 공부하고 있다고 했다.

어느 날 소문으로만 듣던 영문과 출신의 대학원생이 일본 국비장학생으로 유학을 가게 되었는데 어느 대학을 선택하면 좋을지 모르겠다며 나를 찾아왔다. 그 학생이 바로 김사업 교수였고, 그것이 그와의 첫 대면이었다.

제대로 공부할 수 있는 사람이 유학을 간다고 나서기에 기쁜 마음에 열심히 설명해주었다. 그러나 5년간의 교토대학 유학을 마치고 돌아올 때까지 그는 무슨 까닭인지 나에게 연락 한번 없었다. 어느 날 박사논문을 가지고 나타났지만 형식적인 인사말만 하고 돌려보냈다. 그 뒤로는 같은 교정에서 강의를 하면서도 우연히 마주치는 일조차 없었다.

그러나 인연의 끈은 언제 어디서 어떻게 이어질지 아무도 모른다. 몇 년 뒤 그와 나는 동국대학교 사회교육원에서 앞뒤 서로 이어지는 시간에 강의를 하게 되었고, 강의 사이의 휴식시간에 자주 이야기하게 되었다. 우리는 서로를 탁마하는 좋은 도반이 되었다. 우리가 더 친해질 수 있었던 것은 불교의 이론보다 수행에 더 많은 관심을 가지고 있다는 공통점 때문이었다. 그리고 때로는 정신적 공허함과 중년의 위기, 구법순례 여행과 출가에 대해서도 이야기했다.

어느 날 지인들과 강원도에 있는 콘도로 놀러갔다. 저녁 10시쯤 각자 잠자리에 들었다. 그런데 그날따라 잠이 오지 않는다고 다시 한 사람씩 거실로 나오기 시작하더니 12시쯤에는 다들 한

자리에 모였다. 그때 한 사람이 통영에서 낚시를 하며 소일하고 있는 남편 이야기를 하다가 통영으로 놀러가자고 제안을 했다.

그 뒤 우리는 통영으로 놀러갔고, 나는 따뜻한 남해안 지방에 수행처가 있으면 좋겠다고 지나가는 말로 이야기했다. 며칠 뒤 지인의 남편한테서 전화가 걸려왔다. 오곡도라는 섬에 있는 초등학교 분교가 경매에 나와 있는데 교실 두 개, 교무실 하나, 사택 한 칸, 수질 좋은 우물 하나가 있는 곳이라고 했다.

뜻밖의 전화에 망설이다가 내친김에 섬 구경이나 하자는 생각으로 오곡도로 내려갔다. 학교는 7년간 버려져 뼈대만 남아 있었지만, 도시생활에 지친 우리는 섬 생활의 불편함은 까맣게 잊고 맑은 공기와 눈부신 햇빛, 기름을 발라놓은 듯한 동백나무 잎들, 길가의 뽕나무에 달린 까맣게 익은 오디, 이 모든 것이 환상적으로만 느껴졌다.

오곡도 분교는 경매신청 기간도 지났고 매입할 생각도 없었기 때문에 그냥 잊기로 했다. 보름 뒤 뜻밖에 통영교육청에서 경매가 유찰되었으니 구입할 생각이 없느냐고 전화가 왔다. 내용을 물어보느라고 걸었던 전화번호가 남겨져 있었던 것이다.

전화를 받았지만 대책이 없었다. 그때는 대전~통영간 고속도로가 아직 완공되지 않았기 때문에 서울서 내려가는 데 걸리는 시간도 지금의 두 배인 8시간이 걸렸다. 거리도 멀고, 섬 사정도 모르고, 시골생활을 해본 적도 전혀 없었기 때문에 매입할 엄두가 나지 않았다. 그래서 그냥 던져두었다.

　며칠 뒤 서울의 모 사찰에서 내 강의를 듣는 사람이라면서 40대 후반쯤으로 보이는 부인이 나를 찾아왔다. 그녀는 지난밤 꿈을 꾸었다고 했다. 큰 배에 많은 사람이 타고 넓고 푸른 바다를 헤치고 남해안의 어느 섬으로 갔다. 그곳에 도착하니 절이 있는데 내가 그 절에서 나오더라는 것이었다. 아침에 일어나니 아무래도 내게 이 말을 해주어야 할 것 같은 생각이 들어서 이렇게 찾아왔다고 솔직히 말했다. 그러면서 교수님은 쉰 살이 되면 학교를 그만두고 절을 운영하면서 중생구제를 해야 된다고 했다.

　나는 일부러 나를 찾아와서 자신의 꿈 이야기를 해주는 그녀의 간곡한 말을 듣자 이제 진정으로 내가 떠날 때가 되었는가 보다 하는 생각이 들었다. 그렇게 끈질기게 집착하며 손을 놓지 않던 세속의 인연이 보이지 않는 어떤 힘에 밀려 떠날 시점이 되었다는 생각이 들었다. 그것도 외딴 섬에 들어가 목숨 걸고 수행하라는 뜻으로 받아들여졌다.

　내 주변에 일어났던 일들을 돌이켜보았다.

　지난해 가마다 교수님이 암으로 돌아가셨다. 어머니·아버지·인홍 노스님…… 나를 이끌어주셨던 분들이 거의 다 떠나가셨다. 인홍 노스님이 입적하신 뒤, 불필 스님이 나에게 출가하기를 권하시다가 내가 말을 듣지 않자 마지막으로 하신 말씀이 있다.

　"스님이 수행하여 깨달으면 진흙 속에 피는 연꽃이지만, 재가

인이 수행하여 깨달으면 불 속에 피는 연꽃입니다. 열심히 수행해서 불 속에 피는 연꽃이 되십시오."

그 무렵 하와이 무량사에서 김사업 교수와 나는 4박 5일 동안 불교 강의를 하게 되었다.

그가 강의를 잘한다는 소문은 들었지만 한 번도 들어본 적이 없었다. 마침 공사상과 유식사상을 강의하기로 되어 있었다. 이 둘은 대승불교의 핵심사상으로 불교의 기초지만 어려운 과목이었다.

나는 이 기회에 공부도 할 겸, 어떻게 강의하는지 한번 들어보고 싶어서 강의실 맨 앞줄 모퉁이에 앉아 기다리고 있었다. 그런데 김 교수는 들어오자마자 내가 앉아 있는 것을 보고 공개적으로 나가달라고 했다. 설마 끝까지 나가라고는 않겠지 하는 마음에 그대로 앉아 있었다. 그는 내가 나갈 때까지 강의를 시작하지 않았다. 대선배가 앉아 있으면 강의를 할 수 없다는 것이었다.

나는 완전히 체면을 구기고 쫓겨났다. 숙소로 돌아오는 채 하고는 강의동 뒤로 돌아갔다. 창문이 열려 있어서 강의하는 소리가 그대로 들렸다. 교리를 설명할 때마다 실생활과 직결된 예를 들어가면서 강의했기 때문에 머리에 쏙쏙 들어왔다. 역시 명강의였다. 그의 고지식한 성격 때문에 나는 세 시간짜리 강의를 4일간 꼬박 강의동 뒤에서 선 채로 들어야 했다.

강의를 듣고 나는 생각했다. 이렇게 마음에 와 닿게 불교이론을 강의할 수 있는 사람이 참선수행을 병행한다면 대단한 불교 수행자가 될 것이라고. 나는 불교계의 인재를 키우고 싶다는 생각이 들었다.

한국으로 돌아와 나는 김 교수에게 학교를 그만둘 생각이라고 말했다. 그리고 그동안 있었던 일련의 드라마 같은 이야기를 하면서 같이 수행할 생각이 있으면 함께 시작하자고 했다. 평소에 내가 그만둘지도 모른다는 말을 자주 했기 때문에 김 교수는 드디어 올 것이 왔구나 하는 표정을 짓더니 자신도 그만두고 싶다고 했다. 나는 다시 진지하게 말했다.

"학생들에게 불교는 머리만으로 이해하는 것이 아니라 몸과 마음이 하나가 되어 행하는 것이라고 늘 강조했어요. 그런데 정작 가르치는 나 자신은 그렇지 못하고 있어요. 불교학과로 학사 편입 한 의미가 없네요."

"그 점은 저도 마찬가지입니다. 그렇지만 학교를 그만두면 현실적으로 당장 문제입니다. 가족도 경제적인 문제도……."

"큰일을 위해서는 포기해야 할 일도 많습니다. 내가 집안의 반대를 무릅쓰고 학사편입까지 하면서 불교 공부를 시작한 것은 모든 정신적 구속에서 자유롭기 위해서였어요. 그런데 과연 진정으로 정신적 자유를 얻었는가 하고 스스로에게 물어보면 회의가 들어요."

"사실 저도 날이 갈수록 불교는 아는 것과 행하는 것이 하나가 되지 않으면 의미가 없다는 것을 절감하고 있습니다. 그러나 뾰족한 방법이 없지 않습니까?"

우리는 불교 수행자들이 흔히 말하는 "출가할 때의 초심(初心)으로 돌아가자"는 데 뜻을 모으고, 이것저것 생각하고 변명하는 자체가 핑계라는 결론을 내렸다. 주위의 만류도 뿌리치고 우리는 단호히 교수직을 그만두기로 했다. 나야 독신에다 부양가족이 없어 홀가분하게 떠날 수 있었지만, 김 교수는 노모와 가족의 경제적인 문제를 책임져야 했기에 많이 고심하는 것 같았다.

지인들 가운데는 우리가 교수 사회의 조그만 문제점도 지나칠 수 없는, 지나치게 양심적인 사람이어서 학교를 그만두었다고 생각하는 이들이 있었다. 그러나 솔직히 말해 적어도 나만은 그런 양심적인 사람들과는 좀 거리가 있다. 모든 얽매임으로부터의 자유. 이것이 내가 교수직을 떠나 수행의 길로 나서게 된 근본적인 이유이다.

모든 것을 버리고 떠나기로 결정하자 마음이 홀가분했다. 아무도 나를 구속하지 않는다는 것을 알면서도 자신이 자신을 묶어놓고 끊임없이 자유를 추구하며 살아온 세월, 이제 바람처럼 구름처럼 살 수 있을 것 같은 생각이 들어 내 마음은 어느새 한 마리 새가 되어 오곡도 분교 하늘 위를 날고 있었다.

수행하다 죽으면
걱정할 것 없다

　오곡도 수련원이 외형적으로 어느 정도 자리를 잡자 우리는 세계의 유명 불교 수행처에서 수행하기 위해 길을 떠났다. 아무리 불교 전공으로 박사학위를 받고 대학에서 가르쳤으며 청규(淸規)에 따라 생활한다고 하더라도, 스승의 지도 없이 수행한다면 깨달음을 향해 올바로 가고 있는지 알 수가 없다. 빈 마음으로 고승들의 지도를 받으며 수행하고 싶었던 오랜 바람을 우리는 마침내 실천에 옮기게 되었다.

　먼저 우리나라의 불교 전통과 똑같이 간화선(看話禪, 화두 참구에 의해 깨달음을 얻는 수행) 수행을 종지로 하지만, 중국 송나라 때의 선 전통이 그대로 남아 있는 일본 임제종에서 간화선을 수행하기로 했다. 우리는 일본 임제종의 대본산 고가쿠지(向嶽寺)에서 미야

모토 다이호(宮本大峰) 방장 스님이 지도하는 집중수행에 참가하여 수행했다.

다음에는 미얀마의 양곤에 있는 쉐우민 담마 수카 토야에서 우 테자니야 사야도의 지도로 남방불교의 위파사나 수행에 매진하고, 프랑스에서는 틱낫한 스님이 이끄는 플럼 빌리지의 여름 집중수련회에 참가했다. 한때 한국 스님이었다가 환속해 유럽에서 한국 선을 가르치고 있는 스티븐 배츨러와 마르틴 배츨러 부부, 숭산 스님의 제자로서 파리에서 관음선원을 이끄는 미국인 우봉 스님, 파리 길상사에서 포교하고 있는 한국 스님도 만나 한국 선을 유럽인에게 지도하는 방법과 유럽인의 반응 등을 듣기도 했다. 스위스에서는 티베트 사원을 방문해 그곳의 수행법을 알아보았고, 평생을 불교학 연구에 매진했던 전 로잔대학교의 세계적인 불교학자 자크 메 교수와 그의 부인 김형희 씨를 만나 일상생활 속에서 화두를 드는 삶을 지켜보고 함께 이야기를 나누었다.

세계의 수행처를 돌며 우리가 체험한 다양한 수행법에는 각기 나름대로의 장점이 있었다. 다만 우리 두 사람의 취향에는 간화선 수행이 적격이라는 결론을 내렸다. 선(禪)이 가장 성했던 중국 당나라·송나라 시대 선종 사찰의 생활을 보면, 독참(獨參)이라는 제도를 두어 스승은 정기적으로 제자와 일대일로 만나 화두에 대해 제자들과 치열한 선문답(禪問答)을 나눔으로써 제자들의 경지를 점검하고 수행에 매진할 수 있게 이끌어주었다. 독참은 진리를 두고 스승과 제자가 한 치의 양보도 없이 겨루는 결전장과 같다.

간화선이 확립된 것은 중국 송나라의 대혜 종고(大慧宗杲, 1089~1163) 선사에 의해서였다. 송대의 선종 사찰에서 행하던 간화선 수행의 전통을 가장 원형 그대로 지키며 수행하는 곳이 일본 임제종이다. 현재 전통적인 독참 제도가 온전히 행해지고 있는 곳도 세계에서 일본 임제종밖에 없다.

우리가 임제종 대본산 고가쿠지에서 간화선 수행을 계속하게 된 가장 큰 이유는 다이호 방장 스님과 정기적으로 독참을 할 수 있었기 때문이다. 그래서 우리는 세계 유명 수행처에서 수행한 이후, 지난 2003년부터 지금까지 고가쿠지의 간화선 집중수행에 참여하여 전문 선방에서 스님들과 똑같이 수행해오고 있다. 그러는 사이 방장 스님과 900회 이상 독참을 하며 방장 스님으로부터 인가도 받았고, 간화선 수행을 통해 쌓은 체험으로 선 수행자들을 이끌어갈 노하우도 얻었다.

다이호 방장 스님은 20대 초반에 출가하여 두 번의 죽을 고비를 넘겨가며 피나는 정진을 해왔다. 눈빛 하나, 몸 움직임 하나가 그대로 설법이라는 평을 받는, 일본을 대표하는 선승이다. 여든이 다 된 지금도 시자 없이 혼자 기거하며 몸소 빨래와 청소를 하고 계신다.

고가쿠지의 여름 집중수행에 참가했던 우리는 미얀마와 유럽의 수행처에서 수행하고 난 뒤 고가쿠지를 다시 찾았다. 1년 중 가장 혹독한 12월의 집중수행에 참가하기 위해서였다. 혹독한 수행을 앞둔 우리는 일본에 도착하기 전부터 겨울바람 속에 나앉은 것처럼 정신이 번쩍 들었다.

석가모니 당시부터 수행자들이 한 곳에 모여 일정한 기간 동안 외출을 삼가고 수행에만 진력하는 제도가 있었다. 이 제도를 '안거(安居)'라고 한다. 예부터 중국, 한국, 일본의 선종에서는 여름 석 달 동안 하는 하안거와 겨울 석 달의 동안거를 제도화하여 실행해왔다. 일본 임제종에서는 안거 기간 중에 매달 초 일주일간씩 '셋신(接心)'이라는 집중수행(일종의 용맹정진)을 행한다. 그 12월 셋신에 참가한 것이다.

석가모니는 6년 고행 끝에 "깨달음에 이르지 못한다면 결코 이 자리에서 일어나지 않겠다"는 큰 결심을 하고 보리수 아래에 결연히 앉으셨다. 그렇게 선정에 든 7일 후 새벽, 마침내 위없는 최고의 깨달음에 이르렀다. 이날이 음력 12월 8일, 바로 성도일이다. 12월 집중수행은 석가모니 성도일을 기념하여 우리도 석가모니와 같은 용맹정진의 수행을 하자는 취지로, 양력 12월 1일부터 8일 새벽까지 진행된다. 원래 성도일은 음력 12월 8일이지만 일본에서는 모든 불교 행사를 양력으로 치른다.

이 기간은 예부터 '수행 중의 수행' '운수납자의 목숨 재촉'이라

불렸다. 그만큼 혹독하고 엄한 수행 기간이라는 뜻이다. 이 집중 수행 기간 중 수면시간은 하루 약 한 시간에 불과하다. 새벽 3시에 일어나 다음 날 새벽 2시에 취침한다. 그것도 추운 선방에서 좌선하던 방석 위에 앉은 채 모포만 한 장 두르고 잠깐 눈을 붙일 뿐이다. 아침예불 한 시간, 저녁예불 30분, 제창(提唱, 참구심을 일깨워 선 수행에 더욱 열심히 매진하게 하기 위한 설법)과 식사와 청소 시간을 제외하고는 온종일 좌선한다. 하루 15시간 30분 정도 좌선하는 셈이다. 방장 스님과의 독참은 매일 1인당 다섯 차례 있었다. 서너 시간마다 한 번꼴로 모두가 독참을 하는 것이다.

12월 집중수행에 들어가기 전날, 수행에 참가하는 사람들이 한데 모여 방장 스님과 짧게 차를 마시는 다례(茶禮)가 있었다. 그때 방장 스님이 말씀하셨다.

예부터 12월 집중수행 때는 목숨을 걸고 수행했다. 7일을 하루같이 수행해야 한다. 3일째까지는 누구나 잠자지 않고 정진할 수 있다. 그러나 4일째부터 이대로 가다가는 죽을지도 모른다는 불안감이 드는데, 수행하다 죽어도 좋다는 각오로 임해야 한다. 수행하다 죽으면 절에서 섭섭지 않게 장례를 잘 치러줄 테니 걱정하지 마라. 나도 1961년 12월 집중수행 때 온몸이 땀으로 뒤범벅이 될 정도로 열이 나면서 음식을 전혀 삼킬 수 없었다. 의사와 주위 사람들은 곧 죽을 것이라고 했지만, 나는 죽어도 좋다는 각오로 수행을 계속했다. 그런데도 죽지 않고 지금 이렇게 멀쩡하지 않느냐?

반드시 경계해야 할 것이 하나 있다. 추위와 통증과 졸음을 참는 것을 수행으로 생각하는 경향이 있는데, 그것은 참으로 어리석은 생각이다. 그것을 목표로 한다면 극기 훈련이 될 뿐이다. 그러한 어려움 속에서도 깨달음을 얻어 중생구제를 하겠다는 보리심을 가지고 화두를 놓치지 않는 것이 수행이다.

아무리 추운 영하의 겨울날에도 일본 선방에는 불기 한 점 없다. 난방은 전혀 하지 않는다. 땅바닥은 차디찬 돌바닥. 방석 밑의 다다미에는 온기가 있을 리 없다. 게다가 좌선할 때는 한겨울에도 선방의 출입문과 그 많은 창문을 모두 다 활짝 열어놓는다. 기온이 영하로 떨어지고 바람까지 부는 날이면 그 추위는 상상을 초월한다. 손발이 얼고 어떤 때는 추워서 이빨까지 탁탁 부딪쳤다. 여기저기서 "으으……" 하며 추위 참는 소리도 간간이 들렸다. 물걸레로 닦은 법당 마룻바닥에는 살얼음이 맺혔고, 실내 화장실 입구 수도꼭지에는 고드름이 달렸다.

스님들은 늘 맨발로 생활하며 상하 긴소매 내의도 입지 못하게 되어 있다. 그래서 아무리 추운 겨울이라도 계단을 오를 때면 승복 아래로 무릎까지 맨살이 그대로 드러난다. 합장할 때는 팔꿈치까지도 맨살이 보인다. 여름 옷차림이나 겨울 옷차림이나 항상 정해진 대로만 입도록 되어 있다. 여름에는 땀투성이가 되지만, 겨울에는 펄럭이는 승복 사이로 찬 기운이 종횡무진으로 속살을 파고든다. 나는 재가자라서 옷 입는 것에 제한을 받지 않아 두껍게 입을 수 있었지만, 그래도 살을 파고드는 추위는 감당하기 힘들었고 양말을 신지 않은 발은 동상에 걸렸다. 태어나 처음 겪어보는 추위였다.

직일(直日, 선방에서 스님들을 지휘 감독하는 직책) 스님은 동상이 심해 걷기도 힘들어 보였다. 특히 좌선에서 일어나 바닥에 내려설 때에는 보기에도 애처로울 정도로 고통스러워했다. 손과 발에 동상이 걸려 피가 나거나 발갛게 부어올라 있지 않으면 이곳 스님들의 손발이 아니었다. 그래서인지 모두들 동상쯤이야 하고 별로 대수롭지 않게 여기고 있었다.

좌선 중에 졸거나 조금만 흐트러졌다 하면 직일 스님은 각목 같은 죽비로 그 사람의 어깻죽지를 인정사정없이 펑펑 내려치거나, 다다미 위를 죽비로 '꽝' 치면서 사자가 포효하듯 고함을 질렀다. 옆 사람의 죽비 맞는 소리에 나까지 잠이 확 달아날 지경이었다.

어느 날, 밤 10시가 넘었을 때였다. 선방에서 좌선하던 중 일본 스님 한 분이 졸다가 뒤로 넘어졌다. 죽비를 들고 선방을 돌고 있던 직일 스님은 쏜살같이 달려가 넘어진 스님 몸 위로 죽비를 후려갈겼다. 일본 죽비는 휘어지지 않는 딱딱한 각목과 같다. 졸음은커녕 간담이 서늘한 순간이었다.

12월 집중수행 기간에 수행자들은 밤 11시부터 새벽 2시까지

불기 한 점 없는 차디찬 선방.
매서운 바람이 부는 영하의 겨울날에도
창문을 닫는 법이 없다.
찬 기운이 종횡무진으로 속살을 파고드는 속에서
맨발로 좌선하는 간화선 집중수행.
수행하다 죽어도 좋다는 각오로 화두를 든다

야좌(夜座)를 한다. 야좌 시간에는 법당 밖 옥외 툇마루에 앉아 추위와 정면으로 부딪치며 좌선을 한다. 고깔모자 하나 쓰고 담요 한 장 어깨에 걸치고 눈 내리는 정원을 마주 보고 앉아, 살을 에는 삭풍을 온몸으로 받아들이며 화두를 든다.

임제종의 선풍(禪風)은 한마디로 '힘과 박력'이라고 할 수 있다. 독경할 때나, 식사할 때나, 걸을 때나, 죽비를 내려칠 때나, 언제나 아주 힘차고 빠르다. 방장 스님과 선문답할 때는 자기도 모르는 사이에 굉장한 기백을 보이게 된다. 걸을 때 팔꿈치를 흔들거나 신발을 질질 끌어도 스님들의 호된 질책이 날아든다. 걸을 때도 좌선할 때와 마찬가지로 마음을 다잡아야 하기 때문이다.

신발도 똑바로 나란히, 방석도 전후좌우에 맞추어 나란히, 걸어가는 모습도 줄지어 나란히, 선방에서는 모든 행동이 선(線)의 예술이다. 이러한 모든 규제들이 형식적인 것 같지만, 실은 이렇게 정리 정돈함으로써 자신의 마음을 흐트러지지 않게 똑바로 유지할 수 있다.

중국 간화선 수행의 전통이 원래 그랬던 것처럼, 일본 임제종에서는 번뇌에 대한 대처도 호방하기 그지없다. 번뇌를 요모조모 관찰하며 시간을 끄는 것이 아니라 단숨에 잘라낸다. 따라서 간화선 수행은 사람을 아주 당당하고 호방하고 자유롭게 만든다. 이러한 힘과 박력으로 그토록 끈질긴 번뇌를 끊게 할 수 있구나 하는 생각이 수행 기간 내내 떠올랐다.

내 인생 최상의 선택

12월 집중수행 첫날, 아침예불을 끝내고 선방으로 돌아와 좌선 자세로 앉아 있으니 직일 스님이 오늘부터 방장 스님과 독참이 있다고 전해주었다. 일본 임제종에서는 수행자에게 화두를 주고 깨달을 때까지 그냥 내버려두는 법이 없다. "독참을 하지 않으면 좌선은 열매를 맺지 않는다"고 할 만큼 독참을 중시한다.

새벽 4시 30분, 독참을 알리는 종소리가 본당에서 들려왔다. 드디어 첫 독참 시간이 왔다. 잠시 후 내 차례가 되었다. 어두컴컴한 복도를 지나 독참실 앞에 이르러 절을 올리고 방으로 들어갔다. 방장 스님 앞에 깔린 돗자리 끝자락에서 다시 정중히 절하고 방장 스님을 향해 꿇어앉았다.

가부좌하고 앉아서 미동도 하지 않는 방장 스님. 주위는 스님의 선정의 힘에 의해 한없는 적정(寂靜) 속으로 빨려들고 있었다. 힘과 고요함이 하나가 된 이 순수한 기운을 접한 나는 깊은 외경에 휩싸였다.

스님은 조용히 눈을 감고 말씀을 시작하셨다.

"먼저 화두를 주겠다."

말씀에는 단호함이 배어 있었다.

"조주 선사의 '무(無)'자 화두이다. 잘 알고 있겠지만 여기서 말하는 '무'는 유무(有無)를 초월한 '무'다. 더 이상 설명은 하지 않겠다."

방장 스님은 화두의 내용이나 화두를 드는 구체적인 방법에 대해서는 아무런 설명도 하지 않으셨다. 단호한 어조로 이렇게만 말씀하셨다.

"지금까지 익힌 학문은 완전히 버리고, '무' 그 자체가 되어라. 결코 쉽지도 않고 오래 앉아 있다고 되는 것도 아니다. 몇 년씩 해도 안 되는 사람이 있는가 하면, 일주일 만에 목적을 달성하는 사람도 있다. 이번 일주일 만에 '무'를 뚫고 가라. 머리에서 나온 답은 소용이 없다. 온몸으로 체험한 경지라야 한다. '무'와 내가 둘이 아니라 하나가 되게 하라. 자신을 잊고, 만사를 잊고, '무'와 하나가 될 때까지 계속 좌선하라."

방장 스님은 옆에 놓인 요령을 집어서 흔들었다. 독참이 끝났으니 물러가라는 신호이다. 나는 절을 올리고 선방으로 돌아왔다. 화두를 받아들고 자리로 돌아와 '무'자 화두를 들었지만 앞뒤가 꽉 막혀 아무것도 알 수가 없었다. 다음 독참 시간은 점점 다가오는데, 방장 스님 앞에 나아가 뭘 어떻게 해야 할지 전혀 감이 잡히지 않았다('무'자 화두를 비롯한 화두 일반에 대한 상세한 내용은 2부에 나와 있다).

드디어 독참 시간.

"무를 보았느냐?"

침묵만 흘렀다.

"화두를 학문적으로 풀려고 해서는 안 된다. '이것은 뭐고, 저것은 뭐다'라는 식으로 머리가 작용해서는 안 된다는 말이다. 그렇게 해서는 살아 있는 화두가 될 수 없다. 자신의 온몸과 마음이 화두 그 자체가 되어 있을 때 그 화두는 살아 있다. 이를 위해서는 자기 자신이 완전히 죽어야 한다. 그렇게 될 때 새로운 경지가 펼쳐지게 된다. 완전히 '무' 그 자체가 되어라. '무'가 말하고, '무'가 예불하고, '무'가 밥 먹고, '무'가 청소하도록 하라."

내가 불교학자라는 것을 염두에 두셨는지 방장 스님은 학문적으로 화두에 접근하는 것을 경계하셨다. 선에서는 온갖 망상을 떠난 경지에 들게 하기 위해 화두라는 문제를 제시하고 있다. 화두는 지식과 생각으로는 도저히 해결할 수 없다. 화두를 참구한다는 것은 머리로 답을 궁리하여 짜 맞추는 것이 아니다.

단지 온몸과 마음이 화두 그 자체가 되어야 한다. 이것이 화두와 하나가 되는 것이고, 화두에 죽는 것이다. '무' 그 자체가 된다는 것은 '무'와 하나가 되는 것이다.

돌아와 다시 '무'에 매달렸다. 머리가 '무'라는 벽에 가로막혀 아무런 생각도 일어나지 않았다. 지금까지 선에 대해 읽은 것이나 들은 것은 아무런 도움이 되지 못했다. 오히려 읽은 내용들이 떠올라 화두를 드는데 방해가 되었다.

독참 대기 장소인 환종장에 꿇어 앉아 자기 독참 차례가 올 때까지 기다리는 시간은, 생사를 건 전장에서 고지를 눈앞에 두고 마지막 돌격을 기다리는 심정의 연속이라 할까. 드디어 내 독참 차례가 왔다. 종을 두 번 땅땅 치고 방장 스님 방으로 나아가는데, 정말 호랑이굴에 들어가는 기분이었다.

"'무' 그 자체가 되었는가?"

"도무지 뭐가 뭔지 모르겠습니다."

"이것은 자신이 스스로 노력하여 아는 방법 외에는 길이 없다. 자신도 잊고 모든 것을 잊을 때까지 '무-' 하면서 '무'를 놓치지 말고 계속 앉아라. 단지 '무'밖에 모르는 바보가 되라. 그러면 비로소 무와 하나가 될 것이다."

독참에서 세세한 가르침을 받는다는 것은 있을 수 없다. 그러나 방장 스님은 나를 측은하게 생각하셨는지 '무'자 화두를 드는 하나의 방법으로, 마음속으로 '무-'를 외치면서 '무'에 집중할 것을 일러주셨다.

"무(無)-, 무-, 무-."

'무'에 매달렸다.

며칠 동안 나는 좌선 때는 물론이고 밥 먹을 때, 청소할 때 등 거의 하루 종일 '무'에 매달렸다. 방장 스님은 독참 때마다 짧은 말씀을 남기고는 말씀이 끝나기가 무섭게 요령을 흔드셨다.

> "날씨가 춥다 해도 이 정도 추위쯤이야, 다리가 아파도 이 정도 통증 쯤이야 하고 추위와 통증을 쳐부술 수 있는 기백과 힘이 있어야 해."
>
> "자신은 물론 하늘과 땅, 온 천지가 '무'가 되어야 해."
>
> "'무'자 삼매에 들지 않고서는 '무'를 알 수도 없고 말할 수도 없다."
>
> "'무' 그 자체가 되면 진짜 '무'가 저절로 용솟음쳐 나온다."

방장 스님은 독참 시간 때마다 나의 상태를 꿰뚫어 보시고 새로운 경지로 들어갈 수 있도록 길을 터주셨다. 때로는 자존심을 상하게 해서 분발시키기도 하며 언제나 차디찬 위엄과 천금 같은 침묵과 번뜩이는 한마디로 나를 몰아치셨다. 혼절을 다해 집중하지 않을 수 없었다.

"'무'가 보이더냐?"

"좌선 중에는 시간이 언제 지나갔는지도 모릅니다."

"지금 시간 같은 것을 말할 때냐? 그런 상태로는 백 년이 흘러도 안 된다."

난감한 표정으로 절을 하고 고개를 들려는 순간, 내 등에 갑자기 방장 스님의 죽비 세례가 날아왔다. 너무 갑작스럽고 단호했기 때문에 졸지에 얼이 빠진 나는 무슨 일이 일어났는지조차 알 수가 없었다. 울부짖고 싶은 충동이 몸 전체에 퍼지면서 이렇게 열심히 하는데 맞다니 하는 분한 생각이 번개처럼 스쳐 지나갔다.

그러나 다음 순간 '분한 마음이 일어나다니, 아직도 '아(我)'가 남아 있구나' 하고 깨달았다. 다시 엎드려 이마가 돗자리에 닿게 깊숙이 절을 했다. 그 순간 어둠 속의 섬광처럼 몸을 휘익 감도는 전율이 느껴지더니 온몸이 가벼워지면서 분함도 난감함도 사라지고 개운해졌다.

방장 스님의 죽비는 모든 것을 끊어버리는, 선의 절대의 일격이었다. 그것은 아직도 망념, 망상을 떨쳐내지 못하고 있는 나의 어정쩡한 태도를 날려버리고 새롭게 단순한 힘이 솟아오르게 하는 원동력이 되었다.

다시 용맹심을 발해서 '무'와 하나가 되려고 노력했다. 망상이나 과거의 앙금이 떠오를 때, 개의치 않고 얼른 '무―' 하고 '무' 자 화두로 돌아갔다. 몸과 마음은 겨울바람처럼 쌩하게 맑은데 그저 '무' 하나만 남아 있었다. '무' 하나로 온통 채워져 있었다. 그냥 '무'였다. 누가 칼을 들이대도 '무―' 하고 뚫고 나갈 수 있는 그런 '무'였다. 그러나 나는 결국 '무'를 보여드리지 못하고 12월 집중수행을 끝내게 되었다.

마지막 독참 때 방장 스님이 말씀하셨다.

"지금 하고 있는 이 체험은 앞으로 본인의 수행과 사람들을 지도해나가는 데 바탕이 되는 것들이다. 그런 만큼 이쪽에서도 섣불리 인정해줄 수가 없다. 확실하고 철저한 '무'가 되어야 하는 것이다.

화두를 통해 철저하게 자기 자신을 완전히 비워야 하고, 자기 자신을 완전히 죽이는 것이 중요하다. 자기 자신은 없고 화두만 남아야 한다. 이렇게 될 때 화두도 일사천리로 통하게 된다. 빨리 '무'를 보고 싶다, 빨리 깨닫고 싶다는 생각을 가져서는 안 된다. 석가모니와 달마 대사에게도 지지 않는 '무'를 붙잡아라."

그 후 오곡도 수련원과 고가쿠지를 오가며 고가쿠지의 집중수행에 계속 참가하고 안거 기간 중에는 오랫동안 고가쿠지 선방에 머물며 좌선하고 독참했다. 나는 다이호 방장 스님과 독참을 하는 동안 수없이 많은 수모와 좌절을 겪었지만, 기필코 해내겠다는 의지와 '할 수 있다'는 믿음을 가지고 버텨갔다. 다행히 한번 시작하면 물불을 가리지 않고 죽어도 해내는 성격이었기에 간화선 수행을 하기에는 적격이었다. 뼛속까지 사무치는 추위를 겪지 않고서 어찌 코를 쏘는 매화 향기를 맡겠는가?

어느 때부터인가 '무'가 나를 떠나지 않았다. 밤에 잠을 자다가도 눈을 뜨면 얼른 선방으로 나와 앉아 '무'를 참구했다. 각성 상태가 유지되면서 잠을 조금만 자도 피곤하지 않았고, 자면서도 '무'가 머릿속에 꽉 찬 듯이 느껴졌으며, 새벽에 눈을 뜨면 '무'가 먼저 떠올랐다. '무'가 한시도 머릿속을 떠나지 않았다.

좌선하는 횟수가 거듭될수록 가부좌하고 앉은 개인적인 내 몸은 사라지고 우주와 하나가 되어 경계가 없어진 느낌이었다. 그때부터 선방에 앉으면 개인적인 나는 없고 우주 그 자체가 되어 우주를 느끼게 되었다. 깜깜한 암흑을 느낄 때도 그것이 바로 우주이며 나였고, 눈부신 빛을 느낄 때도 그것이 바로 우주이고 나였다. 좌선 중에 산더미 같은 파도가 밀려와 덮칠 때도 그것이 바로 나였고, 파도라서 무섭거나 두렵다는 생각이 전혀 없이 그저 온 천지에는 덮치는 파도뿐이었다.

'무'자 화두를 참구한 지 몇 년이 지났을 때였다. 좌선 중 어느 순간, 나는 광활한 우주 공간에서 영원과 무한을 보았다. 나는 영원·무한과 분리될 수 없었기 때문에 저절로 그 자체였다. 무한을 감지한 순간, 아무런 생각을 하지 않았는데도 저절로 모든 것을 알고 느낄 수 있었다.

우주와 대지, 산과 바다, 모든 존재하는 것들은 살아 있었고 하나의 거대한 생명체였다. 화석이 된 패총의 조개껍데기들이 살아 움직였고, 그곳에 과거·현재·미래가 함께 공존하고 있음을 보았다. 나는 역동적인 힘을 느꼈다. 패총의 화석들이 바로 내 몸의 세포로 여겨졌으며, 내 몸 세포인 패총들은 온 우주로 무한히 이어졌다.

나는 자리에서 일어나지 않고 몇 시간 동안 계속 좌선했다. 그러나 방금 앉은 듯한 느낌이면서 또한 오래전부터 그 자리에 그렇게 앉아 있은 듯이 한없이 평온하고 편안했다. 머리는 밤하늘에 꽉 찬 무수한 별처럼 총총하고 맑았으며, 온몸은 찬물에 샤워를 한 듯이 청결하고 산뜻했다.

그 뒤로 나는 현실에서 만물이 살아 있음을 온몸으로 느끼는 체험을 했으며 그때 뭐라고 표현할 수 없는 경이로움으로 온몸이 떨렸다. 그 감동은 며칠간 계속되었다. 그러나 여기서는 그 내용을 밝히지 않는 것이 좋을 것 같아서 생략한다. 무문(無門 慧開, 1183~1260) 선사는 『무문관』에서 "수행이 깊어지면 저절로 '나'와 '무'가 하나가 된다. 그 경계는 벙어리가 꾼 꿈처럼 오직 자기만 알 뿐 다른 사람에게는 전할 수 없다"고 했다.

한 달 뒤 고가쿠지 집중수행에 참가하여 방장 스님께 오곡도에서 일어났던 이 일들을 말씀드리는데, 온몸에 전율을 느끼고 떨려서 말을 제대로 잇지 못했다. 방장 스님은 말씀하셨다.

"수많은 수행자가 그런 체험을 하기 위해 오랜 세월 목숨을 걸어왔다."

나는 불교학을 전공하면서부터 불교 이론을 생활화하려고 노력했다. 그러나 막상 문제에 부딪히면 이론대로 되지 않고 그물에 걸린 물고기처럼 퍼드덕거리며 괴로워했다. 그물을 뚫고 나가야 자유자재한 삶, 대자유인이 된다는 것을 알면서도 그물을 뚫고 나오지는 못했다. 선 수행은 나로 하여금 그물을 뚫고 나오게 했다. 진정한 자유인이 되는 간화선 수행, 내 인생 최상의 선택이었다.

한 사람이 나무에 올라가,
입으로 가지만 물고 매달려 있다.
그때 누군가 달마가 서쪽에서 온 뜻을 물었다.
대답하지 않으면 질문을 무시한 것이고,
대답하면 떨어져 죽을 것이다.
바로 이럴 때 어떻게 하겠는가?

-향엄 선사

제 2 부

수행하는
기쁨

그냥 지게만 질 뿐

오곡도 수련원

오곡도는 통영 끝자락에 있는 척포라는 항구에서 배를 타고 10여 분을 가면 나오는, 한산도와 비진도 해수욕장을 마주보고 있는 고즈넉한 섬이다. 자갈밭 해안에 도착해서 벼랑길을 따라 150미터쯤 올라가면 닭이 알을 품고 있는 모양새의 산중턱이 나온다. 그곳에 멀리 바다가 한눈에 들어오는 탁 트인 공간이 있는데, 이 섬의 옛 초등학교 자리이다. 우리는 초등학교로 쓰였던 건물을 수리하여 수행처로 삼았다.

한때는 300~400명의 주민이 살았다는 이 섬도 자녀 교육에 헌신적인 점에서는 예외가 아니었다. 바람이 가장 덜 불고 햇볕이 잘 드는, 섬에서 가장 좋은 명당자리에 학교가 있었다. 해돋

이와 낙조를 모두 볼 수 있고, 사시사철 풍족하게 솟아나는 뛰어난 수질의 우물이 있는 곳. 수행처로는 이상적인 조건이지만 그곳을 수행처로 바꾸는 과정은 그리 쉽지만은 않았다.

건물과 주변을 수리, 유지, 보수하는 데 필요한 자재는 물론 야채를 제외한 생필품은 모두 육지에서 들여왔는데, 섬까지 가져오는 것도 예삿일이 아니었지만 선착장에서 수련원까지 모두 인력으로 옮겨야 했기 때문이다. 이 사정은 지금도 마찬가지이다.

시멘트·모래·자갈 각각 한 포대 40킬로그램, 프로판가스 한 통 40킬로그램. 비가 오는 날에는 비를 맞으며 지게를 져야 할 때도 있었다. 수련원 초창기 시절, 가파른 벼랑길을 김 부원장은 40킬로그램의 짐을, 나는 그 절반의 짐을 하루 종일 반복해서 지고 오를 때 별의별 생각이 다 떠올랐다. "야! 나도 대단한 사람이다. 대학교수 하던 사람이 이렇게 하심(下心)하고 지게까지 지고 있으니!"

사람들에게 불교 교리를 강의하면서 물이 컵에 들어가면 컵 모양, 바가지에서는 바가지 모양이 되듯이 우리도 어느 한 모습에 집착해서는 안 된다고 설명하던 사람이 바로 나였다. 하지만 지게 지면서 했던 생각이 교리와 위배되는 잘못된 견해에서 나왔다는 것은 한참 뒤에 알았다. 대학에서 학생들을 가르칠 때는 교수이지만, 지게를 질 때는 지게꾼일 뿐이다.

"교수가 지게를 진다"는 생각은 나를 늘 교수로 고정시켜 놓고 보는 것이다. 이것은 물은 컵 모양으로 고정되어 있다고 우기는 것과 같다. 이렇게 집착하면 '교수'와 '컵 모양'은 '아(我)'가 되고 만다. '아'는 진리인 연기·공과는 반대가 되는 망상이다(이에 관한 상세한 내용은 뒤에 나오는 '아(我)가 없어야 한다'를 참조 바란다). 이 잘못된 생각에서 하심을 하고 있다느니 하는 거만한 생각이 일어나는 것이다. 어리석음이 괴로움의 씨앗을 뿌리는 순간이다. 그 후 선 수행을 해나가면서 "지게를 질 때는 지게꾼일 뿐"이라는 말도 필요 없다는 것을 온몸으로 뼈저리게 알았다. 나는 그날 이후 그냥 지게만 진다.

짐을 나를 때는 단지 짐을 나르는 사람일 뿐이다. 사장님도 교수님도 사모님도 아니다. 사장님이 짐을 나른다, 사모님이 짐을 나른다, 이렇게 잘못된 생각을 하면 짐 나르는 일이 힘들어진다. 단지 무심히 짐만 날라야 한다. 그것이 선을 생활화하는 것이고 선적으로 사는 것이다.

수련원이 자리 잡기까지 지인들도 물심양면으로 도와주었다. 어려울 때마다 만사를 제쳐놓고 내려와서 일을 거들어주었고 따뜻한 마음을 나눠주었다. 돈이나 권력을 가진 사람 주위에는 사람이 많이 모인다. 하지만 돈과 권력이 떠날 때 그 많던 사람도 함께 떠난다. 모든 걸 다 내려놓고 섬으로 들어온 우리에게는 사람이 붙을만한 더 이상의 명예도 재물도 없었다. 그러나 어려운 고비마다 고마운 인연들이 나타나 길을 열어주었다.

반면에 말 많은 세상은 우리를 그냥 놔두지도 않았다. 말 만들기 좋아하는 사람들은 별별 소문을 다 만들어 퍼트렸고, 소문의 진상을 알려고 하는 전화도 잦았다.

　"정말 그만두셨습니까? 밖에서도 수행하고 가르칠 수 있는데 왜 그 먼 섬까지 들어가셨어요? 김 교수님과 함께 간 것이 맞습니까?"

　"안타깝습니다. 어느 장소에 가든 교수라는 명함만 내밀면 대접받는데, 왜 그 좋은 자리를 그만두셨습니까?"

　"대중에게 쉽게 불교를 가르칠 수 있는 인재가 부족한 형편에 교수님 같은 분들이 그만두시면 어떡합니까?"

　전화를 건 핵심이 어디에 있는지 모를 리 없었다. 그러나 응당 치러야 할 과정이라는 것을 너무나 잘 알았기 때문에, 그저 우리가 걷고자 하는 길에 대해 담담하게 말해주었다.

　　사과를 아는 방법에는 두 가지가 있습니다.

　　하나는 사과의 성분이나 모양 등에 대해 분석한 설명을 통해 아는 것이고, 다른 하나는 사과를 직접 먹어보고 아는 것입니다.

　　지금까지 우리는 사과에 대한 이론은 잘 알았고 설명도 잘 했습니다. 그러나 정작 먹어보지를 못했습니다. 사과의 성분이나 모양은 이론으로 배워서 설명할 수 있지만, 사과 맛은 각자가 먹어보지 않으면 절대로 알 수가 없습니다.

이제는 사과를 직접 먹어보고 싶습니다. 선생님도 우리와 함께 직접 사과를 먹을 수 있는 기회를 가질 수 있었으면 좋겠습니다.

자신이 어떤 세계에 사는가 하는 것은 어떠한 몸과 마음을 가지고 생활하느냐에 달려 있다. 앞을 못 보는 시각장애인에게는 색깔의 세계가 없고, 소리를 듣지 못하는 청각장애인에게는 소리의 세계가 없다. 사람의 몸은 건강 상태에 따라 추위와 더위조차 다르게 느끼기도 한다.

또한 개인의 성격이나 기질에 따라 같은 것에 대해 사람마다 경험하는 내용도 각각 다르다. 이런 의미에서 우리는 각자 모두 다른 세계에 살고 있다고 할 수 있다. 자신의 눈높이만큼 살고 있는 것이다. 그래서 부처 눈에는 부처만 보이고, 욕심쟁이 눈에는 재물만 보인다고 했다.

석가모니가 모든 세속적 부귀영화를 다 버리고 몰래 왕궁을 빠져나와 출가했듯이, 무언가에 대한 뜨거운 열정이 있는 사람에게는 세속적인 출세나 명예가 아무런 의미가 없다. 시간이 모든 것을 해결해준다는 교훈대로 소문은 잦아들고 응원을 보내는 사람이 점점 늘어갔다.

찾아온 지인들은 우리의 모습을 보고 안타까워했지만, 우리는 이 모든 것을 수행이라고 생각했으므로 그 말에 아무런 동요가 없었다.

이 세상에 변하지 않는 것은 없다

오곡도 수련원을 처음 찾은 사람들은 자연경관이 고요하고 아름답다고 찬탄해 마지않는다. 봄에는 바닷속 자갈까지 훤히 보이는 맑은 바닷물과 해변의 벼랑에 걸린 낙락장송이 조화를 이루어 한 폭의 동양화를 연출하고, 여름밤 선명한 별빛이 무수히 쏟아지는 앞마당에는 반딧불이가 푸른색 형광 빛을 발하며 어지럽게 춤을 추는 섬. 가을 해질녘에는 붉은 노을이 깔린 수평선을 배경으로 시원한 가을바람이 누렇게 변한 갈대밭 사이를 이리저리 가르며 연출하는 장관을 볼 수 있고, 겨울에는 잎사귀에 기름을 바른 듯이 반짝이는 동백나무가 늘어서 있는 길을 따사로운 햇볕을 받으며 거닐 수 있다. 맞은편 섬 꼭대기 위로 보름달이 떠오르면 밤바다는 황금빛 달빛이 깔린 융단으로 변한다. 수련원 옆 대나무 밭에서 불어오는 시원한 바람은 세파에 시달린 중생의 마음을 끝없이 씻어 내린다.

그러나 이렇게 수려한 자연경관도 대자연의 변해가는 한때의 모습에 지나지 않는다. "이 세상에 변하지 않는 것은 없다"는 '무상'의 진리로부터 수련원의 경관도 예외일 수는 없기 때문이다.

억수같이 내리는 비, 상상을 초월하는 태풍의 거센 바람. 그럴 때마다 전기는 며칠씩 끊기고 천둥번개가 내리치는, 지척을 분간할 수 없는 한밤중의 비바람 속에서도 수로를 뚫고 지붕을 로프로 묶어야 했다. 보수하거나 새로 쌓은 돌 축대는 또 얼마나 많았던가.

마당과 밭에는 웬 잡초가 그리도 많이 나는지! 도시생활만 해온 우리는 일 년에 한 번만 잡초를 뽑으면 더는 잡초가 나지 않는 줄 알았다. 뽑고 난 뒤 일주일도 채 되지 않아 또 뽑아야 하는 것이 잡초였다. 말 그대로 잡초와의 전쟁이었다. 그러는 사이 어느새 새카만 피부의 섬사람이 되어가고 있었다.

수시로 부는 강풍이 휘몰아칠 때면 잔잔하던 바다는 언제 그랬느냐는 듯이 허연 포말을 하늘까지 치솟아 올리며 포효한다. 바닷가 특유의 운무가 온 천지를 뒤덮어 한 치 앞도 구분하지 못하게 만들면, 뱃길도 인적도 끊어진 오곡도 수련원은 영락없이 창살 없는 감옥에 갇힌 절해고도의 형국이 된다.

한 번의 용기 있는 결단은 멋있게 보인다. 그러나 하루 이틀 그 결단대로 살아가다 보면 생각지도 못한 고통이 하나둘 다가오고, 용기 있는 결단은 흔들리기 시작한다. 두 이방인에게 오곡도 생활은 도시인들이 생각하는 시골의 낭만은 그 어디에도 없고, 뼛속을 저미는 생생한 현실만이 있을 뿐이었다. 퇴로를 끊고 수행을 위해 들어온 것이 아니었다면 얼마 되지 않아 사회로 되돌아갔을 것이다.

처음 수련원을 찾아와 수련원의 아름다운 경관만을 본 사람들은 우리가 행복한 곳에 살고 있다고 말했다. 그러나 강풍과 태풍으로 찢기고 부서진 오곡도 수련원의 모습을 본 지인들은

154

왜 굳이 섬에서 불행을 자처하며 살고 있느냐고 안타까워했다.

오곡도에 그대로 사는 것이 행복할까, 섬 밖으로 나가야 행복할까? 이 세상 어디엔들 강풍과 태풍이 없을까? 외부에서 불어오는 강풍과 태풍이 없다고 우리 내면에서 휘몰아치는 강풍과 태풍마저 잦아들겠는가?

우리가 오곡도 수련원에서 수행한다는 소문을 듣고 한가로이 농사나 짓고 수행하면서 사는 것도 좋을 것이라고 생각한 지인이 있었다. 들어와 함께 수행하면서 살고 싶다고 했을 때 우리는 반대했다. 우리에게는 이곳이 수행하기에 가장 적합한 곳이지만, 세속의 번잡한 생활에 젖어 있는 그녀에게는 분명히 견디기 힘들 곳이기 때문이었다.

그러나 그녀는 수행자에게는 이 세상 온 천지가 내 집인데 어디 간들 못살겠느냐면서 막무가내로 신변을 정리하고 들어왔다. 일주일쯤 살아보니 그녀에게 이곳은 살 곳이 못 되었다. 전문 선수행처라서 신도가 찾아와 대화하는 일도 없고 그 흔한 신문도, TV도 없었다. 온종일 만날 수 있는 것은 햇볕, 바람, 나무, 밤하늘의 별뿐이었다. 땡볕에서도 밭일을 해야 했고, 아침 일찍 일어나 예불하고 좌선하는 것도 힘든 일이었다. 게다가 모기와 벌레는 왜 그리도 많은지.

어느 날 오후, 모처럼의 여유를 가지고 수련원 선방 앞에서 은빛 바다를 바라보며 함께 차를 마셨다. 나는 분위기도 좋고

수련원의 고요한 경관도
강풍과 태풍으로 찢기고 부서질 때가 있다.
외부에서 불어오는 바람이 없다고
우리 내면에서 휘몰아치는 강풍과 태풍마저
잦아들겠는가?
화두를 들고 선 수행을 하라.
언제 어디서도 상처받지 않는
행복의 파랑새를 만날 수 있다

광경이 정말 아름다워서 그녀에게 "아름답지요?"라고 한마디 던졌다. 그런데 의외로 그녀는 "늘 보는 바다인데……" 하면서 시큰둥하게 반응했다.

그녀의 마음속에는 첫날 그렇게 아름답게 보이던 남해 바다가 이미 자기와 육지를 가로막는 장벽으로 보이고, 이 섬에서 나가지 못할지도 모른다는 불안감도 생겨나기 시작했던 것이다. 결국 그녀는 보름이 채 되기도 전에 집에 급한 일이 생겼다면서 돌아갔다. 우리에게는 행복을 주는 수행처였지만 그녀에게는 무료하고 불편한 외진 섬이었던 것이다.

이처럼 행복도 불행도 어디까지나 받아들이는 자의 주관적인 느낌에 불과할 뿐 행복과 불행을 규정지을 절대적 기준은 없다. 문제는 부작용 없는 행복이 중요하다. 지금 그것으로 행복을 얻고 있지만 그것이 불행을 가져올 씨앗을 품고 있다면 진정한 행복이라고 할 수 없다. 부작용 없는 진정한 행복, 이것은 바로 불교가 추구하는 목표이기도 하다.

그렇다면 어떻게 해야 진정한 행복을 얻을 수 있을까?

파랑새를 찾는 사람들

세상에는 큰 것이 있으면 작은 것이 있고 모난 것이 있으면 둥근 것이 있다. 모든 것은 상대적이다. 돌담을 쌓을 때 큰 돌을 먼저 쌓은 뒤 다시 그 사이사이에 작은 돌을 끼워 넣어서 어그러지지 않게 해야 비로소 튼튼한 돌담이 완성된다. 이때 큰 돌이 아무리 좋아도 작은 돌 역할을 대신할 수 없듯이, 큰 돌도 작은 돌도 모두 다 필요하고 소중하다.

큰 돌과 작은 돌은 크기에 차이가 있을 뿐 가치에서 우열은 없다. 따라서 사물을 볼 때 차이를 알고 구별은 하되 싫다 좋다는 차별을 해서는 안 된다. 당장은 순간적으로 떠오르는 싫고 좋은 감정이야 어쩔 수 없겠지만, 싫은 것은 절대 수용할 수 없고 좋은 것은 끝까지 손에 쥐고 놓을 수 없다면 곤란하다. 이 차별하는 마음이 우리의 삶을 고통의 나락으로 빠뜨리는 주범이다. 우리에게 차별하는 마음만 없으면 우리의 마음은 극락이고, 일상생활은 유토피아이다. 문제는 이 차별하는 마음을 벗어나는 것이 만만찮다는 데 있다.

마음 한번 돌리면 이 세상이 그대로 극락이라고 한다. 그러나 이 세상이 극락이 되기에는 우리는 싫고 좋은 것이 너무 많고, 지나치게 그것에 매달리고 있다. 그러면서도 행복하려고 한다. 오히려 싫고 좋은 것을 놓아버리면 행복이 도망갈 것만 같다. 이런 마음을 아무리 이론적으로 분석해서 파고들어도 호(好)·불호(不好)의 집착에서 쉽사리 벗어날 수가 없다. 어떤 일을 해야 하는데 아무런 잡념 없이 편한 마음으로 몰두할 수가 없다. 이런 사람들에게 우리는 간화선 수행을 권한다.

수행을 하다 보면, 점점 대상을 차별화해서 보는 일도 적어지고 삶에 대한 회의도 없어진다. 그저 지금 이 순간순간을 100퍼센트 살아갈 뿐이다. 달빛이 아무런 저항을 받지 않고 그저 만물을 빈틈없이 비추듯이 회사원은 스트레스 없이 직장에서 열심히 일하고, 주부는 가정 일에, 학생은 공부에 매진할 수 있는 길이 열린다. 왜 살아야 하는지도 확실히 알 수 있다. 만물이 소생하는 봄날에 맑은 계곡 물이 늘 즐거운 듯 돌돌거리며 이 계곡 저 계곡을 흘러가듯, 그냥 돌돌거리며 살아가는 것이다.

그리고 순수해진다. 마음이 순수해지면 모든 사물이 싱그럽고 새롭게 보이며, 일상생활이 그대로 '복 받은 삶'이라고 느껴진다. 오래 전에 망각해 버린 자신 속의 파랑새를 비로소 만나게 되는 것이다. 여래는 그 파랑새를 '불성'이라고 했다.

그 파랑새는 차별의식이 없기 때문에 누구와 만나도 자신과 비교하여 우월감이나 열등감을 갖지 않는다. 나보다 약한 사람을 만나면 정성껏 보살펴주고, 나보다 뛰어난 사람은 그 능력을 인정해주고, 옳지 않은 일을 만나면 미운 감정 없이 바로 잡는다. 싫고 좋은 것에 끌려가는 것이 아니라 내가 내 자신의 주인이 되어 살아간다.

오곡도 수련원에서 선 수행을 지도하며 나는 수많은 사람을 만났다. 깨달음의 길을 걷는 확신에 찬 선 수행자, 영적인 눈을 뜨기 위해 혈적적한 천주교 수사님, 지도자가 될 원불교 대학원생, 죽음을 두려워하는 노신사, 과거의 나쁜 일에 대한 기억으로 괴로워하던 중년 부인, 우울증으로 생사의 갈림길에 서 있던 중학교 선생님, 강박관념으로 의기소침한 고시지망생, 대인공포증으로 움츠려 있던 대학생…… 이들은 다 행복한 삶을 원했다.

인간은 누구나 행복을 원하고 불행을 싫어한다. 행복이란 자신이 원하는 바가 충족되어 충분한 만족을 느끼는 상태를 말하고, 불행이란 자신이 원치 않았던 일을 당하여 괴롭다고 느끼는 상태를 의미한다.

행복의 파랑새는 애써 찾아 헤맬 필요가 없다. 차별심만 버리면 저절로 나타나기 때문이다. 우리는 차별심을 버리는 방법을 알지 못하기 때문에 내 안에 있는 파랑새를 만나지 못하고 있다. 차별심을 버리는 방법을 알려달라고 묻는 사람들에게 내가 하는 이야기가 있다. 문제의 근본 원인을 찾아서 그 원인을 치유하라고, 당장 손쉽게 얻을 수 있는 한순간의 편안함을 찾기에만 급급하지 말라고 부탁한다. 진통제는 사용할수록 약효가 떨어지고 부작용을 낳는다. 끝없이 더 강한 진통제를 찾지만 근본적인 치유는 되지 않는다.

세상의 모든 일에는 왕도가 없다. 더구나 오랜 세월 속에서 눈에 띄지 않게 서서히 커온 괴로움의 뿌리를 찾고 제거하는 데 왕도가 있겠는가? 괴로움에 대한 영구적인 치료제는 자신이 직접 몸으로 뛰어들어 그 과정에서 직접 체득한 깨달음이 없으면 절대로 얻지 못한다. 그 체험을 하기까지의 실습과정을 무시해서는 괴로움을 벗어나는 영구적인 치료제도, 행복의 파랑새도 얻을 수 없다. 자신의 직접 체험 없이 들은풍월로는 결코 자신을 구할 수 없다는 말이다.

화두를 들고 선 수행을 하라. 치열하게 공부하고, 간절히 선 수행한다면 당신도 진정한 행복의 길로 들어설 수 있다.

화두는 어떻게 드는가

화두는 나를 창밖으로 이끈다

화두(話頭)란 쉽게 말해 깨달음을 얻기 위해 통과해야 할 시험문제이다. 화두를 공안(公案)이라고도 하는데, 이 둘을 구분할 때도 있지만 대부분은 같은 뜻으로 사용한다.

화두는 부처님이나 깨달은 선사들의 특별한 말씀이나 행동을 뽑아놓은 것이다. 화두에는 진리가 그대로 표현되어 있으나, 우리의 상식으로는 도무지 무슨 내용인지 알 수 없다. 수행자는 이 알 수 없는 화두를 직접 참구하여 뚫어야 지혜를 얻고 깨달음에 이른다.

화두를 뚫고자 가부좌하고 앉아 화두를 참구하는 것을 좌선(坐禪)이라고 한다. 화두를 처음 참구해보면, 지금까지 습득한 지식이나 앎으로는 꽉 막혀 뚫을 수 있는 실마리조차 찾을 수 없다. 마치 앞을 가로막고 있는 거대한 절벽을 대하고 있는 듯하다. 그러나 포기하지 않고 몸과 마음을 다하여 계속 참구하면 불현듯이 화두는 뚫리고 깨달음을 얻게 된다. 이렇게 화두를 참구하는 것을 '화두를 든다'고 한다.

무수한 별이 반짝이는 청명한 밤하늘. 한 사람이 네모난 창을 통해 이 밤하늘을 보고 있다. 그의 눈에 비친 네모난 테두리 속의 밤하늘이 '있는 그대로'의 밤하늘 모습일까? 아니다. 그는 다른 방으로 이동해 세모난 창을 통해 밤하늘을 보았다. 그것 역시 있는 그대로의 밤하늘 모습은 아니다. 그는 평생 동안 수많은 모양의 창을 통해 밤하늘을 보았다. 일생에 걸쳐 보아온 그 모습을 모두 합친 모습이 있는 그대로의 밤하늘 모습일까? 역시 아니다.

그럼 어떻게 하면 있는 그대로의 밤하늘을 볼 수 있을까? 창밖으로 나가면 된다. 창밖으로 나가기만 하면 테두리 속에 갇히지 않은, '있는 그대로'의 밤하늘이 그냥 눈에 환하게 들어온다. 눈만 뜨면 보일 뿐 그것을 보는데 어떤 노력도 필요하지 않다.

여기서 창은 우리가 배운 지식, 들은 이야기, 읽은 책, 자신의 과거, 고집 등이다. 우리는 그런 것들을 통해서 뭔가를 보고 그렇게 보인 것에 집착하여 좀처럼 벗어나지 못한다. 창에 따라 보이는 모습도 달라지기 마련이다. 네모난 창을 통해 보인 모습만

이 옳다고 고집하는 것은 어리석은 일이다. 세모난 창을 통해 본 사람들의 말을 업신여기거나 그들과 싸우는 것은 더 어리석은 일이다.

한편, 별이 총총한 밤하늘은 우리가 살아가면서 만나는 사람, 사물, 사건 등 희로애락을 동반한 다양한 대상이다. 상대방을 나는 어떤 창을 통해서 바라보고 있는 것일까? 내가 하고 있는 일에 대해서는? 이 모든 창 바깥으로 나가 맨눈으로 상대방을, 일을 만나고 싶지 않은가? 있는 그대로의 진실된 모습의 나는 누구인지 알고 싶지 않은가? 성경이나 목사님, 신부님이 말하는 하느님이 아니라 내가 직접 하느님을 만나고 싶지 않은가?

그런데 창 바깥으로 나가는 일이 쉽지가 않다. 창밖으로 나가야 진실을 볼 수 있다는 것을 알았다고 해서 실제로 내가 창밖에 나가 있는 것은 아니다. 창 바깥으로 나가야 한다는 것이 또 하나의 창이 되었을 뿐이다. 어떻게 해야 창밖으로 나갈까?

화두는 우리를 창밖으로 나가게 한다. 화두는 창을 통해 해결할 수 있는 문제가 아니다. 여태껏 알던 지식과 경험으로는 해결되지 않는다. 따라서 화두를 드는 동안 나의 창들은 힘을 잃고 사라지며, 동시에 창밖으로 나가는 길이 열리기 시작한다.

화두를 참구하고 또 참구하여 어느 순간 불현듯이 화두가 뚫리는 순간이 창밖에 나가는 순간이고, 깨달음을 얻는 순간이며, 모든 괴로움이 소멸되는 순간이다. 진실을 온몸으로 직접 알았기 때문에 모든 오해와 쓸데없는 집착에서 자유로워지는 것은 당연하다. 그 결과 걸리고 방해되는 것이 없으니, 잡생각 없이 그냥 사람을 만나고 지금 하고 있는 일에 저절로 몰입된다.

이렇게 하여 순간순간을 100퍼센트 산다. 야유회에 가서 놀 때는 놀이에 흠뻑 빠지고 도서관에서 공부할 때는 공부 말고는 없다. 도서관에 가면 야유회에 가서 놀고 싶어 하고, 막상 야유회에 가면 공부해야 한다고 걱정하는 우리와는 다르다. 창밖의 풍경을 있는 그대로 본 사람, 즉 깨달은 사람은 이 순간은 이 순간대로 100퍼센트 살고, 다음 순간은 다음 순간대로 100퍼센트 산다. 남아 있는 애착이나 서운함이 있을 리 없다.

'무(無)'자 화두

선(禪)의 역사에서 굉장히 중시되어온 화두가 '무(無)'자 화두이다. 간화선을 확립한 송나라의 대혜 종고 선사가 수행의 근본으로 삼은 화두도 '무'자 화두였다. 우리나라 근세의 고승 효봉 스님도 이 '무'자 화두로 깨달았다. 내가 일본 방장 스님으로부터 처음 받은 화두도 '무'자 화두였고, 이를 뚫어 방장 스님에게서 인가를 받을 때까지 많은 세월을 보내야 했다. 오곡도 수련원에서도 모든 초심자는 '무'자 화두부터 시작한다. '무'자 화두는 다음과 같다.

한 수행승이 조주 화상에게 물었다.

"개에게도 불성이 있습니까?"

조주 화상이 말했다.

"무(無)."

불성(佛性)은 '부처인 본래의 성품'을 말한다. 불교는 부처님과 똑같은 성품인 불성이 모든 중생에게 있다(一切衆生, 悉有佛性)는 것을 기본으로 한다. 우리의 본바탕은 모두 부처님과 똑같다는 것이다. 내가 남루한 옷을 입고 남에게 괄시를 받으며 험한 일을 하고 있더라도 나의 본래모습은 부처님이며, 이 모습은 변하는 일이 없다는 것이 불교의 기본 입장이다.

인간뿐 아니라 모든 중생에게 불성이 있다. 따라서 당연히 개에게도 불성이 있다. 위의 내용에 이어서 수행승은 다시 반문한다. "위로는 모든 부처님으로부터 아래로는 개미에 이르기까지 모두 불성이 있는데, 어째서 개에게는 없습니까?" 이 말로 보아 그는 개에게 불성이 있다는 것을 이미 알고 있다. 그런데도 "개에게도 불성이 있느냐"고 묻는다. 이 수행승은 어째서, 그것도 당대를 대표하는 선승 조주(趙州從諗, 778~897)에게 이렇게 상식적인 질문을 던질까?

선은 자신의 직접적인 체험을 생명으로 한다. 이 체험을 중심에 두고 선적(禪的)인 문답, 즉 선문답이 이루어진다는 것을 항상 염두에 두어야 한다. 수행승이 묻고자 한 것은 "경전이나 남이 말하는 불성은 접어두고 조주 스님 당신께서 직접 깨달은 불성을 당장 제 눈앞에 보여주십시오"였다.

이에 대해 조주 선사는 조금도 주저 없이 "무!" 하고 외쳐, 자신이 직접 체험하여 얻은(體得) 불성을 만천하에 보여주었다. 깨달은 경지를 한 점 남김없이 보여준 것이다. 조주 선사의 '무'는 분명히 '없다'는 뜻은 아니다. '없다'는 뜻의 '무'라면 조주 선사가 불교의 기본 상식인 "모든 중생에게 불성이 있다"는 것도 모르는 것이 된다. 그렇다면 조주 선사가 외친 '무'는 도대체 어떤 것인가?

'무'자 화두 드는 법

송나라 때의 무문 혜개(無門慧開, 1183~ 1260) 선사는 48개의 화두를 가려서 뽑고, 이들 각각에 그 화두를 바르게 참구하도록 이끄는 자신의 글을 붙여 『무문관』이라는 유명한 화두집을 만들었다. 여기에 나오는 첫 번째 화두가 바로 '무'자 화두이다.

무문 선사 자신도 바로 이 '무'자 화두로 깨달았다. 그런 만큼 『무문관』에서 '무'자 화두에 대한 무문 선사의 화두 참구 지침은 간절하면서도 상세하다. 그 핵심은 세 가지로 요약할 수 있다. 첫째, 조주 선사가 말한 '무'는 '있다'의 반대인 '없다'가 아니다. 둘째, 불에 시뻘겋게 단 쇳덩이를 삼켰는데 목에 걸려 꼼짝도 않을 때의 심정과 같이 절박하게 화두를 들어야 한다. 셋째, 끊이지 않고 계속해서 화두를 들어야 한다.

먼저 첫 번째 내용부터 살펴보자. 이 세상이 온통 검은색뿐이라면 우리에게 '검은색'이라는 개념은 없다. 검은색이 아닌 다른 색깔, 예를 들어 흰색이 있어야 비로소 검은색이라는 개념도 성립한다. 흰색 역시 검은색이 있어야 성립한다. 따라서 둘은 상대가 있어야 비로소 성립하는 상대적 존재이다.

마찬가지로 '싫다'도 '좋다'가 있어야 성립하고, '불행'이 있어야 '행복'도 있다. 우리는 모두 행복만을 원하지만 세상이 모두 행복뿐이라면 우리는 행복함을 느끼지 못한다. 우리가 경험하는 모든 것은 이와 같은 상대적 존재이다.

'있다'와 '없다'도 마찬가지이다. '있다'가 있어야만 '없다'가 성립할 수 있다. 둘은 상대적이며 통상 서로 반대인 개념이다. '있다'가 있어야만 성립하는 '없다'를 철학적으로는 '상대무(相對無)'라고 한다. 우리가 알고 경험하는 것은 '상대무'와 '상대유(相對有)'밖에 없다.

무문 선사는 조주 선사의 '무'가 상대무, 쉽게 말해 '있다'의 반대인 '없다'가 아니라고 갈파한다. 조주 선사가 외친 "무!"는 우리가 아는 '없다'가 아니라, 우리가 듣지도 보지도 못한 '무'라는 것이다. '있다'도 발붙일 틈이 없고, '없다'도 발붙일 틈이 없는 '무'이다. 이것을 '절대무(絶對無)'라고 한다. 절대무는 "개에게도 불성이 있는데, 왜 없다 했을까?" 하는 그 '없다'가 결코 아니다. 도대체가 우리로서는 알 수 없는 '무', 그래서 이것이 화두가 된다.

있고 없음을 초월한 '무'이므로 불성의 있고 없음도 초월해 있다. 불행과 행복의 흔적도, 죽고 사는 것도 초월한 '무', 어디에도 걸림이 없는 '무', 대자유의 '무', 무엇이라 말해도 맞지 않는 '무'이다. 이 '무'를 알지 못한다는 것은 진정한 대자유를 경험하지 못했다는 것이다. 이 '무'가 무엇일까? 이것을 어떻게 알 수 있을까?

중요한 것은 이 '무'에 대해, 알고 있는 지식이나 경험으로 분석하고 상상해서 시험지에 답 적듯이 말하면 빵점이라는 것이다. 아무리 그렇게 해도 대자유와의 거리는 좁혀지지 않는다. '무'를 내 머리, 내 뱃속에 가두지 마라. 또한 '무'에 대한 남의 설명을 아무리 듣고 읽어도 진짜 '무'는 결코 모른다.

언제 '무'를 알 수 있는가? '무'는 내가 '무' 덩어리, 다시 말해 '무' 그 자체가 되어야만 알 수 있다. 알지도 못하는데 어떻게 '무'가 될 수 있다는 말인가? 참으로 난감하기만 하다. 여기서 우리는 무문 선사의 두 번째 지침에 귀 기울일 필요가 있다.

불에 시뻘겋게 단 쇳덩이를 삼켰는데 목에 걸려 꼼짝도 하지 않는다. 뱉어내려 해도 나오지 않는다. 이때의 심정이 어떠하겠는가? "뜨거움이란 무엇일까?" "오늘의 주가는 어떻게 될까?" "내 인생은 왜 이럴까?" 하는 생각이 일어나겠는가? 물론 아니다. 이때에는 오직 "앗, 뜨거!"밖에 없다. 티끌만큼의 잡생각도 끼일 틈 없는 "앗, 뜨거!" 덩어리만 있을 뿐이다. 온 천지를 가득 메운 "앗, 뜨거!"이다.

"앗, 뜨거!" 대신에 '무'를 대입하면, 온 천지를 가득 메운 "무" 뿐이다. 그때 '무'는 저절로 알게 된다. 온몸의 세포 하나하나가 알 수 없는 이 '무'를 알고자 하는 각성으로 가득 차서 잡생각 이 끼일 틈 없는 '무' 덩어리, 이 상태가 지속되어 끊어짐이 없으 면 어느 순간 불현듯 '무'를 깨닫게 된다.

단, '무'를 알고자 하는 의문은 언제나 반드시 살아 있어야 하 되, 이 의문이 "'무'는 유(有)와 무(無)를 떠난 중도(中道)다"라든 가, "'무'는 무엇무엇이다"는 식의 이론적·교리적 답을 찾는 쪽으 로 흘러서는 절대 안 된다. 그렇게 되면 화두는 죽은 화두가 되 고 선의 생명은 끝난다. 의문을 바닥에 깐 상태에서 모든 생각 과 마음이 '무'로만 가득 차야 한다. 몸의 어디를 찔러도 '무'가 튀어나올 정도가 되어야 한다.

무문 선사의 세 번째 지침은 끊임없이 계속해서 화두를 들어 야 한다는 것이다. 선에서는 가장 무서운 사람을 화두 들기를 멈추지 않는 자로 친다. 정신을 바짝 차리고 늘 화두를 드는 사 람을 당할 자는 없다는 것이다. 이렇게 지속해서 화두를 들어야 '무' 덩어리가 된다. 또 어느 순간 '무' 덩어리가 되었다 하더라도 그 후 한동안 화두를 들지 않으면 다시 '무' 덩어리가 되는 데 시간이 걸린다. 끊어짐이 없이 계속 화두를 들어야 한다.

인류의 역사에서 위대한 업적을 남긴 천재들에게 특별한 비법이 있었던 것은 아니라고 한다. 그들의 공통된 비법 아닌 비법은 한 가지 문제에 대해 끊임없이 골몰하여 그 생각만 하는 열정이었다. 일례로, 뉴턴에게 만유인력의 법칙을 발견하게 된 원동력을 물었더니 그는 "그것 한 가지만 내내 생각하고 있었으니까" 하고 서슴없이 대답했다고 한다. '무' 덩어리가 되어 끊임없이 '무'자 화두를 들어야 하는 이유를 여기서도 발견하게 된다.

오곡도 수련원에서 집중수행을 마치고 학교로 돌아간 대학생이 찾아와서 이렇게 말한 적이 있다. "수영을 할 때도 화두를 들었는데 코로 물이 들어와서 혼났습니다." 선에서는 '행주좌와(行住坐臥)', 즉 다니고 머물고 앉고 눕고 하는 일상의 모든 행위 가운데서 끊임없이 화두를 들라고 한다. 이것은 전문적인 선원에서는 가능하지만, 복잡한 사회생활을 하는 현대인들에게는 제한적으로 적용해야 한다.

생활 속에서 산책이나 텃밭 가꾸기와 같이 단순한 일을 할 때는 화두를 들면서 해도 무방하다. 그러나 실험실의 연구자가 화두만 들고 있으면 연구는 언제 할 것이며, 특히 운전할 때 화두에 집중하면 교통 위반이나 큰 사고가 일어날 위험성도 있다.

선은 싫다·좋다를 비롯한 어떤 잡생각도 없이 순간순간 눈앞에 펼쳐지는 일에 100퍼센트 몰두하는 것이다. 화두를 들 때는 전심전력을 다해 오로지 화두만 들고, 일을 할 때는 일에만 몰두한다. 어떤 일을 할 때 화두를 들면서 하는 것이 방해가 된다면 화두를 드는 것보다 오히려 화두 들 듯이 그 일에 몰두하는 것이 좋다.

주의할 점은, 화두를 제대로 드는 사람이 싫다·좋다 등을 초월하여 '있는 그대로'의 그 일에 100퍼센트 몰입할 수 있다는 것이다. 이 점을 감안하여 여건과 시간이 되는 대로 화두는 끊임없이 들어야 한다.

간절하고 절절한 마음으로

중국 선종의 제2조 혜가(慧可大祖, 487~593) 선사가 달마 대사를 찾아가 제자로 받아주기를 간청했으나 끝내 받아주지 않자 팔을 잘랐다는, 유명한 '설중단비(雪中斷臂)' 일화에 대해서는 잘 알고 있을 것이다. 혜가 선사는 마흔의 나이에 무릎까지 쌓인 눈 속에 서서 법을 구하다가 마침내 팔까지 자르는 '절절함'과 '사무침'이 있었기에 달마 대사의 제자가 될 수 있었고 깨달을 수 있었다.

절절하고 사무칠 때 고난을 헤치고 수행을 밀고 나갈 수 있는 초인적인 '힘'이 생긴다. 생각이나 이론만으로는 결코 팔을 끊지 못한다. 우리가 달마 대사에게 똑같은 가르침을 받았다고 해서 혜가 선사처럼 깨달을 수 있을까? 똑같은 설법을 들어도 우리가 깨닫지 못하는 까닭은 수행력에서 혜가 선사를 따라가지 못하기 때문이다. 이 수행력은 '절절함' '사무침' 그리고 고난을 헤쳐나갈 수 있는 '의지'에 정비례한다.

오곡도 수련원의 수련생들 가운데는 아침·저녁 예불시간에 예불문을 독송하면 하염없이 눈물이 흐른다는 사람들이 있다. 나도 간화선 수행을 시작한 초창기에는 참으로 많은 눈물을 흘렸다. 그것은 힘든 시절을 살아온 회한의 눈물이고, 옆길로 새지 않고 이 자리까지 오게 된 기쁨과 대견스러움의 눈물이며, 모든 불보살님의 가피에 대한 무한한 감사의 눈물이었다. 지금도 간혹 눈물을 흘리지만, 이젠 더 이상 원할 것이 없는 평온한 마음에서 흘러내리는 부처님과 그 가르침에 대한 끝없는 존경의 눈물이다.

나는 일본에서 유학할 때도 외롭고 괴로울 때마다 예불문을 외우면서 하염없이 눈물을 흘렸다. '지심귀명례(至心歸命禮)', 즉 "지극한 마음으로 예배합니다"로 시작하는 예불문은 "우주의 모든 부처님과 보살님, 10대 제자와 성인들, 인도에서 중국을 거쳐 이 땅에 불교를 전한 모든 조사와 선지식, 현재 불도를 닦고 있는 수행자들에게 지극한 마음으로 예배합니다. 오직 바라오니, 이 세상의 수많은 부처님이시여, 저의 예배를 받으시고 그윽한 가피를 내리시어, 모든 중생이 함께 불도를 이루게 하소서"로 끝을 맺는다.

지극한 마음으로 예배합니다.
오직 바라오니, 이 세상의 수많은 부처님이시여!
저의 예배를 받으시고 그윽한 가피를 내리시어,
모든 중생이 함께 대자유를 얻게 하소서.
지심귀명례

나는 '지심귀명례'를 독송할 때 흘러내리는 눈물로 향수를 달래었고, 마지막의 "저의 예배를 받으시고 그윽한 가피를 내리시어 모든 중생이 함께 불도를 이루게 하소서"에서 힘과 용기를 얻어 다시 일어나고는 했다.

'지심(至心)'은 지극한 마음이고, '귀명(歸命)'은 목숨을 다해 그하나만을 향한다는 뜻이다. 그러므로 '지심귀명'은 온몸과 마음을 다해 그것 하나만 하는, 혼을 다한 정성이며 절절함이다. 참으로 우주를 움직일 정도의 정성이다.

자신이 원하는 바를 성취하고자 한다면, 간화선 수행으로 자신의 인생을 변화시키고자 한다면 지심귀명의 마음, 혜가 선사에 못지않은 '절절함'과 '사무침' 그리고 힘든 과정을 헤쳐 나갈 수 있는 '의지'가 필요하다. 간화선 수행을 하는 이유는 자신의 힘든 삶을 평온하고 안락한 삶으로 바꾸려는 데 있다. 지성이면 감천이라고 했다. 하늘도 감동할 수 있는 절절한 마음으로 끈기를 가지고 화두를 들어보자.

천상천하 유아독존, 당당히 앉으라

석가모니는 우리 모두가 '천상천하 유아독존'이라고 했다. 이말은 석가모니가 죽음도 불사한 수행 끝에 얻은 진리를 보여준 말이다.

천상천하(天上天下), 유아독존(唯我獨尊).

하늘 위 하늘 아래, 곧 온 우주에서

나는 유일하기에 비교할 바 없이 존귀하다.

'나'는 비교할 대상 자체가 없는, 소중하고 고귀하며 유일한 존재라는 것이다. 우리는 자신도 모르게 시시각각으로 나와 남을 비교한다. 비교에서 나온 우월은 생겨남과 동시에 열등의 멍에를 진다. 그것보다 더 뛰어난 것 앞에서는 뒤처질 수밖에 없는 운명이기 때문이다. '유아독존'이란 비교 대상 자체가 없기 때문에 나는 모든 면에서 유일하고 절대적인, 오직 그것 하나뿐이라는 말이다.

나의 진정한 모습은 비교할 대상 자체가 없다. 거대하기로 말하면 우주와도 비교가 되지 않을 정도로 크고, 조그마하기로 말하면 한 티끌과도 비교가 되지 않을 정도로 작다. 무한히 클 수도 있고 작을 수도 있는 대자유인, 이것이 '천상천하 유아독존'적인 존재이다.

노천명의 시 〈사슴〉은 바로 '천상천하 유아독존'인 '나'를 노래한 것이라고 생각한다.

모가지가 길어서 슬픈 짐승이여

언제나 점잖은 편 말이 없구나.

관이 향기로운 너는

무척 높은 족속이었나 보다.

예부터 목이 길면 품위가 있고 고귀한 미인이라고 했다. 품위 있고 고귀한 그 자태가 참으로 아름다워서 슬픔마저 자아내게 하는 것이 원래 우리의 모습이다. 말 한마디 하지 않아도 우리는 그 존재감만으로도 충분히 고귀하다. '관(冠)'은 머리 위에 달린 뿔을 말하지만 여기서는 혈통을 비유한다고 보아도 좋다. 무한한 과거로부터 우리는 어떤 것과도 비교할 수 없는, 비교 대상이 없는 절대적인 사람이었다. 우리는 처음부터 대자유인이었다.

인간은 누구나 절대적인 사람이다. 높은 지위와 으리으리한 집에 살기 때문에 귀하고 소중한 존재가 아니다. '천상천하 유아독존'인 우리가 있는 곳은 어디든 비교할 수 없는 절대의 자리이다. 나는 여기에서 말하고 당신은 거기에서 듣고, 이것이 하늘에도 땅에도 비할 수 없는 둘도 없는 귀하고 소중한 모습이다.

"날마다 좋은 날"이라는 말을 많이들 쓴다. 이 말은 '일일시호일(日日是好日)'이라는 화두를 번역한 것이다. 이 말을 아무런 우환 없이 항상 행복하기를 기원하는 뜻으로 사용하는 경향이 있는데 원래는 그런 뜻이 아니다. 원뜻은 "어떤 날이든 하루하루가 그 자체로서 천하제일의 좋은 날이다"를 뜻한다. 10년 전 그 시절과 비교해서 요즘의 하루하루가 좋은 날이라는 뜻이 아니다. 아프면 아픈 대로, 건강하면 건강한 대로 좋은 날이다.

'천상천하 유아독존'인 우리의 원래 모습을 회복하면, 우리의 하루하루는 '일일시호일'이 된다. 우리는 원래 '천상천하 유아독존'이다. 그런데 쓸데없는 생각을 일으키기 시작하면서 스스로 자신에게 올가미를 씌우고 한계를 만들었다. 유아독존적으로 사는 것은 쓸데없는 머리를 굴리기 이전의 '있는 그대로의 모습'이 되는 것이고, 그것은 순수함과 청정함을 되찾는 것이다. 그 원래 모습을 되찾기 위해 화두를 든다.

그러니 화두 참구를 위해 좌선을 할 때는 어깨를 펴고 당당하게 앉아야 한다. 움츠리고 구부정한 모습은 높은 족속인 우리에게는 어울리지 않는다. 온몸이 천지에 꽉 차도록 관이 향기로운 사슴처럼 허리를 곧게 펴고 당당히 앉기를 권한다. 당당히 앉는다고 어깨에 힘이 들어가서는 안 된다. 몸가짐이나 마음가짐은 의도함이 없이 자연 그대로 순수해야 한다. 어깨에 힘이 들어가지 않으면서 당당하게, 마음은 결의에 차 있지만 편하게, 얼굴 표정은 자연스러워야 한다. '천상천하 유아독존'인 당신이 이 정도는 되어야 하지 않겠는가?

자세를 곧고 바르게 해서 다음과 같이 화두를 들어보라. 뜨개질할 때 실타래가 엉키면 풀어야 한다. 엉킨 실을 풀려고 급한 마음에 이 실 저 실 잡아당기면 오히려 더 엉켜버려서 못쓰게 된다. 복잡하게 엉킨 실타래를 푸는 방법은, 아무런 잡생각 없이

'천상천하 유아독존'인 내가 있는 곳은
무엇과도 비교할 수 없는 절대의 자리이다.
화두를 들 때는
온몸이 천지에 꽉 차도록
허리를 곧게 펴고 당당히 앉으라

단지 실의 첫머리를 찾으려는 마음 하나만으로 엉킨 꾸러미를 뚫어지게 쳐다보고 있는 것이다.

빨리 찾아내려는 욕심으로 서두르면 절대로 안 된다. 잡념 없이 오직 찾으려는 그 마음 하나만으로 실타래에 집중하고 있으면 실의 첫머리는 저절로 보인다. 실의 첫머리만 찾으면 그 첫머리를 붙잡고 차근차근 따라 올라가서 엉킨 부분을 풀어내는 것은 시간문제다.

엉킨 실을 찾는 데 이론적인 지식은 전혀 필요가 없다. 직접 눈으로 가만히 지켜보고 있기만 하면 저절로 실의 끄트머리가 눈에 들어온다. 화두를 드는 것도 이와 같다. 마음을 여기저기로 흩트리지 말고 화두에만 집중하라.

화두를 들 때는 밤하늘의 무수한 별이 총총하게 빛나는 것처럼 항상 깨어 있어야 한다. 졸거나 정신이 몽롱한 상태에서는 절대로 화두에 몰입할 수 없다. 이런 상태에서 좌선을 계속하면 자신도 모르게 좌선 때마다 졸거나 몽롱한 상태로 앉아 있는 나쁜 습관이 들어서 나중에 돌이킬 수 없는 경우를 초래할 수도 있다. 좌선할 때는 언제나 맑고 깨어 있는 상태를 유지해야 한다는 것을 뼛속까지 새겨서 결코 잊지 말기를 바란다.

화두는 머리로 드는 것이 아니다

남자 거사 한 분이 오곡도 수련원 집중수행 신청을 했다. 그는 사회 경험도 많고 박식하고 머리도 좋았으며, 수행에 대한 열의도 대단했다. 처음 독참에 들어왔을 때 그는 "'무'자 화두 정도야"라고 생각하는 듯 기세가 등등했다. 나는 물었다.

"'무'에 집중이 됩니까?"

그는 조금도 주저함이 없이 대답했다.

"보는 자도 보이는 것도 없습니다."

"선은 설명하는 것이 아니라고 했습니다. 자신이 좌선 속에서 본 것을 그대로 보여주십시오."

의기양양하던 그는 고개를 숙인 채 말이 없었다. 나는 그에게 말했다.

"화두를 이론적으로 풀려고 해서는 안 됩니다. 자신의 온몸과 마음이 화두 그 자체가 되어 있을 때 그 화두는 살아 있습니다. 이를 위해서는 자기 자신을 완전히 비워야 합니다. 머리로 생각하지 말고 온몸이 전기에 감전된 듯이 '무'에 집중하십시오."

다음 독참 시간에 "'무'를 보았습니까?" 하고 물으니 그는 기어들어가는 목소리로 말했다.

"'무'를 어떻게 보일 수가 있습니까?"

"머리로 생각하고 말로 설명하려니까 불가능하지요. '무'를 참구한다는 것은 머리로 이리저리 따져서 답을 짜 맞추는 것이 아닙니다. 온몸과 마음이 '무' 그 자체가 되어야 합니다. 자신이 '무' 그 자체가 되면 저절로 그 경계를 표현할 수 있게 됩니다."

이론으로 화두를 뚫으려는 안이한 생각으로 좌선에 임했던 그는 수십 번 독참을 하면서도 화두를 이론으로 분석하는 습성에서 벗어나지 못했다. 머리로 답을 찾아서는 안 된다는 것을 알면서도, 자신도 모르게 "왜 '무'라고 했을까" 등의 질문을 만들고 이에 대해 이론적인 답을 찾으며 '무'를 분석, 해부하고 있었다.

그는 집중수행에 여러 번 참가하면서 '무'자 화두에 대한 설명도 몇 번이나 들었기 때문에 자기 나름대로 '무'가 이런 것이라고 짐작을 했다. 그러나 독참 때마다 직접 체험한 경지를 보이라는데 아무리 해도 내보일 경지가 없었다. 독참을 할 때마다 진전이 없어 체면이 말이 아니었다.

어느 날, 독참 시간에 '무'를 보이라고 하자 그는 갑자기 말없이 내 앞에 고개를 숙인 채 절하는 자세로 엎드렸다. 그가 여전히 머리를 굴리고 있다는 것을 알고 이를 스스로 깨닫게 하려고 무슨 뜻이냐고 물었다. 그는 말이 없었다. 몇 번이나 물었지만 그래도 말이 없었다. 나는 들고 있던 죽비로 거사의 등을 치면서 일어나라고 했다. 그러나 그는 꿈쩍도 하지 않았다.

마침 그때, 공교롭게도 천장에 달린 형광등이 수명이 다 되어 꺼져버렸다. 사람이 들어와 그의 옆에 사다리를 세우고 올라가 형광등을 갈아 끼웠다. 그러나 그는 그 와중에도 그대로 엎드려 있었다.

형광등 교체하는 일이 다 정리되고 다시 독참이 이어졌다. 나

알고 있는 모든 것을 던져버려라!
나는 없고 화두만 또렷할 때
그 화두는 살아 있다

는 엎드려 있는 그에게 재차 일어나라고 했다. 그제야 그는 일어나 바로 앉았다. 왜 그랬느냐고 이유를 물었다. 그는 자신이 '무' 그 자체, '무' 덩어리가 되었기 때문에 움직일 수도 없고 보이지도 들리지도 않는다고 했다. '무' 덩어리가 된 자신을 그대로 보여주기 위해 묻는 말에 대답도 하지 않았고, 사람이 들어와도 꿈쩍도 하지 않았다는 것이었다.

간혹 고승들의 흉내를 내면서 춤을 추거나 엄지손가락을 내밀거나 하는 일은 있어도 이 정도까지인 사람은 처음이었다. 실제로 '무' 덩어리가 되는 것이 아니라 '무' 덩어리가 된 상태가 어떤 것인지를 머리로 생각한 뒤, 이렇게 보이면 좋을까 저렇게 보이면 좋을까만 궁리한 것이다.

나는 그게 바로 머리를 굴리는 전형적인 모습이라고 지적하면서 알 수 없는 '무'만 붙들고 있으라고 야단쳤다. 온 천지가 '무'고 나 자신도, 주변의 모든 사물도 다 '무'로 보일 때까지 좌선하라고 엄하게 말했다. 그는 자신이 한 행동이 겸연쩍었는지 가능한 한 나를 외면하며 서둘러 선방으로 돌아갔다.

그는 집중수행을 끝내고 서울로 돌아가는 고속버스 안에서 함께 수행한 도반에게 이렇게 말했다고 한다.

"원장님은 참 대단한 분이에요. 내가 그렇게까지 꿈쩍도 하지 않았는데 속지 않았어요."

그는 지금 우리 수련원의 고참 수련생으로, 후배들에게 모범을 보이며 생활 속에서 열심히 간화선 수행을 하고 있다. 일상생활이 선적으로 바뀐 그가 후배들에게 늘 하는 말이 있다.

"내가 조금만 더 젊은 나이에 선 수행을 시작했더라면 쓸데없는 생각 않고 사업에 좀 더 전념할 수 있었을 겁니다."

망상이 만들어낸 허상에 끌려가지 마라

40대의 중년 여성이 독참에 들어왔다.

"'무'에 집중이 됩니까?"

"어떻게 화두를 들어야 할지 모르겠습니다."

솔직한 대답이다. '무'자 화두 드는 방법에 대해 아무리 설명을 잘해주어도 직접 자신이 해보면 어떻게 참구해야 할지 안개 속을 헤맨다. 나는 말했다.

"자신이 스스로 노력하는 것 외에는 가르쳐 줄 방법이 없습니다. 단지 실마리로서, 마음속으로 천지 가득하게 '무-' 하고 '무'를 외치면서 '무' 그 자체가 되도록 해보십시오. 이때 호흡에는 신경 쓰지 마십시오. '무'를 놓치지 않게 오직 '무'에만 의식을 집중하십시오."

다음 독참 시간이 되자, 그녀는 다리와 어깨가 아파서 화두를 제대로 들지 못했다고 했다. 나는 일러주었다.

"화두에는 몰입하지 않고 의식이 다리로 가거나 어깨로 가면 고통을 느끼게 됩니다. 의식을 '무'에만 집중시키세요. 자신도 잊

고 모든 것을 잊을 때까지 '무-' 하고 계속 앉으십시오. 단지 '무'
밖에 모르는 바보가 되십시오. 그러면 비로소 '무'와 하나가 될
것입니다."

사흘 뒤, 독참 시간에 그녀는 말했다.

"한번도 본 적 없는 푸른 초원이 눈앞에 펼쳐졌습니다. 마음
은 한없이 고요하고 평온했습니다. 좌선하는 이유를 이제야 알
았습니다."

"그것은 망상이 만들어낸 허상입니다. 선에서는 그것을 마경
(魔境, 수행을 방해하는 것, 망상으로 떠오른 허상)이라고 합니다. 좋은
의미로는 열심히 노력하고 있다는 증거지요. 열심히 하지 않으
면 마경조차 나타나지 않으니까요. 마경이 나타나더라도 거기에
끌려가지 말고 곧바로 '무'자 화두로 되돌아가 화두와 하나가 되
십시오."

다음 독참 시간에 그녀는 좌선 중에 갑자기 몸이 없어졌다고
말했다.

"좌선 중에 몸이 없어진 듯한 신비한 체험도 마경입니다. 사람
들이 보이지 않거나, 소리가 들리지 않거나, 있지도 않는 누군가
가 속삭이거나 하더라도 흔들리지 마십시오. 그것은 마음이 만
들어낸 허상이지 결코 깨달음으로 가는 전조가 아닙니다. 그런
것이 나타나면 '어떻게 되어도 나는 개의치 않는다'는 식으로 그
냥 내버려 두고, 오직 '무'에만 집중하여 '무'자 삼매에 드십시오.

그러면 새로운 세계가 펼쳐질 것입니다. 독참 때마다 조금씩 진보가 있어야지 마경에만 끌리면 어떡합니까?"

마지막 날 독참 시간에 나는 그녀에게 '무'가 되었느냐고 물었다. 그녀는 말했다.

"온 천지에 '무-' 소리만이 울려 퍼졌습니다."

"울려 퍼지고 있으면 그 소리를 듣는 내가 있다는 말 아닙니까. 그 소리를 듣는 '나'도 없어야 합니다. 죽어도 좋다는 각오로 '무' 그 자체가 되어 보십시오."

"집에 돌아가서는 어떻게 하면 됩니까?"

"자신의 생활을 항상 수행 쪽으로 몰아가야 합니다. 일상생활을 해나가면서 아무리 바빠도 하루 45분 정도는 좌선을 하는 것이 좋습니다. 좌선을 할 때는 졸음과 잡념 없이 화두만 들어야 합니다. 자기 자신은 없고 화두만 남아야 합니다. 그러나 좌선 때 항상 정신은 바짝 차려야 하나, 마음은 편하게 가져야 합니다. 빨리 깨닫고 싶다는 조바심을 내어서는 안 됩니다. 잘못하면 열이 머리로 올라가 머리가 아프고 뒷골이 땅기는 상기병이 생겨 참선을 계속하기가 힘들어 집니다."

그녀는 지금도 꾸준히 '무'자 화두를 참구하고 있다.

경지를 흉내 내어서는 안 된다

거사 한 분이 집중수행에 참가했다. 나중에 안 사실이지만, 그는 출가한 스님이었다가 환속해서 불교계에서 일하고 있었다. '무'자 화두를 받고 첫 독참에 들어왔을 때의 일이다. 그는 독참실에 들어오자마자 아무 말도 하지 않고 내 주위를 한 바퀴 빙돈 뒤에 자리에 앉았다. 책에서 읽은 고승의 흉내였다.

일제강점기 시절 판사였다가 양심의 가책을 느껴, 아무 말도 남기지 않고 판사직과 집을 떠나온 효봉 스님이 아직 출가하지 않고 엿장수로 전국을 떠돌 때였다. 금강산에 석두 스님이라는 훌륭한 분이 계시다는 소문을 듣고 찾아갔다. 절을 하고 앉은 효봉 스님에게 석두 스님이 몇 걸음에 왔느냐고 물었다. 효봉 스님은 아무 말 없이 방을 한 바퀴 빙 돈 뒤에 자리에 앉았다. 이것을 본 옆의 한 노스님이 선방에서 10년 공부한 수좌보다 낫다고 칭찬한 일화가 있다.

나는 그의 행동에서 선 수행을 해 본 경험이 있다는 것을 알아차렸다. 그가 내 앞에 앉자마자 나는 그의 어깨를 죽비로 세게 치면서 물었다.

"지금 이 소리가 무슨 소리입니까?"

갑자기 날아온 죽비세례에 "당신쯤이야"라고 여기고 있던 그는 놀란 눈으로 나를 쳐다보았다. 나는 다시 물었다.

"생각하지 말고 들은 그대로 말해보세요. 무슨 소리입니까?"

그는 여전히 눈만 휘둥그레 뜬 채 아무 말도 못했다. 나는 말했다.

"독참은 자신의 경지를 내보이는 것입니다. 남의 흉내를 내거나 꾸며 말해서는 안 됩니다. 거사님은 '무'자 화두를 들었는데, 석두 스님이 던진 화두 '몇 걸음에 왔느냐?'에 대한 효봉 스님의 경지를 내보이면 어떡합니까?

구지 선사가 동자의 손가락을 자른 이야기를 아시지요? 함부로 모방하다가는 손가락까지 잘립니다. 자기 자신에 대해 솔직하고 순수하십시오. 오로지 '무'와 하나가 되어 자신이 체득한 사실만을 보이십시오. 크게 죽으면 크게 삽니다. 완전히 버려야 다시 살아납니다. 죽기 아니면 까무러치기의 각오로 화두를 참구해보십시오."

말없이 절을 하고 나가는 그의 행동에는 수치스러움으로 몸둘 바를 모르는 모습이 역력했다. 나도 방장 스님과 독참을 하는 과정에서 흉내 내었다고 야단을 맞은 적이 한두 번이 아니었다. 그럴 때마다 쥐구멍이라도 들어가고 싶은 심정이었으니 그 마음을 모를 리가 없었다. 그러나 이렇게 수모를 주어 잘못된 습관을 고치게 해주는 자가 선에서는 최고의 스승이다.

다음 독참 시간에 그는 내가 묻기도 전에 먼저 말을 꺼냈다.

"저는 과거……."

"'저'라고 했습니까? 선은 자기 자신을 완전히 비우고, 자기 자신이 완전히 죽어야 제대로 된다고 했습니다. 그런데 '저'라니요. '아'가 남아 있다는 말입니까?"

그는 더 이상 말을 못하고 퇴실했다. 좌선 지도를 하기 위해 선방으로 들어가니 그의 표정에는 종전의 거만함은 사라지고 진지한 각오가 깃들어 있었다. 독참을 만만하게 여겼던 그는 큰 충격을 받은 것이 분명했다. 다음 독참 시간에 그는 말없이 내 앞에 앉았다. 내가 물었다.

"'무'와 하나가 되었습니까?"

"과거에 승려생활을 했습니다. 간화선에 대한 책도 읽고 들은 풍월도 많아서 나름대로 '선은 이런 것'이라고 생각하고 있었습니다. 그런데 원장님께서 독참을 하신다기에 궁금하기도 했고, 한번 겨뤄볼까 하는 생각에 수행을 신청했다가 혼이 났습니다. 흉내를 낸 것은 원장님을 시험해보려는 저의 오만함 때문이었습니다. 지금까지 선에 대해 읽은 것이나 들은 것들이 오히려 화두를 드는데 방해가 된다는 것을 알았습니다. 좌선을 다시 한 번 진지하게 해보고 싶습니다."

"책을 읽고 얻은 지식이나 남에게 들은 것은 머리로만 안 것이지 내가 직접 체험한 것이 아닙니다. 머리로만 안 것은 남의 보물이지 내 보물이 아니라는 말입니다. 평생 남의 보물만 세고 있을 것인가요? 지금까지 익힌 이론은 완전히 버리고, '무' 그 자체가 되십시오."

그 뒤로 그는 흉내라는 장애에서 벗어나 순수하고 진지하게 화두를 들었다.

독참이란 무엇인가

선에는 스승이 필요하다

경내에 '대도무문(大道無門)', 즉 '대도에는 문이 없다'라는 편액을 걸어놓은 사찰이 많다. 이 말은 무문 선사의 『무문관』 서문에 나오는 아래 게송의 한 구절이다.

대도(大道)에는 문이 없어

온 천지가 길이다.

이 관문을 뚫으면

천하를 활보한다.

깨달음으로 들어가는 데는 문이 없다. 사방팔방이 다 문이기 때문에 문이 없다고 하는 것이다. 그래서 온 천지가 깨달음으로 가는 길이다. 깨달음으로 들어가는 '문이 없는 이 관문'을 뚫으면 누구나 천하를 아무런 걸림 없이 활보할 수 있다. '문이 없는 이 관문(無門關)'이란 바로 화두를 말하며, 화두를 뚫을 때 깨달음과 대자유를 얻는다는 말이다.

화두는 앞에서 말한 창문을 통해 뚫을 수 있는 것이 아니다. 창문 바깥으로 나가고자 하는 것이 화두를 참구하는 것이고, 그것을 도와주는 역할을 하는 것이 독참(獨參)이다. 독참 없이 창문 밖으로 나가는 것은 참으로 힘들다.

'독참'은 수행자가 스승과 일대일로 단 둘이 정기적으로 만나, 선문답을 통해 화두에 대한 자신의 경지를 보이고 점검받는 것이다. 독참 때에는 스승과 수행자 사이에 선문답(禪問答)이 오고 간다. 중국 선종이 만든 이 전통적인 제도를 독참이라는 호칭 대신 입실(入室)이라고도 부른다.

과학과 관련된 문제는 그 해결 방향의 적합성과 결과의 신빙성을 검증하기 위해 실험이나 수학적 증명 등을 사용한다. 이 검증은 본인 스스로도 할 수 있으며 누가 언제 어디서 해도 같은 결과를 얻을 수 있기 때문에 객관성을 보장받는다.

그러나 화두 참구를 바르게 하고 있는지, 그 결과로 얻은 것이 과연 깨달음인지를 검증하는 데는 실험과 같이 본인을 포함한 누구나가 알 수 있고 입증 가능한 객관적 방법이 없다. 화두 참구는 수학적·과학적 답을 찾는 것이 아니라 그 화두가 제시하는 진리를 체험하여 그에 부응한 인격적·정서적 해탈에 이르는 것을 목표로 한다.

'무'자 화두를 예로 들면, '무'가 어디에도 걸림 없는 대자유의 무라고 머리로 아는 것에서 그치는 것이 아니라 본인의 온 존재가 실제로 대자유로 되는 것이 목표이다. 선은 머리로만 아는 것을 뛰어넘어 실제로 그렇게 되는 것을 생명으로 한다는 것에 대해서는 더 이상 말할 필요도 없을 것이다.

따라서 진리의 실제 체험 여부와 그에 따른 정서적·인격적인 변화까지도 점검해야 하기 때문에 아무나 화두 참구의 경지를 검증할 수 없다. 더군다나 사람마다 나타나는 경지가 다양해서 획일적인 매뉴얼 같은 것도 있을 수 없다. 오직 진리를 체험한 눈 밝은 스승만이 그 경지를 알아볼 수 있다. 선에서 화두 참구에 대한 스승의 점검과 인가가 필요한 이유가 여기에 있다. 선의 종가라 할 수 있는 중국 선종에서는 이 점을 간파하여 독참이라는 훌륭한 제도를 만들었던 것이다.

자신의 허점을 스스로 발견하기는 대단히 어려운 일이다. 그래서 자기도 모르게 잘못된 길로 들어가 많은 시간과 노력을 낭비한 뒤 때늦은 후회를 하기도 한다. 이 점은 선 수행에서도 예외가 아니다. 특히 화두 참구를 할 때 머리 굴리는 습관은 항상 경계해도 어느새 빠져들고 마는 함정과 같다.

화두 참구의 핵심은 기존의 모든 지식과 앎에서 벗어나서 화두 그 자체가 되는 것이다. 그러나 대개 사람들은 머리 굴리는 습관에 오랫동안 젖어 있었기 때문에 화두를 머리로 풀어낸다. 일단 머리로 어떤 해답을 찾았으면 그 답이 옳든 그르든 상관없이 그 답에 묶여서 더 이상 화두 참구에 진척이 없다.

또한 수행의 긴 여정에서 초심의 기세당당함은 시간이 흐르면서 의기소침으로 바뀌기 쉽고, 허상(魔境)을 깨달음으로 착각하여 옆길로 샐 수도 있다. 타성에 젖어 화두를 드는 것도 아니고 들지 않는 것도 아닌 나날을 보내기도 한다.

수행 도중에 생기는 이러한 장애에서 벗어나게 하는 것이 독참이다. 독참이 거듭되면서 스승의 선적인 안목과 힘에 의해 수행자의 뿌리 깊은 아집이나 머리 굴림은 박살나고, 수행자는 스스로 자신의 문제점을 꿰뚫어볼 수 있는 눈을 가지게 된다. 또한 다음 독참 때에는 바른 견처(見處, 화두에 대해 자신이 참구한 바)를 보여야 하기 때문에 수행자는 화두 참구 외에는 잠시도 다른 것에 눈을 돌리지 못한다.

독참에서는 화두 참구만 점검받는 것이 아니다. 수행자가 의기소침에 빠져 있으면 스승은 의욕을 불러일으켜 수행에 매진하도록 한다. 수행자가 자기도 모르게 타성에 젖어 있거나 심신의 편안함만 즐기고 있으면, 스승은 눈이 번쩍 뜨이도록 꾸짖어서 진정한 수행의 길을 걷게 한다.

수행자는 이렇게 독참을 통해 혼자서는 도저히 뚫기 어려운 관문을 뚫어나간다. 독참을 체험해보면, 선은 스승의 지도 없이는 힘들고, 학문은 독학이 가능하나 선은 독학이 통하지 않는다는 말이 가슴에 절절히 와 닿는다. 선이 누구에게서 누구로 진리가 이어져왔는가를 밝히는 법맥(法脈)을 중시하는 이유가 바로 여기에 있다.

수행은 시간의 양도 중요하지만 수행의 질, 다시 말해 화두에 얼마나 깊이 몰입하느냐가 더 중요하다. 매일 있는 독참 시간에 자신이 화두에 대해 깨달은 바를 온몸과 마음을 다하여 엄한 스승 앞에 토해내어야 하니 어떻게 화두에 몰입하지 않을 수 있겠는가? 독참은 진리를 향한 절절함과 힘을 불러 일으키고 유지시킨다.

독참은 선의 본고장 중국 선종이 창출한 탁월한 선 지도 방법이며, 천 년 이상의 전통을 가진 것이다. 그러나 애석하게도 현재 전통적인 독참 제도가 온전히 행해지고 있는 곳은 세계에서 일본 임제종밖에 없다. 중국 스님들도 일본 임제종에 와서 독참을 배워가고 있는 실정이다.

나는 오곡도에서 함께 수행하고 있는 김사업 부원장과 같이 2003년부터 지금까지 일본 임제종 고가쿠지의 안거 집중수행(셋신)에 일 년에 세 번 내지 네 번은 반드시 참가하고, 때로는 안거 기간 중 장기간 체제하면서 다이호 방장 스님에게 독참 지도를 받아왔다. 그 힘든 수행과 연마가 헛되지 않아 방장 스님에게서 인가를 받았고 독참도 온전히 지도할 수 있게 되었다.

다이호 방장 스님의 독참 방식은 전통 그대로를 고수하고 있다. 수행자가 처음 독참에 들어가면 먼저 화두를 준다. 화두에 대한 설명은 일체 없고, 다만 화두만 줄 뿐이다. 화두를 참구하는 방법도 말해주지 않는다. 오직 한마디, 자기 스스로 철저히 참구하여 스스로 깨닫는 길 외에는 방법이 없다고 말한다. 그것이 전부다.

이것만으로 초심자는 뭐가 뭔지 전혀 알 수가 없다. 참으로 오리무중이다. 그러다가 서너 시간 후면 다시 독참하러 가야 한다. 독참실로 들어가 제대로 된 경지를 보이지 못하면 곧바로 쫓겨난다. 이런 식의 연속이다. 어쩌다 답답해서 질문이라도 하면 독참에서는 질문이 있을 수 없다고 야단만 맞는다. 이렇게 세월을 잊고 화두 참구에 전념해야 한다.

오곡도 수련원에서 나는 방장 스님과의 독참 체험을 토대로 하되, 현대인들에게 맞게 독참을 지도하고 있다. 말로 설명하지 않으면 이해가 되지 않는 현대인들에게 전통 방식의 독참은 먹혀들지 않는다. 독참에서는 설명을 하지 않는 것이 원칙이다. 그러나 나는 지금의 상황에서 진정 선 수행자들에게 도움이 되는 것이 어떤 방식인지를 깊이 고민한 끝에, 꼭 필요한 설명은 해가면서 독참을 지도하기로 마음먹었다.

독참을 궁금하게 여기는 사람들을 위해 아래에 몇 가지 사례를 들어본다. 전문적인 선과 관련된 사례도 많이 있으나 일반인들에게 필요하고 도움이 될 것으로 생각되는 사례들만 채택하였다. 쓸데없는 생각과 자신도 모르는 뿌리 깊은 응어리를 없애고, 본인이 가진 원래의 청정함과 안락함을 되찾은 사례들이다. 화두를 참구하여 얻는 체험과 경지는 개개인에 따라 다르기 때문에 독참의 내용도 각각 다르다는 것을 염두에 두기 바란다.

진정 자신이 원하는 바를 말하라

선 수행을 해나가는 과정에서 떠오르는 망상은 대부분이 자신의 과거 경험과 관련이 많다. 치료를 받아야 하는 정신질환까지는 아니더라도 우리는 누구나 마음에 하나 이상의 골병은 다 가지고 있다. 그 골병이 선 수행을 하는 과정에서 망상으로 떠오르게 되고, 그 망상에서 벗어나지 않으면 화두에 집중이 되지 않는다.

전통적인 독참 방식에서는 화두와 직접 관련이 없는 것에 대해서는 말도 꺼내지 못하게 하며 무조건 화두에만 집중하라고 야단을 친다. 그러나 내가 독참을 지도하는 과정에서 느낀 것은, 전문 수행자가 아닌 경우 화두와 직접 관련이 없더라도 화두 드는데 심각한 방해가 되는 망상에 대해서는 수행자의 말을 어느 정도 들어주고 지도하는 것도 필요하다는 것이다.

독참 때 그 망상에 대해 몇 번만 지도하면, 수행자는 더 이상 그 망상에 끌려서 괴로워하지 않고 화두에 집중할 수 있는 마음 자세가 된다는 것을 매번 경험했다. 그 결과 수행자의 생활에 변화가 오는 것은 물론이고, 또한 이런 변화가 있어야 선 수행을 제대로 하는 것이다.

어느 해 군대에 가기 위해 휴학 중인 대학생이 오곡도 수련원 집중수행에 참가했다. 성격이 차분하고 순종적이었으며 매사에 열심이었다. 가정교육을 잘 받았다는 생각이 들 정도로 예의도 바르고 공손했다. 수행기간 중 졸지도 않고 자세도 흐트러지지 않게 똑바로 앉아 좌선도 열심히 했다. 함께 수행하는 도반들은 이구동성으로 타고난 선 수행자라고 칭찬을 아끼지 않았다.

집중수행을 마치는 마지막 날 총평 시간에 그는 전공이 마음에 들지 않아 제대한 뒤에는 학교를 그만둘 생각이라고 했다. 그는 집으로 돌아가 수련원 홈페이지에 집중수행 소감을 올렸는데, 매우 감명 깊었다는 것과 기회가 되면 다시 해보고 싶다는 말을 남겼다.

다음 달 그는 다시 집중수행에 참가했고, 화두에 집중하려고 애를 썼지만 형체를 알 수 없는 무서운 망상에서 벗어나지 못했다. 참으로 의외였다. 처음 집중수행 때도 망상에 시달렸지만 말하지 않았다는 것이다. 왜 또 참가했느냐고 물으니 무서운 망상에서 벗어나고 싶어서라고 했다. 나는 독참을 해나가는 과정에서 그가 아버지에 대한 두려움을 가지고 있음을 알았다. 아버지의 말에 거역한다는 것은 상상조차도 할 수 없는 그런 두려움이었다. 나는 말했다.

"독참 시간에는 좌선 중에 나타난 자신의 망상이나 좌선 때 보인 바를 솔직히 말해주어야 합니다. 그래야 다음 단계로 이끌어갈 수가 있어요. 멋진 포즈로 앉아만 있다고 좌선이 되는 것이 아닙니다. 무서운 망상이 떠오르면 그것을 보고 있지 말고 곧바로 화두로 의식을 돌려 화두에만 집중하세요. 화두에 100 퍼센트 집중하는 순간 망상은 곧바로 사라집니다."

그는 화두에 집중하는 시간이 길어지면서 망상이 점점 줄어들고 혈색도 좋아졌으며 얼굴 표정도 밝아졌다. 두 번째 집중수행 마지막 날 총평 시간에 그는 수행을 해보니 스님이 되는 것이 자신이 가야 할 유일한 길임을 알았다며, 제대하면 출가하여 스님이 되겠다고 했다. 일주일간 함께 수행한 선배들이 대학도 졸업하고 여자 친구도 사귀어본 뒤에 출가해도 괜찮지 않겠느냐고 했지만, 그는 여자 친구에는 관심이 없다고 잘라 말했다.

그는 다음 집중수행에도 참가했다. 연이어 세 번을 참가한 것이다. 앞의 수행 때처럼 역시 모범을 보이며 열심히 '무'자 화두를 들었다. 독참에 들어와서 그는 말했다. 좌선 중에 온 천지가 무로 느껴지면서 자신이 있는지 없는지도 알 수 없고, 자기가 눈을 뜨고 있는지 감고 있는지조차 알 수 없어서 확인을 위해

일부러 눈을 크게 떠보았다고 했다.

나는 그런 체험을 자연스럽게 하는 것은 좋으나, 몸이 없어진 느낌은 마경에 불과하니 거기에 개의치 말고 '무'자 화두만 더욱 철저히 들라고 단단히 일렀다. 그럼에도 그는 다음 독참 시간에 들어와서 몸이 없어진 체험을 한 번 더 맛보려고 해도 안 된다고 의기소침해 했다. 나는 야단을 쳤다.

"몸이 없어지는 체험은 마경이라고 분명히 일러주었는데, 마경을 다시 맛보려고 하면 어떡합니까! 마경이 대단한 경지인 줄 알고 거기에 머물며 즐기게 되면 수행은 끝입니다. 마경에도 유혹되지 말고 오직 '무'자 화두에만 집중하십시오. 지금부터가 문제입니다."

이후로도 그에게는 여러 가지 마경이 나타났지만, 그때마다 곧바로 의식을 화두에 집중시켜 '무'자 화두에 몰입하는 시간이 점점 길어졌다. 독참 때마다 '무'자 화두 참구에 진척을 보이면서 무엇이든 할 수 있다는 용기가 생긴다고 말했다. 이제는 아버지께 하고 싶은 말을 할 수 있을 것 같다는 말도 했다.

마지막 독참 때 그는 나에게 울면서 말했다. 제대하면 학교로 돌아가 여자 친구도 사귀고 자신이 원하는 삶을 살겠다고. 그는 집중수행을 세 번 하는 동안 아버지에 대한 축적된 두려움이 불러온 움츠러듦과 폐쇄성에서 벗어나 건강한 생명력을 되찾았던 것이다.

독참 차례를 기다리는 시간은 생사를 건 전장에서
고지를 눈앞에 두고 마지막 돌격을 기다리는 심정과 같다.
진리를 두고 스승과 제자가 한 치의 양보도 없이 겨루는 결전장,
이 독참을 통해 수행자는
혼자서는 도저히 뚫기 어려운 관문을 뚫어나간다

오곡도 수련원에서는
현대인에 맞게 독참을 진행하고 있다

부모님이 아이들을 야단칠 때 천편일률적으로 야단쳐서는 안 된다. 야단을 감내할 수 있는 아이는 문제가 없지만, 그렇지 못한 아이는 심리적으로 상처를 받아 여러 가지 장애가 나타날 가능성이 높기 때문이다.

20대의 건강한 젊은이는 여자 친구도 사귀고 싶고 공부도 열심히 해서 성공하고 싶었다. 그러나 어릴 때부터 쌓여온 두려움은 이 소망에 대해 자신감을 상실하게 만들었고, 그 자리에 출가를 대체해놓고 위안으로 삼고 있었던 것이다. 이 상태에서의 출가는 진정한 출가도 아닐 뿐더러 출가를 해도 오래가지 않는다.

세 번에 걸친 집중수행을 통해 그는 해묵은 장막이 걷히며 진정 자신이 원하는 바를 보았고 말할 수 있게 되었다. 나는 그에게 말해주었다. "올바른 선 수행자는 자신이 원하는 삶을 당당하게 살아갑니다."

처음처럼 화목하게 살려면

그녀는 50대 후반으로 현모양처형의 여성이었다. 화두를 받고 시키는 대로 열심히 화두를 들었다. 며칠이 지나자 다리 아픈 것도 없어지고 졸음도 오지 않고 정신이 맑다고 했다. 그런데 화두에 집중하려고 하면 화두는 달아나고 자꾸만 망상이 떠올라 집중할 수가 없다고 했다.

독참 시간에 나는 망상에 끌려가지 말고 재빨리 화두로 돌아와 화두에 집중하라고 주의를 주었다. 다음 독참 시간에 들어와서도 그녀는 망상에 시달린다고 똑같은 말을 했다. 망상의 내용이 무엇인지 물었더니, 좌선 중에 뼈만 남은 생선 한 마리가 계속 보인다고 했다. 이 말을 듣고 무엇이 그렇게 괴롭냐고 물었더니 괴로운 일이 없다고 했다. 나는 그녀의 자존심을 건드리고 싶지 않아서 망상에 상관하지 말고 화두에만 집중하라고 다시 한 번 더 말했다.

다음 독참 시간에 그녀는 "무엇이 그렇게 괴롭냐?"는 나의 물음이 마음에 걸려 좌선이 잘되지 않았다고 했다. 그러면서 자신의 이야기를 했다. 젊은 시절 그녀는 고부간의 갈등으로 마음에 상처를 받았고, 갱년기 증상으로 병원에 입원했을 때도 시어머니 눈치를 보아야 했다. 그러나 남편은 자신이 아플 때 화도 내지 않고 천사처럼 정말 잘해주었다. 그녀는 그것이 오히려 부담이 되어 남편의 행동이 가식처럼 느껴져 괴롭다는 것이었다. 고부간의 갈등으로 맺힌 응어리가 남편의 정성어린 간호조차도 가식으로 여겨지게 만들었던 것이다.

나는 그녀의 말에 동조하면서 이제는 화두에 집중하면 화두가 잡힐 것이라고 했다. 독참의 좋은 점은 자신이 가지고 있던 망상이나 집착에 대해 스승과 허심탄회하게 대화를 하고 나면 더 이상 그것이 떠오르지 않는다는 것이다.

다음 독참 시간이 되었다. 그녀는 화두에 집중도 되고 마음도 편해졌지만 간간이 남편 생각이 떠오르면 괴롭다고 했다. 그러나 그녀의 말투 속에는 화두에 집중하면서 얻은 평온한 마음이 녹아 있었다. 나는 그녀에게 남편은 진짜 착한 사람일 수도 있다고 조심스럽게 한마디를 던지고는, 그 생각에도 끌려가지 말고 화두에만 계속 집중하라고 했다.

그녀는 좌선이 거듭될수록 잡념 없이 화두에 집중할 수 있는 시간이 길어지면서 몸도 마음도 평온을 되찾아갔다. 남편에 대한 생각도 더 이상 떠오르지 않았다. 마지막 독참 시간에 나는 그녀의 남편 이야기를 꺼냈다.

"잔병에 효자 없다는 말이 있지요. 오랜 병간호를 하다 보면 아무리 효자라도 짜증이 납니다. 가식으로 행동하는 사람은 병간호를 하는 동안 언젠가는 가식이 탄로 날 텐데, 아직도 남편이 천사처럼 대해준다면 보살님의 자격지심이 남편을 오해했을지도 모르겠네요. 정말 착한 남편의 행동을 자신의 자격지심으로 오해한다면 불행한 일이지요."

그녀는 처음 독참 때의 자존심 강한 표정과는 전혀 다르게 그럴 수도 있겠다고 고개를 끄덕이며 긍정적으로 받아들였다. 그녀가 '자격지심'이라는 말에 별다른 반응을 일으키지 않은 것이 큰 변화였다.

울력 시간에 그녀는 수련원 뒷산에 피어 있는 들꽃을 보고 시흥에 젖어 시를 지어보고 다른 수련생들과도 즐겁게 이야기했다. 집중수행이 끝나고 집으로 돌아간 뒤에는 학창시절의 추억을 되새기며 적은 시와 장문의 글을 써 보내주었다.

집중수행을 여러 번 거치면서 그녀는 자신의 순수했던 원래 마음을 되찾게 되었고, 남편에 대한 왜곡된 생각을 완전히 지우고 지금은 부부가 화목하게 살고 있다.

두려움에서 벗어나다

겨울 집중수행 때, 중학교 3학년 학생 한 명이 참가했다. 참가 규정상 만 18세 이상이어야 했지만 피치 못할 사정이라 특별히 참가시켰다.

학생은 45분 좌선하는 동안 화두에는 집중하지 않고 끊임없이 발을 바꾸고 꼼지락거리며 주리를 틀었다. 하루에 9시간씩만 5일을 좌선해야 하는데 참으로 난감했다. 좌선이 몇 번이나 거듭되었지만 별로 나아지지가 않았다.

학생도 괴로웠지만 지도하는 우리도 보기가 딱했다. 옆자리에 앉은 사람들도 수행에 방해된다고 무언의 불만을 드러냈다. 제창(提唱, 참구심을 일깨워 선 수행에 더욱 열심히 매진하게 하기 위한 설법) 시간에 화두 참구 방법을 설명해도 졸기만 하고 듣지 않았으며 관심도 없었다. 이런 학생에게 '무'자 화두를 참구하라는 것은 무의미했다.

독참 시간이 되었다. 학생에게 왜 왔는지 물었다. 학생은 초등학교 때부터 검도를 했고, 중학교 때는 대회 우승도 하여 앞으로 국가대표 선수가 될 수 있는 유망주라고 했다. 그런데 교장 선생님과 코치 선생님이 너무 무서워서 고등학교에 가면 절대로 검도를 하지 않겠다고 했다. 그 두 분만 생각하면 공포감에 질려 검도가 하기 싫고 또 잘되지도 않는다는 것이었다. 그러나 자기 어머니는 절대로 검도를 그만두면 안 된다고 야단치면서 억지로 여기에 보냈다고 했다.

내게도 검도는 절대로 하지 않을 것이라고 했다. 검도 외에 하고 싶은 것이 있느냐고 물었더니 없다고 했다. 검도 외에 특별히 하고 싶은 것도 없으면서 검도는 하지 않겠다는 것이다. 검도를 할 수도 없고 하지 않을 수도 없고, 이럴 때 어떻게 해야 할까?

검도 자체가 싫은 것은 아니라고 했다. 나는 학생에게 일본의 유명한 검객 미야모토 무사시 이야기를 해주었다. 내가 유학할 때 가마다 교수님은 나에게 무사시의 검법을 이야기해준 적이 있었다.

무사시는 보통 검객과 달랐다. 매일 좌선과 칼 쓰는 연습을 병행하면서 도 닦는 마음으로 수련했다. 그 덕분에 그는 평생 동안 상대방과 대련해서 한 번도 패한 적이 없었다. 비결은 상대방과 마주했을 때, 상대가 자신의 어디를 공격할까 또는 내가 상대의 어디를 공격할까 하는 생각이 일어나기도 전에, 이미 상대방의 가슴에 무사시의 칼이 꽂혀 있었기 때문이다. 그런 생각을 가지고 공격을 하면 그때는 이미 늦었다는 것이다. 상대방과 마주했을 때 어떤 생각도 일어나지 않는 무사시와 같은 마음 상태를 부심(無心)이라 한다. 무심이 되면 칼날은 자유자재하다.

나는 학생에게 '무'자 화두 대신에 자기가 들고 대련하는 칼끝에 마음을 집중하라고 했다. 검도를 제대로 했으면 칼끝에 마음을 집중하는 것은 별로 어렵지 않은 일이다. 예상대로 학생은 45분 좌선하는 동안 한두 번 발을 바꾸는 외에는 꼼짝도 하지 않고 집중했다. 다음 날부터 표정이 밝아지고 좌선에도 재미가 붙었는지 진지하게 임했다.

사흘째 되는 날 독참 시간에, 이제는 칼끝이 한 점으로 보이는데 교장 선생님과 코치 선생님의 모습이 자꾸 나타나 집중하는데 방해가 된다고 했다. 나는 말했다.

"게임할 때 목표물을 잡으려면 옆에서 유혹하는 것들은 무시하고 목표물만 따라가야 합니다. 유혹하는 것에 정신을 빼앗기면 어느새 게임 끝인 줄 알지요? 그것과 마찬가지예요. 교장 선생님과 코치 선생님 모습이 보이더라도 신경 쓰지 말고 칼끝에만 집중하세요."

닷새째 되는 날, 학생은 칼을 들고 있는 자신은 없어지고 온 천지에 칼끝뿐이라고 했다. 교장 선생님과 코치 선생님에 대한 두려움은 전혀 없다고 했다. 나는 말했다.

"칼끝에만 집중하니까 교장 선생님과 코치 선생님에 대한 두려움은 흔적도 없지요? 검도에만 열심히 집중하면 두 분 선생님도 학생을 혼낼 이유가 없을 거예요. 아직 시간이 남았으니 계속해서 열심히 해봐요."

좌선을 할수록 학생의 마음속에는 할 수 있다는 자신감이 커져갔다. 마지막 독참 때, 학생은 돌아가면 다시 검도를 하겠다고 겸연쩍은 듯 말했다.

몇 개월이 지난 뒤, 그 학생의 어머니에게서 전화가 왔다. 아들이 고등학교에 진학해서 검도를 잘하고 있다고.

필요 없는 짐을 내려놓다

오곡도에서 집중수행을 처음 시작했던 해의 여름, 고등학교에 근무하는 독신 여교사가 참가했다. 수행기간 내내 그녀는 별말이 없었다. 독참 때도 내보일 경지가 없다면서 열심히 하겠다는 말만 했다. 마지막 총평 시간에 자기소개를 할 때도 어느 학교 누구라고만 밝히고 더 이상 말하지 않았다. 수행을 마치고 돌아가는 날도 떠나는 사람들 속에 묻혀 소리 없이 가버렸다. 그녀가 또다시 오리라고는 아무도 예상하지 못했다.

그런데 뜻밖에도 그녀가 그 다음 달 주말수행 때 참석했다. 우리는 어떻게 다시 올 생각을 했을까 하고 무척 의아해 했다. 그 뒤로도 그녀는 매달 두 번씩 있는 주말수행과 방학 때의 집중수행에 한 번도 빠지지 않고 참가했다.

그녀는 언제나 정석대로 화두를 들었고 화두를 빨리 뚫겠다고 조급해하거나 욕심을 내지도 않았다. 그녀는 모범 수련생이었다. 그러나 꼭 필요한 말만 할 뿐, 상대방이 부담스러울 정도로 말이 없는 것은 여전했다.

그녀와 단둘이 있을 때 학교 일은 어떠냐고 물어보았다. 주어진 일만 열심히 할 뿐 다른 교사들과 함께 모여 수다를 떨거나 회식에 참석하는 일은 거의 없으며, 선 수행을 시작한 뒤로는 점심시간이나 쉬는 시간에 아무도 없는 곳에서 혼자 좌선을 한다고 했다.

수행을 시작한 지 2년이 되던 해, 그녀는 좌선 도중에 어지럼증이 일어나 좌선을 할 수 없다고 했다. 의사의 진단으로는 화병으로 인한 어지럼증이며, 화병에는 약이 없으니 스스로 마음을 내려놓는 길밖에 없다는 것이었다. 나는 화병이 생길 정도로 괴로운 일이 무엇인지 물었다. 그러나 그녀는 별일 없다고 일축했다. 나는 그녀를 야단쳤다.

"화병으로 어지럽다는 것은 수행을 잘못했다는 증거입니다. 좌선을 올바르게 하면 현실의 생활이 변화하고 마음에 집착하는 바가 점점 없어져야 하는데, 2년이나 수행했으면서 화병으로 어지럽다는 것은 수행 따로 생활 따로라는 말 아닙니까? 좌선 자세도 좋고 열심히 하고 있어서 이제는 마음에 근본적인 변화가 일어날 때도 되었다고 생각했는데 아니지 않습니까?"

그녀는 비로소 자신의 이야기를 털어놓았다. 모임에서 불이익을 당하고 있다는 것과 대응해보았자 소용없을 것 같아서 참으려고 애쓰고 있으며, 괴로울 때는 좌선을 하면 마음이 편안해지기 때문에 괴로움이 해소된 줄 알았다고 했다.

나는 말했다. "괴로움을 잊으려 하는 것도 욕심이고, 마음이 편안해진 상태를 유지하려는 것도 욕심입니다. 그런 마음이 있는 한 수행은 더 이상 진전이 없습니다. 선 수행을 올바로 하면 자연스럽게 모든 잡생각이 끊어지고 싫다 좋다, 밉다 곱다 분별하는 마음에서 벗어나 지혜가 나옵니다. 그러나 그것을 바라고 수행을 하면 아무리 시간이 흘러도 그렇게 되지 않습니다. 아무것도 바라지 말고 그냥 단지 화두에만 집중하십시오."

그녀는 지금까지의 수행에서 무엇이 잘못되었는지 곧바로 알아차렸다. 그녀는 2년 동안 수행하면서 위의 말을 수차례 들었지만, 선 수행을 통해 뭔가를 얻고자 하는 마음이 깊이 깔려 있었기 때문에 지금까지 그 말이 건성으로 들렸던 것이다.

그녀는 자신의 마음이 변해야 올바른 선 수행이라는 것은 절감했지만, 잘못된 방향으로 가고 있다는 것도 모르고 단지 열심히만 하면 된다고 생각했다고 말했다.

그녀는 욕심으로 화두를 들고 있었다는 것을 깨닫고 진정으로 무심히 화두를 들려고 애를 썼다. 편안해지려는 마음도, 망상을 없애려는 마음도 모두 다 욕심과 집착이라는 것을 뼈저리게 알았다. 이후로 그녀는 더욱 열심히 화두를 들었고 독참 때마다 자신에게 일어난 마음의 변화를 나에게 말하기 시작했다.

"예전에는 학교에서 문제 학생들 때문에 힘들 때면 '애들 때문에 내가 왜 이렇게 고생해야만 하나' 하고 화가 났습니다. 그런데 지금은 '이런 학생들이 있으니까 내가 필요한 게 아닌가'라는 생각이 들면서 그들을 도와주고 싶은 마음이 저절로 일어납니다. 요즘은 회식자리에도 빠지지 않고 동료 교사와 학생들의 농담도 잘 받아들이니까 제가 변했다고들 합니다."

우리가 보기에도 그녀는 올바르게 선 수행을 하기 시작한 이후로 참으로 많이 변했다. 비빔밥도 섞은 밥이라고 먹지 않던 사람이 지금은 꿀꿀이죽을 만들어 먹고, 울력을 할 때도 싫다 좋다 생각하지 않고 무심으로 하는 것이 눈에 띄게 달라졌다. 자신에게 짊어지운 필요 없는 짐들을 내려놓으면서 상대에게 관대해지고 매사를 열린 마음으로 생활해가게 된 것이다.

괴로움을 잊으려는 것도 욕심이요,
행복해지길 바라는 것도 욕심이다.
뭔가를 얻으려는 마음을 내려놓아라.
모든 잡생각이 끊어질 때 지혜가 나온다

하심과 무심의 경지로
이끄는 울력

선종 사찰에서 모든 대중이 함께 모여 농사짓기, 대청소, 사찰 안팎의 정비 등 사찰을 운영하는 데 필요한 육체적인 일을 하는 것을 울력이라고 한다. 울력은 우리말이고 이에 해당하는 원래 용어는 '보청(普請)'이다. 선원의 모든 사람에게 빠짐없이(普) 육체 노동을 청(請)한다는 뜻이다.

울력에는 생활에 필요한 물자를 스스로 마련하고 외부의 도움 없이 자체적으로 수행처를 유지하고자 하는 자급자족의 정신이 들어 있다. 역사의 뒤안길로 소리 없이 사라진 여타 불교 종파와는 달리 선종이 중국 역사에서 끝까지 그 강인한 생명력을 유지한 것은 이런 정신에 힘입은 바 크다.

인도나 남방불교의 수행승들은 생활을 전적으로 신자들의 보시에 의존하기 때문에 그들에게는 울력이라는 개념이 없다. 그러나 풍토와 관습이 다른 중국으로 불교가 전해지면서 사정이 달라졌다. 현실성이 강한 중국의 수행승들은 선방에서의 좌선만이 아니라 일상생활의 일거일동이 깨달음을 추구하는 수행이 되어야 한다고 생각했다.

화두 참구를 통해 얻은 깨달음이 가정과 학교, 회사 등 일상생활에서 살아 있지 않다면 그 깨달음은 참된 깨달음이라고 할 수 없다. 선은 좌선하는 동안만 심신의 편안함을 얻고자 하는 단순한 명상이 아니다. 명상이 주는 편안함만 즐길 뿐 인격의 향상이 없다면 그것은 결코 선이 아니다.

물론 좌선을 하면 심신이 편안해지고 집중력과 건강 등이 향상된다. 그러나 그것은 선 수행에 따르는 부수적인 효과이지 선 수행의 목적은 아니다. 선은 아침에 깨어나서 밤에 잠잘 때까지의 모든 일거수일투족이 깨달음을 추구하는 수행이고 깨달음을 증명하는 시험장이 되어야 한다고 강조한다.

간혹 선 수행 과정과 예술세계의 심리적·기능적 연마 과정의 차이를 묻는 사람이 있다. 결론부터 말하면, 예술가나 명인들이 작품을 만들 때 자기를 잊고 몰입하는 것과 선의 삼매가 반드시 일치하는 것은 아니다. 예술가나 명인들이 어떤 일에 몰두할 때 자기를 잊고 주객일체의 몰입 상태에 드는 일이 종종 있다. 그러나 대부분의 경우, 이런 몰입은 그 사람의 인격이나 생활을 근본적으로 변화시키는 본질적 자각을 동반하지 않는다. 이 점이 선과 다르다.

선 수행에서의 삼매는 여태까지의 잘못된 인식을 불식하고, 있는 그대로의 진리를 깨달아 완전히 새로운 삶을 살게 한다. 따라서 기능적 몰입이나 자기 망각과는 본질적으로 다르다. 나를 송두리째 뒤바꾸는 깨달음의 체험 없이는 아무리 훌륭한 기능적·심리적 몰입도 결코 선이 되지 않는다.

일상생활의 모든 시간과 공간이 깨달음의 장이어야 했기 때문에 중국의 선사들은 제자들이 선방에만 앉아 있지 않고 농원이나 산림에서 일하기를 원했다. 일하는 중에도 화두를 생생하게 들거나 좌선 때 화두에 몰두하는 것처럼 일에 묵묵히 몰두하여 '일'삼매에 들도록 했다.

그래서 "동중(動中)의 공부가 정중(靜中)의 공부보다 백천만배 낫다"는 말도 나왔다. 움직이면서 하는 울력 때의 수행이 가만히 앉아서 하는 선방에서의 수행보다 훨씬 뛰어나는 뜻이다. 실제로 중국 선종의 스승들은 자신이 솔선해서 제자들과 함께 괭이로 땅을 파고 지게를 지었다. 노동을 위한 노동은 당연히 아니었다.

울력의 이러한 점을 통찰하여 울력을 제도적으로 확립한 분이 바로 중국 당나라 때의 백장(百丈懷海, 749~814, 일설 720~814) 선사이다. 그가 남긴 금언인 "하루 일하지 않으면 하루 먹지 않는다(一日不作, 一日不食)"가 울력의 정신을 보여주는 대표적인 말이다.

백장 선사는 늙은 몸으로도 울력 때 남보다 먼저 나섰다. 제자가 보다 못해 연장을 숨기고 쉬기를 청했지만, 그는 "내게 아무런 덕이 없는데 어찌 남들만 수고롭게 하겠는가?" 하며 연장을 찾고자 샅샅이 뒤졌다. 그러나 끝내 찾지 못하자 방 안에서 미동도 하지 않은 채 종일 식사를 마다했다. 제자가 의아한 얼굴로 식사를 재촉했을 때 그는 명언을 남겼다. "하루 일하지 않으면 하루 먹지 않는다." 이 정신은 그 뒤 1000년 이상을 선방 수행승들의 골수에 맺혀 면면히 이어져오고 있다.

실제로 울력을 해보면 수행에 큰 도움이 된다는 사실을 누구나 알 수 있다. 좌선으로 힘들었던 몸의 스트레스도 풀어주고, 복잡한 마음을 하심(下心)과 무심(無心)으로 이끌어 머리를 단순하게 해준다. 육체노동에 대한 잘못된 선입견만 내려놓으면, 단순한 육체적 일은 지금 하고 있는 일에만 몰두하게 만들어 준다. 복잡한 생각과 근심걱정 없이 한 가지 일에 몰입한다는 것이 어떤 것인지를 스스로 알 수 있으며, 화두를 드는 집중력 향상에도 도움이 된다.

오늘 저녁 밥상에 올라오는 김치 한쪽에 들어간 정성이 얼마나 지극한 것인지도 알고, 대자연과 하나가 되어 일을 하면 몸과 마음이 이렇게 건강하고 상쾌해진다는 것도 안다. 이처럼 울력은 본인이 걷고 있는 대자유를 향한 길을 더욱 탄탄하게 하고 그 길에 대해 확신을 갖게 한다.

선의 역사에서 제자가 찾아와 질문을 했을 때, 스승이 실제로 한창 일을 하고 있던 중이라는 것을 보여주는 일화는 많다. 당나라 때의 선의 거장 조주 선사가 어느 날 절 마당을 쓸고 있었다. 어떤 사람이 와서 물었다.

"스님은 천하의 대 선지식이온데, 어찌 아직 티끌이 있습니까?"
조주 선사가 말했다.
"바깥에서 날아들어 왔네."

질문한 사람은 천하의 조주 선사에게 과감한 도전장을 던졌다. 불교에서는 번뇌를 '티끌(塵)'이라고도 부른다. 조주 선사가 쓸고 있는 티끌에 빗대어 천하의 선승 조주 선사에게도 아직 번뇌가 남아 있느냐고 단도직입으로 물은 것이다. 티끌을 쓸고 있다는 것은 아직 티끌, 즉 번뇌가 남아 있어서 없애려고 하는 것 아니냐는 질문이다.

조주 선사는 그 자리에서 간단히 말했다. "바깥에서 날아들어 왔네." 바깥 어디에서 날아들어 왔다는 말인가?

어느 스님이 또 물었다.

"청정한 가람에 어째서 티끌이 있습니까?"

이 말이 끝나기가 무섭게 조주 선사가 말했다.

"티끌 또 하나가 날아들어 왔군."

혹시 위의 질문자들을 대단한 수준의 사람들이라고 보고 있지는 않는가? 조주 선사가 보기에는 두 사람 다 번뇌만 일으키고 있다. 조주 선사는 지금 아무런 잡념 없이 100퍼센트 마당만 쓸고 있다. 조주 선사가 보여주고 있는 진리의 이 생생한 모습, 다시 말해 티끌 하나 없는 모습은 보지 못하고, "천하의 대 선지식이온데, 어찌 아직 티끌이 있습니까?" 하거나 "청정한 가람에 어째서 티끌이 있습니까?" 하고 있는 것이 그야말로 티끌이고 번뇌이다.

선 수행처에서 하는 울력은 결코 세간에서 하는 그런 노동이 아니다. 말하자면 좌선의 동적(動的)인 표현이 바로 울력인 것이다. 좌선에서 깨달은 것이 온몸에 충만하여 생동하지 않으면 참으로 깨달은 것이라고 할 수 없다. 참으로 깨달았다면, 그 깨달음은 자연스럽게 울력을 비롯한 일상생활의 모든 일에 그대로 적용될 것이다.

오곡도 수련원의 일주일 집중수행 마지막 날 하는 두세 시간의 울력은 매일 하는 아침 청소 정도와는 비교가 되지 않을 정도로 상쾌하다. 좌선 수행이 끝났다는 홀가분함과 실내에 갇혀

울력은 수행에 큰 도움이 된다.
좌선으로 힘들었던 몸의 스트레스도 풀어주고,
복잡한 마음을 하심과 무심으로 이끌어 머리를 단순하게 해준다.
울력은 본인이 걷고 있는 대자유를 향한 길을 더욱 탄탄하게 하고
그 길에 대해 확신을 갖게 한다

좌선만 하던 경직된 몸이 야외의 신선한 공기를 마시며 움직이게 되니, 몸은 저절로 가벼워지고 육체노동이 이처럼 고마운 것인 줄 비로소 알게 된다.

고참 수련생 거사 한 사람은 오곡도 수련원에서 수행하기 전까지는 집안일을 거드는 일이 절대로 없었다고 한다. 그런데 선수행을 한 뒤로는 설거지하고 청소하는 것이 예사로 여겨져서 집에서도 했더니 부인이 용돈도 올려주고 수행도 더 열심히 하라고 격려한다고 했다. 선 수행처에서 지켜야 할 수칙이 일상생활 속에 그대로 용해되어 나온 결과일 것이다.

선 수행을
심화시키는 가르침

아(我)가 없어야 한다

화두를 뚫으려면 '아'가 없어야 한다. 이 말은 무엇을 뜻하는가?

물을 컵에 부으면 물은 컵 모양을 한다. 물은 컵이 없으면 컵 모양을 할 수 없다. 엄격하게 말하면, 컵뿐 아니라 물을 컵에 붓는 사람, 그때 사용한 주전자, 평상시와 같은 기압 상태 등등 여러 가지 조건에 의존하여야만 컵 모양을 한다. 컵 모양뿐만 아니라 우주의 모든 것은 이와 같이 자신이 아닌 여러 가지 조건에 의존해야만 생겨날 수 있고 존재할 수 있다.

조건에 의존해야만 생겨날 수 있고 존재할 수 있는 것을 불교 용어로 '연기(緣起)'라 한다. 연기의 '연(緣)'은 '여러 가지 조건에 의해'를 뜻하고 '기(起)'는 '일어나다, 생겨나다'를 의미한다. 이때의 조건을 불교에서는 인연(因緣)이라고 한다. 연기가 불교의 가장 중요한 핵심 교리이다.

컵 모양을 한 물을 바가지에 옮겨 부으면 물은 금세 바가지 모양을 한다. 한 번 컵 모양을 했다고 해서 영원히 컵 모양으로 있을 수는 없다. 조건이 바가지로 바뀌면 모양도 변한다. 이와 같이 모든 것은 조건에 의존하여 생겨나고 존재하지만 조건의 변화와 소멸에 따라 함께 변하고 소멸한다는 것, 이것이 바로 연기의 전체적인 의미이다. 어떤 것도 예외가 없기 때문에 이것이 만고불변의 진리이다. 연기를 대승불교에서는 '공(空)'이라는 다른 이름으로 부른다.

연기의 반대개념에 해당하는 것이 바로 '아'이다. '아'의 예를 들어보자. 물이 삼각형 모양을 하려면 삼각형 용기에 의존해야 하는 것은 당연하다. 그런데 어떤 다른 것에도 의존하지 않고 처음부터 자기 스스로 삼각형 모양을 하고 있으면서, 컵에 넣어도 바가지에 넣어도 모양을 바꾸지 않고 삼각형 모양 그대로인 물이 있겠는가? 그런 물은 결코 없다.

그럼에도 만약 그런 것이 있다면, 불교에서는 그것을 자성(自性) 또는 아(我), 아트만(ātman)이라 부른다. 서양 철학의 용어로 말하자면 실체(實體)에 해당한다. '자성'이나 '아'는 "다른 것에 의존하지 않고 홀로 존재하면서 변하지 않는 것"이다. 간략하게 말하면 '정해진 것' '고정된 것'이다.

연기와 '아'는 이와 같이 반대이다. 삼각형 모양의 물의 예를 통해서 알았듯이, '자성' 또는 '아'는 없다. 그래서 불교에서는 '무자성(無自性)'이라 하고 '무아(無我)'라고 한다. 연기하니까 '무아'가 되는 것이다. 연기가 진리인 반면, '아'는 어리석음의 소치이고 착각에 불과하다.

그런데 사람들은 자기도 모르게 '아'가 있다고 생각하고 '아'에서 벗어나지 못한다. '아'가 있다는 사고방식을 불교에서는 '무명(無明)', 즉 어리석음이라 하며 이것 때문에 모든 괴로움이 생긴다고 한다. 만족할 줄 모르는 욕망인 갈애가 모든 괴로움의 근본원인이라고도 하는데, 무명과 갈애는 동전의 양면과 같다.

요강으로 사용하던 항아리를 깨끗이 씻어서 거기에 꿀을 담아오면 어떻게 반응할까? "요강에다 꿀을 담으면 어떡해!"라고 할 것이다. 우리에게 그 항아리는 무엇이 담기든 상관없이 언제나 요강이다. 바로 어떠한 조건에도 변하지 않는 '아'로서 자리 잡고 있는 것이다.

사실 그 항아리는 오물이 들어가면 요강이지만, 깨끗이 씻어서 꿀을 담으면 꿀단지이다. 물이 컵이라는 조건을 만나면 컵 모양을 하지만, 바가지라는 조건에서는 바가지 모양을 하는 것과 같다. 그런데도 우리는 늘 요강으로만 본다. 요강으로 정해놓고 고정적으로 볼 때 그것은 '아'가 된다. 다시 말해, 요강으로 집착

'집착하는 나'가 있을 때 화두는 뚫리지 않는다.
화두는 '집착하는 나'를 죽이는 살인도인 동시에,
대자유의 본래의 모습으로 살려내는 활인검이다

할 때 있지도 않는 '아'가 우리들 마음속에 자리 잡고 우리는 거기에 매이게 되는 것이다.

따라서 '아'는 무엇인가에 집착할 때 생긴다. 불교에서 집착하지 말라고 하는 이유가 여기에 있다. 물건이든, 사람이든, 안 것이든, 자기 자신이든 뭔가에 집착하는 순간 그것은 '아'가 되어 괴로움의 씨앗으로 남게 된다.

선에서 '아'가 없어야 한다고 강조할 때의 '아'는 바로 '집착하는 나'를 가리킨다. '집착하는 나'가 있을 때 화두는 결코 뚫리지 않는다. 화두는 그 끈질긴 '집착하는 나'를 죽이는 살인도(殺人刀)인 동시에, 대자유의 본래의 모습으로 살려내는 활인검(活人劍)이다.

머리로는 알아도 실천이 힘든 까닭

연기를 깨달으면 어디에도 걸림 없는 대자유의 부처가 된다. 연기의 이치에 대해 머리로 충분히 이해했다고 해서 상대방이 싫은 소리를 해도 아무런 마음의 동요 없이 그냥 지나칠 수 있겠는가? 가지고 있던 주식이 폭락을 해도 "인연이 다 되었구나" 하고 깨끗이 잊고 다른 일에 매진할 수 있겠는가? 연기의 이치를 머리로 아무리 잘 알고 있어도 마음과 행동은 따라가 주지 않는다는 것을 절감할 것이다.

'머리로 아는 것'과 '온 존재로 깨닫는 것'은 이처럼 차이가 있다. 연기를 머리로만 알 때 부처가 되는 것이 아니라 깨달을 때 부처가 된다. '깨닫는 것'이란 연기의 이치가 온몸과 마음, 세포 하나하나에 미쳐 저절로 연기의 이치대로 생각되고 행동하게 되는 것이다. 이와 같이 깨닫는 것을 '체득(體得)한다'라고도 한다. 머리로만 아는 것이 아니라 온몸으로 얻었다는 뜻이다.

머리로만 아는 한계를 넘어 마음과 행동까지도 그렇게 되고자 하는 것이 선 수행이다. 머리로는 잘 알고 있어도 실천하기 힘든 이유를 설득력 있게 제시하는 것이 유식(唯識)이라는 불교 교리이다. 유식에 근거하여 그 이유를 알아보자.

40대 직장인이 건강을 위해 조깅을 시작했다. 하루도 빠트리지 않고 달린 결과, 첫날은 10분에 2킬로미터를, 한 달 뒤에는 같은 시간에 3킬로미터를 뛸 수 있었다. 한 달이 지난 뒤에 왜 1킬로미터를 더 뛸 수 있었을까?

뛴다는 행위가 행위자에게 자신의 영향력을 남겼기 때문이다. 한 달 전보다 1킬로미터를 더 뛸 수 있는 이유를 의학적으로 설명하면 심폐기능과 근력이 향상되었다고 할 수 있다. 심폐기능과 근력의 향상, 이것이 바로 뛴다는 행위가 뛰는 사람에게 남긴 영향력이다.

행위가 아무런 영향력도 남기지 않고 사라진다면 아무리 달려도 속도의 향상은 없을 것이다. 한 달 뛰었을 때는 한 달 치의 영향력이, 두 달 뛰었을 때는 두 달 치의 영향력이 남는다. 뛰는 행위뿐만 아니라 몸으로 하는 우리의 모든 행위는 본인이 원하든 원하지 않든 자신의 영향력을 정확히 남긴다.

신체적 행동뿐 아니라 말도 의식하든 하지 않든 본인에게 영향력을 남긴다. 어느 주부가 건넛방에서 친정 흉을 보는 시어머니의 말을 듣게 되었다. 순간 자기도 모르게 입에서 욕 한마디가 튀어나왔다. 10년 전 여고 시절 친구들과 어울릴 때 사용했던 바로 그 욕이었다. 10년 전 무심코 했던 욕 한마디가 없어지지 않고 남아 있다가 자기도 모르게 튀어나왔던 것이다.

한 번 욕하면 한 번 욕한 만큼의 영향력이, 두 번 욕하면 두 번 욕한 만큼의 영향력이 고스란히 남는다. 그리고 이 영향력은 봄이 되면 씨앗에서 싹이 돋아나듯이 때가 되면 다시 그 모습을 드러낸다.

초등학교 시절 구구단 외울 때를 생각해보자. 한 번 외울 때보다 열 번 외울 때가 더 외우기 쉽다. 외운다는 것은 생각을 하는 것이다. 생각이 자신의 영향력을 남기지 않는다면 아무리 외워도 외워지지 않을 것이다.

생각도 한 만큼 그 영향력이 남는다. 때문에 욕심을 낼수록 만족이 아니라 욕심만 커져 있으며, 미워하기 시작하면 증오는 어느새 눈덩이처럼 불어나 있게 된다. 신체적 행위와 말뿐만 아니라, 형체가 없는 생각도 자신의 삶에 큰 영향을 끼친다는 것에 주의해야 한다.

불교에서는 우리가 하는 모든 행위를 셋으로 나눈다. 첫 번째가 신체적 행위로 이것을 신업(身業)이라고 한다. '업(業, karma)'은 '행위'를 뜻하는 불교 용어이다. 두 번째는 말(언어)이다. 이것은 구업(口業)이다. 세 번째가 생각(정신 작용)으로 의업(意業)이다. 이 셋을 모두 합쳐 삼업(三業)이라고 한다. 우리가 하는 모든 행위는 삼업 가운데 어느 하나이다.

앞에서 살펴본 세 가지 예, 즉 조깅과 욕설, 구구단 외우기는 신(身)·구(口)·의(意) 삼업 하나하나에 대한 예였다. 이미 확인한 대로 신·구·의 삼업, 다시 말해 내가 하는 모든 행위는 그냥 사라지는 법이 없다. 반드시 그 영향력을 남기고 사라진다. 그리고 그 영향력은 쉽사리 없어지지 않고 있다가 때가 되면 그에 상응한 결과를 가져온다.

그렇다면 행위의 영향력은 어디에 보존되어 있다가 그 결과를 가져올까? 유식은 고승들의 선정(禪定)·삼매(三昧) 체험을 이론화한 것이다. 유식 사상을 낳은 삼매의 실천자들을 유가사라고 한다. 그들은 깊은 삼매의 체험을 통해 이제까지는 몰랐던 아뢰야식(阿賴耶識)이라는 마음을 발견하게 되었다.

아뢰야식은 흔히들 무의식이나 잠재의식과 같은 것으로 이해하고 있으나 꼭 일치하는 것은 아니다. 내가 행한 몸짓 하나, 말 한마디, 생각 한 자락의 영향력은 바로 아뢰야식에 보존된다. 아뢰야식은 그것이 있다는 것을 전혀 인식할 수 없을 정도로 미세하게 작용한다. 또한 단 1초도 멈추는 일 없이 언제나 작용한다. 숙면 중일 때도, 기절하거나 식물인간인 상태에서도 여전히 깨어 있으면서 활동한다. 나의 존재까지도 완전히 잊어버린 깊은 선정의 상태에서도 당연히 작용한다.

아뢰야식은 단 1초도 쉬는 일이 없기 때문에 욕을 하기 전에 마음속으로 "이 욕의 영향력은 남지 않는다"를 수없이 외치고 욕을 하면 오히려 마음속으로 외쳤던 그 말의 영향력까지도 온전히 남는다. 이렇게 아뢰야식에 저장된 우리의 모든 행위는 때가 되면 자신도 모르게 저절로 행동으로 나온다. "화를 내면 안 된다, 안 된다"고 머리는 수없이 생각하지만, 입으로는 어느 새 거친 말이 튀어나오게 되는 것이다.

자신의 아뢰야식에 남겨놓은 수많은 영향력 때문에, 쉽게 말해 지금까지 쌓아온 습성 때문에 머리로는 알지만 몸과 마음은 아는 대로 따라가지 않는다. 그러면 언제 그 영향력들로부터 자유롭게 될 수 있을까?

유식은 우리가 수행에 매진하면 어느 순간 번쩍하는 깨달음이 있어 참다운 지혜가 발현되며, 그때부터 자신이 쌓아온 나쁜 영향력들이 없어지기 시작한다고 한다. 그전까지는 언제까지라도 본인의 아뢰야식에 남아 있다가 때가 되면 고개를 다시 내민다. 우리가 선 수행에 전심전력해서 깨달을 때 이제까지 자신이 쌓아온 수많은 나쁜 습성으로부터 벗어나서 대자유를 얻는 것이다.

말에서 벗어나지 못하면 깨달을 수 없다

내가 그의 이름을 불러주기 전에는

그는 다만

하나의 몸짓에 지나지 않았다.

내가 그의 이름을 불러주었을 때

그는 나에게로 와서

꽃이 되었다.

　　- 김춘수의 〈꽃〉 -

　이 시에서 노래하듯이, 원래 꽃이기 때문에 꽃인 것이 아니라 꽃이라 불림으로써 비로소 꽃이 된다. 사람들은 꽃이라는 말에 워낙 젖어 있기 때문에 원래부터 꽃이라고 집착할 뿐이다. 즉, 꽃이 먼저 있고 그것에 붙여진 이름이 '꽃'이라고 생각하는 것이다. 때문에 그것을 아무리 다른 이름으로 불러도 그것은 변치 않는 꽃이다. 이것이 바로 착각이다.

　한국 사람에게는 나비도 있고 나방도 있다. 이 둘을 구분해서 인식하고 있다. 그런데 프랑스 사람들은 나비와 나방을 구분하지 못하고 같은 곤충으로 인식하고 있다. 왜냐하면, 프랑스어에서는 나비나 나방이나 둘 다 "빠삐용"이라고 불리기 때문이다. 마찬가지로 우리가 나비와 나방을 구분하는 것은 우리말에 '나비'라는 말도 '나방'이라는 말도 있기 때문이다.

'나비'라는 말 이전에는 나비가 존재하지 않았다. 이렇게 말하면 지금 나비로 불리는 그것은 그때도 있었을 것 아니냐고 반문할지 모른다. 하지만 그것은 나비가 아니었고 우리에게 나비는 없었다. 그 질문은 '나비'라는 말로 나비를 인식하고 있는 지금 시점에서 역으로 추정한 것에 불과하다.

모든 사물은 언어를 통하지 않고서는 존재에 이르지 못한다. 육지와 바다, 기쁨과 슬픔 등 어떤 것이라도 그 단어로 표시되기 전에는 그렇게 인식되지 않고 그렇게 존재하지 않는다.

물론 한국 사람들이 지금부터 '나비'와 '나방'이라는 말 대신 '빠삐용'이라는 말만 사용한다고 해서 이때부터 나비와 나방이 구분되지 않고 같은 곤충으로 보이는 것은 아니다. 이미 '나비'와 '나방'이라는 단어를 통해 둘을 구분해서 보아왔기 때문이다. 애초에 어떤 말로 구분하는가에 따라 인식과 존재는 확연히 달라진다.

이처럼 언어는 본래부터 있던 것을 그대로 나타내는 거울이 아니다. 그 언어대로 보이게 하는 요술쟁이다. 원래부터 꽃인 꽃은 없다. '꽃'이라는 말에 의해 꽃으로 인식될 뿐이다. 따라서 언어가 보여주는 그대로를 진실이라고 믿고 집착하면 큰 오류를 범한다. 이와 같이 언어는 '있는 그대로'를 보여주는 것이 아니기 때문에 진리를 여실히 표현할 수 없다. 그래서 선은 언어와 그 언어로 표현된 교리를 뛰어넘고자 한다. 이것을 선은 '불립문자(不立文字)', 즉 '문자에 매달리지 않는다'라는 말로 나타낸다.

그러나 언어는 없어서는 안 된다. 모든 것이 언어에 의해 움직이고 질서화 되어 있는 것이 현실이다. 문제는 대부분의 사람이 언어에 이러한 심각한 부작용이 있다는 것을 망각하고, 언어에 빠져들어 벗어나지 못한다는 데 있다.

뭔가를 볼 때, 그 뭔가를 보는 것이 아니라 그것과 단단히 결부된 특정 언어의 고정된 의미만 확인하고 만다. 쉽게 말해, 꽃이라 고정적으로 이름 붙일 수 없는 것을 꽃이라 이름 붙인 뒤로는 항상 꽃으로만 본다는 것이다. 이 행동이 반복되면 될수록, 이것은 꽃이라는 집착이 강화되면서 꽃이라 불리기 이전의 진리 그대로의 모습은 보이지 않게 된다.

이러한 위험성을 경책하여 선에서는 "손가락으로 달을 가리키면 달을 보아야지 손가락을 쳐다보아서는 안 된다"고 말한다. 여기서 달은 진리 그대로의 모습, 손가락은 언어 곧 불교의 교리를 상징한다. 언어와 교리에 치중하여 거기에 빠져버리면 진리를 놓치고 만다.

그렇다면 언어로 표현할 수 없는 진리는 어떻게 전해져왔을까? 진리를 직접 체험한 사람과 사람 사이에서 마음과 마음을 통해서만, 즉 이심전심(以心傳心)을 통해서만 진리는 전해진다. 선에서 말하는 '교외별진(敎外別傳)'은 이것을 뜻한다. 선문답이라는 것도 상대가 과연 진리를 체험했는가를 알아보고자 하는 방법이다.

『무문관』에 다음과 같은 게송이 나온다.

> 말은 사물을 있는 그대로 드러낼 수 없고,
> 어구는 진리 그 자체가 되게 하지 않는다.
> 말을 그대로 받아들이는 자는 진실을 잃고,
> 어구에서 벗어나지 못하는 자는 깨달을 수 없다.

말은 사물 그 자체를 드러내지 못한다. 차 한 잔의 맛을 아무리 말로 설명해도 그 맛 자체를 온전히 드러낼 수는 없다. 불에 대해 아무리 장황하게 묘사해도 뜨거움을 체험하지 못한 사람은 불을 알 수 없다. 진리는 언어 표현을 만들어내는 힘을 가지고 있으나, 언어 표현은 진리 그 자체를 나타내지 못한다. 그래서 달마 대사는 면벽(面壁) 9년으로 단지 '있는 그대로'를 말없이 보였을 뿐이다.

아무리 교묘한 표현도 수행자를 진리 그 자체가 되게 할 수는 없다. 말의 의미에만 매달려 그 제약을 뛰어넘을 수 없는 사람은 미혹 속에 헤매면서 살아갈 수밖에 없다. 안 것에 대한 집착에서 벗어나라. 이것을 꽃이라 부르면 안 된다. 침묵해서도 안 된다. 무엇이라 불러야 할까? 말에 주저앉으면 자유가 묶인다.

이 책에서 말한 내용도 나룻배와 같은 것이니 목적을 이루었으면 버려야 한다. "행복하다, 불행하다, 부자다, 가난하다"는 말에서 해방되어 보라.

일상생활에서 선적으로
살기 위한 지침

백설공주는 어째서 예쁜가?

사람들은 선에 대해 궁금한 것도 많고 오해도 많다. 어느 날 나에게 선 지도를 받고 있는 수련생이 친구와 함께 찾아왔다. 이야기를 나누고 있는데 함께 온 친구는 듣기만 할 뿐 말이 없었다. 그래서 한마디 해보라고 권했더니 뜬금없이 물었다.

"백설공주는 어째서 예쁩니까?"

당시의 분위기와는 전혀 다른, 나를 시험하는 듯한 선적인 질문이었다. 나는 되물었다.

"친구 분은 백설공주가 어째서 예쁘다고 생각합니까?"

그녀는 간화선 수행을 오래 한 지인에게 이 질문을 했더니 "보는 사람의 마음이 예쁘니까 예쁘게 보인다"고 대답했다며, 선 수행을 오래 한 사람에게는 뭔가 선적인 대답이 나올 거라고 기대했는데 평범한 대답인 것 같아서 그것이 늘 마음에 걸렸다고 했다. 그러고는 말했다.

"저는 원장님을 시험해보려고 그런 질문을 한 것이 아닙니다. 선을 잘 모르기 때문에 선적인 대답이 어떤 것인지 궁금해서 사심 없이 물어본 것이었습니다. 제 생각으로는, 비교 대상에 따라 다를 테니까 백설공주가 예쁘다느니 못났다느니 뭐라고 말할 수 없을 것 같습니다."

그녀는 나에게 질문한 것이 마음에 걸렸는지 민망한 표정을 감추지 못했다. 나는 선에 대해 궁금해하는 그녀에게 말했다.

"선 수행자는 뭔가 별다른 행동이나 논리를 벗어난 기상천외한 말을 할 것이라는 생각을 가지고 있는 것 같습니다. 현실과 상관없는 동문서답 같은 말이나 주고받고, 차나 마시며 여유를 부리는 그런 것 말입니다.

선은 그것과는 정반대입니다. 지금 이 순간순간을 쓸데없는 생각하지 않고 해야 할 일에 100퍼센트 몰두하여 열심히 살아가는, 현실의 삶 그대로가 '선'입니다. 공부할 때는 아무런 잡념 없이 오로지 공부만 하고, 밥 먹을 때는 단지 밥만 먹고, 요즘 말로 '순간을 산다'는 것이 바로 선적인 삶을 말하지요. 선 수행을 하면……."

그녀는 내 설명을 끝까지 듣지 못하고 내가 말하는 도중에 다시 물었다.

"저는 '백설공주는 어째서 예쁜가?'에 대한 선적인 대답이 궁금한데요."

자신의 궁금함에만 빠져 있는 사람은 그것이 해결되기 전에는 다른 말이 들리지 않는 법이다. 그녀 역시 그랬다. 나는 말했다.

"선문답은 선 수행자가 선지식을 찾아가 자신의 선적 경지를 점검하기 위해 진지하게 주고받는 문답입니다. 간혹 선적인 대답 자체만 궁금해서 질문을 던져보는 사람이 있는데, 이럴 경우에는 대부분 거절당합니다. 오늘은 특별한 경우니까 말하지요.

사람들이 백설공주에 대해 이러니저러니 어떤 말을 하든 그것은 백설공주에 대해 그들이 보고 느낀 인상을 표현한 것일 뿐입니다. 그것으로 실제의 백설공주를 있는 그대로 알 수는 없습니다.

백설공주의 아름다움을 말로 설명한다 해봅시다. 눈은 어떻고, 코는 어떻고…… 말로 설명하는 데는 한계가 있습니다. 어떻게 100퍼센트 다 설명할 수 있겠습니까? 아무리 말을 해도 말로는 있는 그대로를 나타낼 수 없기 때문에, 선문답에서는 일상적인 평범한 말로 설명하지 않고 몸짓이나 행동 또는 보통 사람이 납득하기 힘든 말로 자신의 경지를 내보입니다.

'백설공주는 어째서 예쁜가?'에 대한 선적인 답변을 하려면, 우선 백설공주에 대한 선적인 체험이 있어야 합니다. 선은 현재,

이 순간을 100퍼센트 사는 것이라고 했습니다. 바로 이 자리에서 아무런 잡념 없이 백설공주를 100퍼센트 체험하면, 방금 전 질문에 대해 선적인 경지를 즉석에서 보일 수 있습니다.

본 적도 없는 가상의 백설공주를 어떻게 체험하느냐고 물을지 모르나, 좌선을 통해 100퍼센트의 백설공주를 체험할 수 있습니다. 이때 '백설공주는 어째서 예쁜가?'에 대한 선적인 대답은 저절로 나옵니다."

그녀는 수긍이 가는 듯 머리를 끄덕이며 말했다.

"제가 선에 대해 잘못 생각하고 있었던 것 같습니다. 선 수행자는 세속을 초탈하여 차나 마시며 멋진 게송이나 읊고, 매사에 걸림이 없는 듯 행동하는 사람이라는 생각을 가지고 있었습니다. 그런데 선이 '지금 이 순간을 100퍼센트 살아가는 것'이라는 말씀에 놀랐습니다. 평소에 막연히 선적인 삶을 살고 싶다는 생각을 가지고 있었지만, 어떻게 생활하는 것이 선적인 삶인지 알 수가 없어 답답했습니다. 선이 '이 순간을 100퍼센트 살아가는 것'이라는 말을 들으니 더욱 선적으로 살고 싶습니다."

나는 그녀가 왜 이처럼 선적인 삶을 살고 싶어 하는지 물어보았다.

"저는 때때로 이유 없이 가슴이 답답하고 어떻게 해야 좋을지 모를 때가 있어요. 그럴 때마다 선 수행을 하면 자유롭지 않을까 하는 생각을 해요."

어느 학자의 말에 의하면, 일생 동안 겪는 괴로움의 양은 누구나 비슷하다고 한다. 어떤 사람이든 속을 터놓고 말해보면 골병 없는 사람은 없는 것 같다. 나도 예외는 아니었다. 그러나 지금 이 순간을 100퍼센트 살아가는 사람, 다시 말하면 선적으로 사는 사람에게는 골병이 들어갈 틈이 없다.

그녀에게 이 말을 했더니 "어떻게 해야 일상생활에서 선적으로 살 수 있을까요?" 하고 되물었다. 선적인 삶을 사는 데는 다음의 사항이 긴요하다.

당당하라

'나'라는 존재는 이 세상 온 천지에서 비교할 대상 자체가 없는 소중하고 귀한 존재, '천상천하 유아독존'이다. 모든 면에서 유일하고 절대적이다. 따라서 상대에 의해 그 가치가 결코 손상되지 않으므로 누가 나를 무시하거나 모욕한다고 해도 상처받지 않는다. 시어머니로부터 받을 상처도 없고, 상사로부터 받을 모욕감도 없으며, 친구 사이에 느낄 열등감도 없다. 또한 자신을 소중히 여기는 사람은 스스로 비천하게 굴지 않는다. 음주운전하고, 성폭행하고, 집단 따돌림하고, 자살하는 등의 행동을 하지 않는다.

그리스 철학자 디오게네스가 따뜻한 햇볕을 쬐고 있을 때 알렉산더 대왕이 찾아와 소원을 물었더니, 아무 것도 필요 없으니 햇빛이나 가리지 말고 비켜달라고 했다는 말은 유명하다. 그는 가진 것이 아무 것도 없었지만 존재 그 자체만으로도 당당했다. 참으로 천상천하 유아독존이었다. 선적인 삶은 당당하게 사는 것이다. 선 수행을 하면 사는 것도 당당하게 살고, 죽는 것도 당당하게 죽는다.

오곡도 수련원의 수련생 중에 퇴직 후 한동안 수련원에서 함께 수행하고 일하며 같이 지낸 사람이 있었다. 그는 회사에서 책임자로 있었기 때문에 대접받는 것에 익숙해 있었고 나름대로 고집도 있었다. 그러나 천성이 착하고 부지런해서 수련원의 바깥일을 열심히 했다.

어느 겨울날, 수련생 전원이 정화조의 오물을 퍼내는 작업을 했다. 여성도 모두 참여해서 퍼내고 날랐지만 그는 절대로 이 일만은 할 수 없다고 했다. 어릴 때 똥통에 빠진 충격으로 그것만은 절대로 할 수 없다는 것이었다. 선 수행자는 오물 퍼는 것도 싫다·좋다는 생각에 붙들리지 않고 살아가는 하나의 과정으로서 철저하게 할 뿐이라고 해도 말을 듣지 않았다. 하지만 그는 울력을 병행한 간화선 수행을 하는 과정에서 무슨 일이든 솔선수범해야 한다는 것과 직업에는 귀천이 없다는 것을 통렬히 깨달았다. 어느 날 그는 아직 살아가야 할 날이 많은데 자식들 결혼도 시켜야 하고, 건강할 때 좀 더 일을 해서 돈을 벌어야겠다고 말하고는 수련원을 떠났다. 6개월 뒤 그에게서 안부 전화가

나는 하늘과 땅과도 비교할 수 없는 고귀한 존재,
무한한 가능성을 가진 나는
그 존재만으로도 당당하다

왔다. 어떻게 사느냐고 물었더니 오곡도 수련원에서 배운 대로 당당하게 잘 살고 있다면서 이런 말을 했다.

"직장을 구하려고 여기저기 서류를 넣었더니 나이가 많다고 다 거절당했어요. 생각해보니 과거의 제 모습에 사로잡혀 직장을 구했으니 거절당하는 것은 당연했습니다. 자존심을 버리고 회사 경비로 들어갔습니다.

격일제 근무에다 저를 낮춰보는 것 같은 시선이 힘들었지만, 운동도 되고 잡비도 벌고 일거양득이라는 생각으로 근무했습니다. 그런데 회사 구내의 공중 화장실을 여러 사람이 쓰니까 악취가 말할 수 없었어요. 변기에 오물도 묻어 있고 사용하고 난 휴지도 여기저기 버려져 있었습니다. 참을 수가 없어서 청소를 시작했어요. 처음에는 구역질이 나고 힘들었지만, 원장님 말씀을 떠올리며 이것도 하나의 냄새에 불과하다고 생각하니까 할 만했어요. 똥통에 빠진 기억의 응어리에서도 벗어날 수 있었습니다.

매일 이렇게 청소를 하니까 회사 직원들이 저를 다르게 보기 시작하고, 고맙다고 서로 자진해서 돈을 모아 저에게 매달 수고비를 주고 있어요. 화장실이 깨끗해서 좋고, 수고비를 받으니 더 좋고. 요즘 저는 정말 사는 보람을 느끼며 당당하게 살아가고 있습니다. 모두 선 수행을 잘한 덕분입니다. 감사합니다."

비교할 데 없는 고귀한 품성을 가진, '천상천하 유아독존'인

'나'는 자비로운 마음으로 언제나 타인의 입장에서 상대를 생각하는 자이다. 그래서 남을 소중히 여기고 항상 겸손하고 겸허하다. 아무리 어렵고 힘든 일에도 신중하고 당당하게 행동하는 의연한 기상과, 말이나 행동에 겸손하고 고상한 기품이 있다.

회사의 간부든 경비든 우리들 각자는 하늘과 땅과도 비교할 수 없는 고귀한 존재, 무한한 가능성을 가진 소중한 존재임을 자각해야 한다. 이런 나이기에 나는 언제 어디서든 당당하다. 일상생활 어디서도 항상 당당하게 인생을 한판 산다.

순간을 살아라

선은 싫다·좋다를 비롯한 어떤 잡생각도 없이 순간순간 눈앞에 펼쳐지는 일에 100퍼센트 몰두하는 것이다. 화두를 들 때는 전심전력을 다해 오로지 화두만 들고, 일을 할 때는 일에만 몰두한다. 진정 순간을 100퍼센트 산다면 화두 들 때는 화두뿐이고 일할 때는 일뿐이다. 이것을 선에서는 '산을 보면 산이 되고 물을 보면 물이 된다'고 표현한다. 순간순간에만 100퍼센트 몰두하는 것, 이것이 바로 순간을 사는 것이다.

오곡도 수련생 중에 꽃장식 전문가가 있다. 어느 날 그가 미국 아카데미 시상식 무대의 꽃장식에 동참하여 며칠을 계속해서 꽃꽂이를 하는데, 나중에는 보이고 느껴지는 모든 것이 꽃밖에 없었다고 한다. 그야말로 다른 일체의 생각은 없고 온 천지가 꽃뿐이었다는 것이다. 이 상태가 일하는 이 순간을 100퍼센트 사는 것이다.

주의할 것은 산을 보면 산이 되고 물을 보면 물이 되어야 하는데, 둘 중 하나만 되면 순간을 사는 것도 아니고 선도 아니라는 것이다. 식도락가는 맛있는 음식을 먹을 때는 음식과 하나가 되지만, 일을 할 때는 일과 하나가 되지 못한다. 깨달은 자의 삶은 100퍼센트가 된 순간의 끝없는 연속이다. 진짜 순간을 사는 사람에게는 순간을 산다는 생각조차 없다. 이것이 '무심'으로 사는 것이다.

우리는 한 번뿐인 일생을 순간이 아니라 쓸데없는 생각과 걱정으로 심신을 고갈시키며 산다. 어느 심리학자의 통계에 따르면, 보통사람은 하루에 약 6만 가지 생각을 한다. 놀라운 것은 이 생각 중 95퍼센트는 어제의 생각과 똑같다는 것이다. 이 통계치가 말해주듯이, 우리는 어제나 오늘이나 늘 같은 생각을 하고, 같은 눈으로 세상을 보며, 접하는 사물과 사람들에 대해 같은 반응을 하며 살다가 죽는다.

매일 반복되는 똑같은 생각, 이중 꼭 필요한 생각은 얼마나 될까 스스로 한 번 생각해보라. 누가 걱정거리를 모아서 하루에 정해진 시간에만 걱정한다는 원칙을 세우고 실천했다고 한다. 그랬더니 걱정할 시간까지 남아 있는 걱정거리는 극소수에 불과했으며, 생활도 엄청 밝아졌다는 것이다.

우리가 하는 걱정 중에는 지금 당장 그만두기만 해도 종적을 감추어 버리는 불필요한 걱정이 많다. 지금 이 순간에 집중해야 할 에너지를 우리는 이런 쓸데없는 걱정과 생각을 반복하는 데 고갈시키고 만다.

내가 사장이니, 내가 교수니, 내가 톱가수니 하는 생각도 다 쓸데없는 생각이다. 자신을 어느 하나로 고정시키는 이런 생각만 없다면 우리는 무슨 일이든 자유롭게 할 수 있고 거기에 몰두할 수 있다. 쓸데없는 생각과 걱정은 항상 이 순간을 놓치게 한다.

선 수행은 불필요한 것에서 우리를 자유롭게 만들어 순간을 살게 한다. 필요 없는 프로그램과 악성 코드가 잔뜩 깔린 컴퓨터는 속도도 늦고 제대로 작동하지도 않는다. 선 수행은 필요 없는 프로그램과 악성 코드를 없애는 것과 같다. 진정한 선 수행자는 가볍고 산뜻한 마음으로 순간을 살아가는 사람이다.

진정한 선 수행자는 커피를 마실 때는 다른 생각이 없으므로 온 존재를 다하여 커피만 마신다. 때문에 누구보다도 커피의 감미로운 맛을 강렬하게 느낀다. 그의 마음속에는 석양의 아름다움을 보는데 방해하는 것이 아무것도 없으므로 누구보다도 그 아름다움에 흠뻑 빠진다. 하지만 그는 다음 순간에 그 커피와 석양에 집착하지는 않는다.

또한 진정한 선 수행자는 과거에 매달리지도 않고 미래를 두려워하지도 않는다. 지금 눈앞의 현실에서 한 발자국도 벗어나려 하지 않는다. 슬픈 일이든 기쁜 일이든 "싫다" "좋다" 말을 늘어놓지 않고 만나는 찰나와 온전히 함께 머문다.

그렇다고 과거를 반성하지 않거나 미래에 대한 계획을 세우지 않는다는 것은 아니다. 지금 과거를 반성해야 할 때라면 철저히 반성한다. 미래에 대한 계획을 세울 때도 마찬가지이다. 그러나 어떤 일을 하고 있는 이 순간을 과거에 대한 미련이나 후회, 미래에 대한 기대나 걱정으로 허비하지 않는다. 지금 이 순간과 하나 되어 있는데 그런 틈새가 어디 있겠는가?

순간을 산다는 것은 이렇게 멋진 일이지만 그렇게 살기 위해서는 포기할 것은 미련 없이 과감히 포기할 줄 아는 용기와 결단이 필요하다. 쓸데없는 생각과 걱정에 대해서도 무관심하게 흘려보낼 수 있어야 한다. 머리로 이해한 것만으로는 잘 되지 않는 이 일을 선 수행은 가능하게 만든다.

우리가 쓰는 '자유(自由)'라는 말은 원래 중국 선종에서 사용하던 용어였다. '진실한 자기(自)에 의한다(由)'가 기본적인 뜻이다. 따라서 일반적 의미의 자유(freedom)와는 다소 차이가 있다. 진실한 자기는 본래부터 어디에도 걸림 없는 대자유인으로서 나이다. 이러한 '나'에 의한다면 어느 순간이든 방해받는 것이 없기 때문에 그 순간과 100퍼센트 하나가 된다.

따라서 불교, 선에서 '자유'란 내가 순간순간과 하나가 되어 아무런 걸림도 없는 것이다. 그때 나는 어디에서 무얼 하든 언제나 있는 그 자리 그대로 절대적인 주인이 된다. 이것을 선의 용어로는 '수처작주(隨處作主)'라고 한다. 절대적인 주인은 그물에 걸리지 않는 바람처럼 언제나 마음에 걸림이 없고 청정하고 당당하다. 순간을 100퍼센트 사는 것이 바로 절대적인 주인을 회복하는 길이다.

순간을 사는 것이 어떤 것인지를 보여주는 일화가 있다. 경지 높은 선승이 제자와 함께 길을 가고 있었다. 어느 마을 앞 개울가에 이르렀을 때, 처녀 한 사람이 개울 앞에서 발을 동동 구르고 있었다. 까닭인즉, 비가 많이 와 개울물이 불어나서 건널 수가 없다는 것이었다. 선승은 조금도 주저하지 않고 처녀를 업어서 개울을 건네주었다.

그 뒤 제자는 길을 걸으면서도 스승이 여인을 업은 것이 계속 마음에 걸렸다. 참다못한 제자는 스승에게 물었다. "출가한 몸으로 어떻게 여인을 업을 수 있습니까?" 스승이 말했다. "이놈아, 너는 아직까지 여인을 업고 있느냐? 나는 개울을 건네준 순간 그 여인을 내려놓은 지 이미 오래다."

불가능하다고 말하지 마라

우리는 곧잘 "내가 할 수 있는 것이 뭐가 있겠어. 우주 속의 한 티끌보다 못한 존재가 아닌가?"라고 말한다. 자신을 우주 속의 한 티끌만큼도 되지 않는 존재라고 생각함으로써 스스로 인생에서 성취할 수 있는 것들에 한계를 긋는다. 그러나 우리는 '천상천하 유아독존'이며, 우리의 삶은 무한한 가능성의 세계로 열려 있다.

그저 이 순간을 100퍼센트 살아가기 때문에 과거에 대한 미련이나 미래에 대한 두려움이 없다. '단지 할 뿐', 순간순간과 하나가 되어 최선을 다한다. 순간과 하나가 된 사람은 변화와 하나가 된 사람, 즉 변화 그 자체가 된 사람이다.

변화 그 자체가 된 사람은 변화에 저항하지 않고 변화를 즐긴다. 이것은 다른 말로 하면 삶에 대해 긍정적이고 삶을 즐긴다는 뜻이다. 자신이 계획하고 예상했던 일들이 이탈하더라도 그것을 용납하고 받아들이는 여유가 있다. 그런 여유로 변화 그 자체가 된 사람은 그 일에 다시 매진하지만 결코 좌절하지는 않는다. 우리가 일을 하는데 가장 큰 걸림돌은 자기 자신은 할 수 없다는 부정적인 마음이다.

"공부를 잘 해야지" 하는 생각만으로는 절대로 공부를 잘 할 수 없다. 행동으로 옮겨야 한다. 그래서 공부하는 집중도를 높이고 공부 시간을 늘린다. 시간이 갈수록 힘이 들고 지치면, "공부를 잘 해야지" 하는 생각보다 더 강한 부정적인 마음이 고개를 든다. "나같이 인내심도 부족하고 머리도 별로인 주제에 무슨 공부를 잘하겠다고." 그럴 경우 결과는 뻔하다. 무슨 수를 써도

아무리 참선을 많이 해도 내가 변하고
내 생활이 바뀌지 않으면 잘못된 수행이다.
일상의 작은 일 하나 제대로 못하면서
하늘을 놀라게 할 큰 깨달음을
기대하는 것은 어리석은 일이다.
일상생활 속의 자각을 통해 본래의 자기에
눈떠가는 것이 선의 참다운 길이다

공부 잘하는 데 실패하고 만다.

그러나 순간을 사는 사람, 변화와 하나가 된 사람은 이 부정
적인 마음이 없다. 산책을 마치고 책상에 앉은 지금 이 순간은
오직 공부만 한다. 매사에 적극적이고 긍정적이어서 쓸데없는
생각과 타협하지 않는다. 그래서 원하는 바를 성취하게 된다.

소유한 것에 집착하지 마라

옛사람들은 수행에 나설 때 걸망 하나만 멨다. 그 속에 가사
와 발우, 머리카락을 깎는 면도칼, 한두 권의 경책, 도중에 죽으
면 쓸 최소한의 장례비용을 넣었다. 필요한 최소한의 것만 휴대
했던 것이다. 평소 생활도 검소하기는 마찬가지였다.

선 수행자는 최소한의 소유물로 단순하게 생활하여 끈질긴
소유욕을 다스린다. 음식도 배를 채울 만큼만 먹지 탐욕으로 먹
지 않는다. 자기가 가진 얼마 되지 않은 소유물이라도 움켜쥐고
있지 않고 더 필요한 사람에게 서슴없이 나누어 준다. 이렇게 산
그는 죽음이 닥쳐와도 두려워하거나 무서워하지 않고 당당히
죽는다. 또 세상을 떠나고 난 뒤 그의 뒤는 참으로 정갈하다.

불교는 정당한 방법으로 얻은 소유물 자체는 나쁘다고 하지
않는다. 문제가 되는 것은 소유와 소유물에 대한 집착이다. '무
소유'도 단순히 소유의 양적 측면에서만 생각할 것이 아니라 소
유의 질적 측면도 아울러 생각해야 한다. 아무리 소유한 것이

많아도 그 소유물을 필요한 사람과 필요한 곳에 아낌없이 베푸는 사람은 무소유와 가깝다. 하지만 남보다 적게 가졌지만 맨날 남에게 혜택만 받고 자신은 베풀 생각도 않으면서 자신의 소유물에 집착하는 사람은 무소유와 거리가 멀다.

필요한 것은 가져야 한다. 그런데 보통사람 누구에게나 소유와 소유물에 대한 끈질긴 집착이 있다. 이 집착이 눈을 가리면 필요 없는 것도 꼭 필요하게 보이고, 한번 소유한 좋은 것은 절대 손에서 놓으려 하지 않는다. 이 집착을 불교는 '갈애'라고 부르며, 이것 때문에 모든 괴로움이 생겨난다고 한다.

갈애에 불이 당겨지면 아무리 소유해도 만족은 잠깐뿐 끝없이 더 소유하려고 들고, 그렇게 소유한 것을 영원히 붙들고 있으려고 한다. 그러나 갈애가 원하는 대로 다 소유할 수는 없으며, 이미 소유한 것은 언젠가는 내 곁을 떠난다는 것이 만고불변의 진리이다. 그 누구도 예외는 없다. 따라서 갈애가 시키는 대로만 살면 당연히 괴로움을 겪게 되어 있다.

현대인들은 물건 속에 살고 있다. 우리는 생의 끝자락에서 한 줌의 재로 돌아가거나 한 평도 채 되지 않는 땅에 묻힌다. 애지중지 했던 그 많은 물건, 재산, 사랑하는 사람을 다 두고 홀로 떠난다. 이 사실을 모르는 것은 아니지만 평소에는 까마득히 잊고 지낸다. 갈애의 노예가 되어 품위 없고 비속하게 살다가 후회로 가득 찬 말년을 맞는다면 그때는 이미 다시 살 수도 되돌릴 수도 없다.

내 삶의 주인은 나이지 갈애가 아니다. 내가 내 삶의 주인이 되고 싶으면 "그것이 과연 나에게 꼭 필요한 것일까? 얼마만큼 가져야 만족할까?"를 스스로에게 물어보아야 한다. 경전에서는 히말라야 산맥 전체를 황금으로 바꾸고 또 그것을 두 배로 한다 해도 한 사람의 갈애를 만족시킬 수 없다고 한다.

선적인 생활은 갈애의 그림자에서 벗어나 겉치레가 없고 허영이 없다. 단순·담백하다. 그래서 자유롭고 당당하다. 선 수행자의 생명이라 할 수 있는 무소유는 기본적으로 근면, 검소함이 바탕이 되어야 한다. 아직 쓸만한 것을 오래되었다고 버리거나, 사용하는 물건을 잘 관리하지 않는 것을 무소유라고 오해하지 마라. 오히려 그 반대이다.

사찰 경내 어디를 가든 구석구석 깨끗이 청소하여 정리되어 있는 모습은 볼 만하다. 환경을 청결히 하고 마땅히 두어야 할 자리에 물건을 두는 것은 일상생활에서 매우 중요한 일이다. 무소유를 기본으로 삼는 선방에서는 말할 필요도 없다. 필요한 최소한의 물건을 아껴 쓰려면 늘 깨끗이 하고 적재적소에 쓸 수 있도록 제자리에 두어야 하기 때문이다.

이런 기본적인 생활이 습관화 되어 있지 않은 상태에서 좌선만 한다고 깨달을 수 있는 것이 아니다. 아무리 참선을 많이 해도 내가 변하고 내 생활이 바뀌지 않으면 잘못된 수행이다. 일상의 작은 일 하나 제대로 못하면서 하늘을 놀라게 할 큰 깨달음을 기대하는 것은 어리석은 일이다. 일상생활 속의 자각을 통해 본래의 자기에 눈떠가는 것이 선의 참다운 길이다.

무소유의 기본이 되는 근검, 절약의 정신을 잘 보여주는 일화가 있다. 중국 당나라 때 한 수행승이 덕산(德山宣鑑, 780~865) 선사의 문하에서 수행하기 위해 계곡을 따라 올라가고 있었다. 그때 골짜기 시내를 따라 상류에서 야채 부스러기가 흘러내려오는 것을 보고 "야채 한쪽이라도 소홀히 여기는 곳은 제대로 된 수행처일 리가 없다"고 하며 산을 내려가려고 했다. 바로 그때 한 스님이 흘러내려 가는 야채를 건지려고 헐레벌떡 뛰어내려 와서 그 야채를 건지고는 안심하는 것이었다. 이것을 본 수행승은 생각을 바꾸어서 이곳이야말로 진짜 선 수행처라고 확신하고 덕산 선사에게 입문했다고 한다.

이때 야채를 건지려고 헐레벌떡 뛰어내려 온 스님이 유명한 설봉(雪峰義存, 822~908) 선사이다. 수행승 시절 설봉 선사는 "나는 능력이 뛰어나지 못하므로 수행처에서 공양승 일을 맡아 그 음덕으로 불도를 성취하리라" 하고 발원하고, 항상 국자를 가지고 수행처를 찾아다니며 대중 스님들의 식사를 전담하는 공양승 소임을 자처했다. 그는 이와 같은 수많은 음덕을 쌓은 끝에 마침내 깨달음을 얻은 대기만성의 전형이다. 선원의 전좌(典座, 취사 책임 승)가 거처하는 곳을 설봉료라 부르는 것은 그의 뜻을 기리기 위함이다.

내 인생의 마지막이라는 각오로 좌선하라

좌선은 선적인 삶을 살게 하는 배터리이다. 좌선을 통해 선적으로 살 수 있는 힘을 얻는다. 기계가 아무리 좋아도 배터리가 다하면 작동하지 않듯이, 모든 것을 갖추고 있어도 좌선을 하지 않으면 선적인 삶을 지속하기 힘들다.

좌선은 매일 시간을 정해 놓고 최소한 하루에 한 번 이상, 1회에 45분씩 좌선하고, 좌선 후 10분 정도 스트레칭 하는 것이 좋다. 매일 조깅을 하거나 헬스를 하듯이, 한 달만 지속하면 좌선이 생활화된다. 좌선을 하면 일상생활에서 쓸데없는 생각이나 유혹에 끌리지 않을 뿐만 아니라 집중도도 높아지고 몸과 마음의 건강에도 좋다.

좌선은 시작이 매우 중요하다. 좌선에서 시작은 반이 아니라 전부라고 할 정도로 중요하다. 처음 좌선을 배울 때 만들어진 화두 드는 습성이 평생에 걸쳐 영향을 미친다. 따라서 초심자가 책 등을 통해 좌선법을 혼자 배워서 좌선하는 것은 결코 권하고 싶지 않다. 반드시 훌륭한 스승을 만나 시간을 두고 정성껏 배워야 한다.

대전에 있는 사람이 서울에 가고자 하는데 방향을 부산으로 잡았다면 아니 감만 못하다. 열심히 가면 갈수록 목적지에서 멀어만 진다. 좌선에서의 처음은 목적지 방향을 잡는 것과 같다. 나중에 방향을 돌이키고자 하면 그동안 붙은 타성 때문에 엄청나게 힘들다.

좌선에서 평생 좋은 스승의 가르침을 받을 수 있다는 것은 큰 행운이다. 훌륭한 스승을 찾는 것은 참으로 중요하다. 처음부터 제대로 배우고 수시로 스승에게 점검을 받아야 한다. 정기적으로 독참 지도를 받을 수 있으면 좋다.

위와 같이 좌선을 시작했다면, 좌선 때마다 이번 좌선이 내 인생의 마지막이라는 각오로 앉아야 한다. 석가모니는 6년 고행 끝에 부다가야의 보리수나무 아래에 이르러 길상초를 깔고 앉았다. 선정에 들기 전에 석가모니는 다음과 같이 결심했다.

깨달음에 이르지 못한다면 이 자리에서 결코 일어나지 않으리라.

7일 후 새벽, 석가모니는 무상정등정각(無上正等正覺), 즉 위없는 최고의 깨달음에 이르렀다. 깨닫지 못한다면 죽어도 좋다는 대결의를 하고 선정에 들었고 마침내 깨달음을 이룬 것이다.

좌선하여 화두를 들고자 하는 사람은 누구라도 이와 같은 마음가짐으로 좌복 위에 앉아야 한다. 이번 좌선 시간이 내 인생의 마지막 시간이라는 각오로 앉아야 한다. 죽음을 눈앞에 두고 이생을 떠나려는 마지막 순간에 앉는 '최후의 좌선'이다.

이때 졸음이 오거나 쓸데없는 잡사에 마음이 끌릴 리가 있겠는가? 쌩한 겨울 새벽 같은 마음으로 앉는다. 지나간 일에 대한 미련과 억울함, 미래에 대한 어떠한 두려움과 어지러운 생각도 좌복 위에 앉을 때만큼은 다 내려놓는다. 화두를 드는 좌복 위에서만큼은 과거도 없고 미래도 없어야 한다. 오직 이 순간만 있어야 한다.

좌복 위에 앉아 화두를 들기 전, 마음속으로 이렇게 결의를 해도 좋다. "내 인생의 마지막 좌선, 결코 졸지 않으리라! 지나간 일, 다가올 일에 마음을 빼앗기지 않으리라! 겨울 새벽 같은 쌩한 정신으로 오직 화두만 들리라!"

이와 같은 마음가짐이 아니라면 좌선은 그만 두는 것이 좋다. 타성에 젖어 시간만 허비할 뿐이기 때문이다.

파초 잎에 내리는 비는 근심이 없는데
단지 사람이 그것을 보고 애간장을 태운다.

-『선림구집』

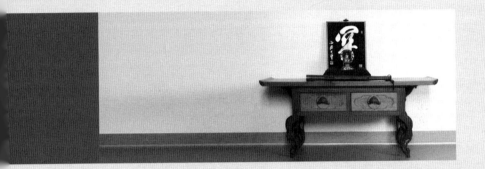

제 3 부

길을 묻는
사람들에게

인생의 승패는
내 손에 달려 있다

자신이 원하는 대로 무엇이든지 척척 이루어진다면 종교는 필요 없을 것이다. 종교적인 수행을 원하거나 종교에 심취하는 사람 대부분이 자기 안에 문제를 가지고 있다고 해도 과언이 아니다. 사람들은 종교적 열망에서든 삶의 괴로움 때문이든 혼자 힘으로는 역부족일 때 종교를 찾게 된다. 나도 예외는 아니었다. 지금은 간화선 지도자로서 흔들리지 않는 삶을 살아가지만, 불교와 간화선의 문을 두드리게 한 것은 현실에서 부닥친 절망이었다.

누구에게나 삶의 고비가 있다. 이 고비는 살아가면서 몇 번씩 겪을 수도 있다. 종교적 수행자에게는 더 이상 수행에 진전이 없어 자신의 무능함에 절망할 때가 고비이고, 병고에 시달리는 사람은 생사의 갈림길이 고비이며, 사업가에게는 사업의 실패가, 고3에게는 입시가, 정년퇴직했거나 나이 든 사람에게는 늙고 허망함을 느낄 때가 고비이다.

나는 이 고비가 마라톤에서 말하는 '마지막 코너'라고 생각한다. 마라톤을 할 때 마지막 코너를 돌면서부터 스피드를 올려서 거리를 벌리지 않으면 승리할 수가 없다. 마라톤의 마지막 코너는 승리를 결정짓는 구간이다. 마찬가지로 삶의 고비를 맞이한 바로 그때가 인생의 승패를 결정짓는 시기이다. 삶의 고비 고비에서 좌절하면 남는 것은 패배와 죽음뿐이다. 이 고비에서 어떻게 다시 일어나 당당하게 한판 멋지게 살아볼 것인가?

나는 불안장애를 감추며 살아오는 동안 삶의 고비 고비마다 죽고 싶은 생각이 고개를 내밀었지만, 그때마다 '이대로 끝내기에는 너무나 억울하다'는 생각이 나의 생명줄을 놓지 않는 유일한 힘이었다. 이처럼 힘들었던 삶의 무게에서 벗어나고자 정신적 자유를 찾았고, 그래서 시작한 것이 간화선 수행이다.

위기에서 벗어날 수 있는 열쇠는 본인이 쥐고 있다. 주변에서 도와줄 수는 있지만 도움에 그칠 뿐이다. 인간은 위기가 없으면 발전이 없다. 위기가 닥쳤을 때, 그것을 얼마나 지혜롭게 이겨내느냐에 따라 자신의 삶의 성패가 갈린다.

삶의 고비에서 꼭 해야 할 것은 잊을 것은 미련 없이 잊고, 버릴 것은 미련 없이 버리는 일이다. 이것은 삶의 고비에서만 해당되는 것이 아니다. 늘 그러한 마음가짐으로 살아야 한 번뿐인 일생을 지혜롭게 산다. 포기할 것은 깨끗이 포기해야 새로이 얻는 게 있다. 찻잔 속에 고인 썩은 물을 비워내야 향긋한 새 차를 담을 수 있듯이 사업 실패의 앙금, 어차피 받지 못할 돈에 대한 미련, 일을 시작도 하기 전에 하는 괜한 걱정 등은 깨끗이 버릴 수 있어야 한다. 그것을 어떻게 버릴 수 있느냐고 묻고 싶으면 다음의 이야기를 들어보라.

인도 코살라국의 수도 사위성에 크리샤 가우타미라는 여인이 살고 있었다. 가우타미가 본명이지만 너무 여위었기 때문에 '크리샤', 즉 '말라깽이'라는 별명이 붙었다.

그녀에게는 아들이 하나 있었다. 결혼해서 좀처럼 아기를 갖지 못하다가 겨우 얻은 아이였다. 아이에 대한 그녀의 사랑은 정상을 벗어나 지나칠 정도였다. 그 아들이 갑자기 죽어버렸다. 아장아장 걸음을 걷기 시작한, 한창 귀여울 때 세상을 떠나버리고 만 것이다. 가우타미는 죽은 아이를 끌어안고 사위성 거리 곳곳을 돌아다니며 미친 듯이 외쳤다.

"누가 이 아이를 살려낼 약이 없습니까?"

아이의 시신은 부패하기 시작하여 냄새가 나고 있었다. 그래도 그녀는 아이를 끌어안고 내려놓지 못했다. 몇 날 며칠이 지났지만 약을 지어주겠다고 나서는 사람은 아무도 없었다.

그런데 어느 날,

"여인이여, 내가 그 약을 지어주겠노라."

그렇게 말을 거는 사람이 있었다. 석가모니였다.

석가모니는 가우타미에게 약의 원료가 되는 겨자씨를 얻어오라고 했다. 다만, 그 겨자씨는 지금까지 죽은 자가 한 사람도 없는 집에서 얻어 와야 한다고 했다. 겨자씨는 흔한 조미료였기 때문에 어느 집에나 있었다.

가우타미는 사위성 골목골목 집집마다 돌아다니며 물었다.

"당신 집에는 죽은 사람이 없습니까?"

정신 나간 듯 이집 저집 찾아다녔지만, 가까운 사람을 저세상으로 떠나보낸 적이 없는 집은 한 곳도 없었다. 이 집에서는 젊은 부인이 눈물을 흘리며 남편이 죽었다고 말했고, 저 집에서는 집주인의 손자가 전쟁터에서 전사했다고 했다.

빈손으로 돌아온 가우타미에게 석가모니가 물었다.

"가우타미여, 아직도 겨자씨가 필요하느냐?"

가우타미는 말했다.

"아닙니다. 이제 필요 없습니다."

가우타미는 누구나가 가까운 사람을 죽음으로 떠나보낸다는 사실을 확인하면서 광기에서 벗어났다. 어느 누구 할 것 없이 모두 슬픔을 안고 있지만, 비탄에 빠져 헤어나지 못하고 있는 것은 자기뿐이라는 사실을 깨달았다.

마침내 가우타미는 아이의 시신을 내려놓았다. 아이를 화장하고 서 장례를 치른 뒤 출가했다. 그러고는 오랜 수행 끝에 깨달음을 얻었다.

가우타미가 죽은 아이를 내려놓지 않았다면, 죽은 아이를 안고 한이 맺힌 채 이 세상을 떠났을 것이 분명하다. 가우타미가 깨달음을 얻어 영원한 평안의 경지에 이른 것은 아이를 내려놓았기 때문이다.

가우타미가 그토록 사랑한 죽은 아이는 우리 각자에게도 있다. 우리가 부여안고 있는 것은 비단 죽은 아이만이 아니다. 사업 실패, 배우자에 대한 배신감, 과거 한때의 영광과 부, 한번 안 것에 대한 끈질긴 집착, 이 모든 것이 죽은 아이에 해당한다.

가우타미는 죽은 아이를 한 명만 끌어안고 있었지만, 우리는 죽은 아이를 몇 명이나 부여안고 있을까? 가슴에 끌어안기로는 부족하여 머리에 이고, 등에 지고서 허덕거리고 있지는 않은가? 그것을 내려놓지 않는 한 영원한 평안과 대자유는 없다. 한을 안고 함께 썩어 죽을 것인가, 대자유의 길을 갈 것인가. 각자의 대결단에 달려 있다.

실패에 한 맺힌 우리가 석가모니를 찾아가 실패하지 않는 약을 구한다면, 석가모니는 말씀할 것이다. "서울 시내를 다니면서 고춧가루를 얻어 오너라. 단, 실패한 적이 한 번도 없는 집에서."

서울 시내 어디를 가더라도 그 고춧가루는 얻을 수 없다.

빈손으로 돌아온 당신에게 "아직도 고춧가루가 필요하느냐?" 고 묻는다면 어떻게 대답하겠는가? 잊을 것을 미련 없이 잊지 못한다면 곪아터져 파멸하는 수밖에 없다.

변화를 받아들이는
내면의 힘을 길러라

생성이 있으면 소멸도 있다. 이것은 우주의 진리이다. 생성과 소멸이 되풀이 되는 것이 우주의 진리라면 내가 겪는 수많은 변화, 즉 좋아하는 변화와 거부하고 싶은 변화가 연속되는 것도 모두 우주의 진리이다.

그런데 우리는 어째서 대자연의 생성과 소멸이라는 변화는 너그러이 수용하면서 자신에게 주어지는 변화의 소용돌이는 자연스럽게 받아들이지 못하고 고통스러워하는 것일까? 이것은 말할 필요도 없이 우리의 어리석음과 집착 때문이다.

세상은 변한다. 잘 될 때가 있는가 하면 어려울 때도 있다. 비유하자면, 변화무쌍한 바다는 우주의 진리 그대로이다. 잔잔한 바다도 진리이고 파도치는 바다도 진리이다. 우리는 그 바다 위에서 배를 타고 노를 젓고 있다. 잔잔한 바다 위에서는 노 젓기가 수월하지만 파도치는 바다에서는 노 젓기에 힘을 더 쏟아 부어야 한다.

중요한 것은 눈앞의 파도치는 바다를 내가 지나가야 할 엄연한 변화로 받아들여야 한다는 것이다. 거부한다고 해서 피할 수 있는 것이 아니다. 그래서 어떻게 하면 이 변화에 슬기롭게 대처해 나갈까에 마음을 모아야 한다. 그렇지 않고 왜 파도가 치느냐, 파도치는 이곳으로 누가 나를 보냈느냐 등에 마음을 빼앗겨 분노하거나 낙담하고만 있으면 괴로움만 커져 갈 뿐이다.

눈앞에 마주친 파도치는 바다도 살아가는 하나의 과정이다. 이번에 파도치는 바다를 잘 건넜으면 다음번 비바람 치는 바다도 마음의 동요 없이 지혜롭게 잘 건널 수 있다. 파도치는 바다를 한번 건넘으로써 나는 훨씬 더 지혜로운 사람이 된다. 원하지 않는 변화를 불행으로 여기지 않으려면 그 변화를 삶의 한때 모습으로 받아들일 수 있는 마음이 필요하다. 내게 다가오는 모든 변화를 단지 살아가는 하나의 과정으로 받아들여 지혜롭게 응하는 것, 이것이 진리대로 사는 첫 걸음이고 진정한 행복이 시작되는 출발점이다.

어릴 때 해수욕장에 놀러가서 파도타기를 한 기억이 있다. 밀려오는 파도를 거부해서 웅크리고 주저앉으면 파도에 휩쓸려 떠내려가고는 했다. 그러나 파도가 왔을 때 파도와 하나가 되어서 함께 뛰어 오르면 결코 물에 빠지는 일이 없이 파도타기를 즐길 수 있었다.

파도와 하나가 되어 파도를 타듯이, 나에게 불어 닥친 삶의 태풍도 그때 그 상황에 맞추어서 과감히 잊을 것은 잊고 버릴 것은 버린 상태에서 당당하게 맞으면 그 태풍도 살아가는 하나의 과정에 불과하다는 것을 알게 될 것이다.

이렇게 지혜롭게 살기 위해서는 내면의 힘이 필요하다. 이 힘은 이론이나 생각으로 얻어지는 것이 아니다. 수많은 이론이나 지식은 그 분야의 해박한 전문가를 만들지만 진정한 변화를 가져오는 것은 실천과 수행이다.

누가 너를 구속했느냐

오래전 일이다. 길에서 우연히 초등학교 때 친구 동생을 만났다. 어릴 때 친동생처럼 따랐기 때문에 무척 반가웠지만 서로 바빠 전화번호만 교환하고 헤어졌다. 그 뒤 전화로 안부는 물었지만 만나지는 못했다.

어느 날 그 동생한테서 전화가 걸려왔다. 차 한잔 하자는 것이었는데 목소리가 우울했다. 만나자마자 대뜸 "왜 사는지 모르겠다"면서 하고 싶은 일을 하고 사는 내가 부럽다고 했다. 그녀는 독실한 천주교 신자였으며 시간만 나면 성당에 나가 봉사활동을 한다고 했기 때문에 참으로 의외였다. 대학을 졸업하고 부유한 가정의 사람과 결혼했으나 남편이 사업에 실패해 재기하기까지 매우 바쁘게 살았다고 했다. 이제는 중학생 아들은 바이올린을, 초등학교 6학년 딸은 피아노를 전공시킬 계획이라는 것으로 보아 상당히 잘사는 듯했다.

그런데 얼마 전부터 갑자기 자기는 누구를 위해 살아왔으며, 왜 사는지 모르겠다는 생각이 들기 시작히더니 남편과 자식도 귀찮아지더라는 것이다. 남편이 "당신이 뭘 알아" 하며 툭 던지는 말이나, 아이들이 별생각 없이 "엄마는 몰라도 돼요" 하는 대꾸들이 여태까지는 아무렇지도 않았는데 이제는 모두 자기를 무시하고 바보 취급하는 것 같아 화가 나서 참을 수가 없다는 것이었다. 걷잡을 수 없는 공허함과 불안감이 한 번씩 자신을 엄습할 때는 죽고 싶은 생각뿐이라고 했다.

중년이면 인생에 대해 어느 정도 알았다고 할 수 있는 나이이다. '중년의 위기'는 인생의 최정점에서 맞이하는 고비이다. 결혼하고, 아이 키우고, 집 장만하는 등 매일매일 생활해가는 것만으로도 숨이 가쁠 때는 정신적으로 위기가 올 틈이 없다.

그러다 어느새, 아이들이 커서 부모 간섭을 받기 싫어하고 경제적으로도 어느 정도 안정이 되면 어느 날 문득 "왜 사는가?" "이렇게 살아도 될까?" 하는 생각이 든다. 한번 이런 생각이 들기 시작하면 마음에서 이 생각을 내려놓기가 쉽지 않다.

왠지 모르게 지금까지 아등바등 살아온 세월이 갑자기 허망하고 공허해지면서 끝없는 회의를 느낀다. '지금까지 누구를 위해 살아온 삶일까?' 결혼한 사람은 독신으로 사는 친구의 삶이 부럽고, 독신은 이 나이까지 결혼도 하지 않고 이룬 것이 고작 이것인가 하는 허탈감에 결혼한 사람이 부럽다. 어느 쪽도 외롭고 공허한 마음이 드는 것은 마찬가지이다.

마음의 위안을 찾으려고 평소에 사고 싶었던 물건을 사보기도 하지만 의미가 없고, 친구를 만나 수다 떠는 것도 귀찮아지고, 남편이나 자식이 옆에서 알짱거리면 그들 때문에 내 삶을 허비한 것 같아 짜증만 난다. 명상에 관한 책을 사보면 그럴 듯하지만 그 효과는 길지 않고, 종교 활동을 해보지만 그것도 중년의 위기감을 해소하기에는 역부족이다.

게다가 자신의 어리석음이나 우둔함을 자각하게 되면 위기는 걷잡을 수 없게 되어 자유를 찾고 싶고 구속에서 벗어나고 싶은 생각이 간절해진다. 그러다 잡지나 드라마에서 '중년의 위기'에 관한 내용을 접하면 마치 내 문제처럼 느껴져 더욱 심각해진다. 어느 잡지에서 읽은 내용이다.

한 회사의 중견간부가 어느 날 갑자기 집을 나가 돌아오지 않았다. 그는 40대 후반의 나이로 회사에서는 유능한 인재였고, 가정에서는 자상한 남편이자 인자한 아버지였다. 그야말로 평생을 성실 그 자체로 살아온 사람이었다.

소식이 끊기자 그의 부인은 그가 가 있을만한 곳을 생각해보았지만 도무지 짚이는 곳이 없었다. 결혼해서 20여 년을 살아오는 동안 오직 회사와 집밖에 몰랐던 남편이 가출했으리라고는 꿈에도 생각할 수 없었고, 남에게 원한을 산 일도 없었기 때문에 납치와 같은 험한 일을 당할 이유도 특별히 없었다. 경찰에 신고도 하고 찾아볼만한 곳은 다 찾아보았으나 헛일이었다. 부인은 마지막 수단으로 전국의 사찰을 찾아다니기 시작했다.

이렇게 남편을 찾아 헤매기 몇 년. 어느 날 친구가 찾아와 모 사찰에서 땔감을 장만하는 부목(負木) 한 사람을 보았는데 남편과 꼭 닮았다고 했다. 서둘러 찾아가보니 정말 자기 남편이었다. 부인은 남편 손을 붙잡고 울며 집으로 돌아가자고 했으나 남편은 이대로가 좋다면서 다시는 집으로 돌아가지 않겠다고 고개를 저었다.

남편은 집을 나간 자초지종을 이야기했다. 어느 날 퇴근하던 길에 문득 자신이 40대 후반이라는 사실을 깨닫게 되자 삶의 전반에 대해 심각한 회의가 들기 시작했다..

'여태 정신없이 바쁘게 살아온 이 삶은 누구를 위한 것이었지?'

'지금껏 나 자신을 위해 한 일은 무엇일까, 무엇 때문에 살아가고 있는 것일까, 앞으로 이대로 계속 살아야 할까?'

이러한 문제들로 머리가 꽉 차 다른 일이 손에 잡히지 않았다. 마음 깊숙한 곳에서 올라오는 회의와 의문을 주체할 수 없었다. 무작정 집을 나와 공사장 품팔이도 하고 거지 행세도 하며 전국을 떠돌아다니다 결국 어느 사찰에서 나무하고 불 때는 부목이 되었다는 것이다.

이 이야기가 실화든 아니든 상관이 없다. 하지만 40대 후반의 남자가 어느 날 문득 자신의 삶을 되돌아보고 이게 아니라는 생각에 고통스러워하다가 가출했다는 것은 충분히 이해가 간다. 앞뒤 돌아보지 않고 정신없이 일에만 몰두해서 살아온 사람에게 어느 날 갑자기 "산다는 것이 무엇인가?" 하는 생각이 들기 시작하면 걷잡을 수 없다.

중년의 위기는 여성에게만 오는 것이 아니다. 남녀 누구나 대부분 갱년기와 함께 겪게 된다. 갱년기는 몸도 마음도 새로운 리듬을 찾기 위해 나타나는 자연스러운 현상이다. 나는 중년의 위기를 불행이라고 생각하지 않는다. 이런 위기로 인해 영적인 성장을 할 수 있는 좋은 계기가 될 수 있기 때문이다. 중년의 위기는 나를 한 단계 업그레이드시킬 수 있는 절호의 기회이다.

중년의 위기를 맞은 주인공들은 인생의 절반을 살아온 사람들이다. 지금까지는 대부분 자신의 사회적 지위나 먹고사는 문제에 매달려 살아왔기 때문에 정신적 성장에 대해서는 생각해 볼 틈이 없었다. 그러나 그 세월을 결코 허비한 것은 아니다.

그 세월 속에서 성공도 실패도 해보았고, 자식도 남편도 아내도 내가 원하는 대로 되지 않는다는 것을 경험했으며, 인생이 내 뜻한 바대로 움직여지지 않는다는 것도 알았을 것이다. 말하자면 삶의 철학을 이론으로서가 아니라 직접 몸으로 배우는 데 인생의 절반이라는 대가를 치른 셈이다.

이제 내 뜻대로 되지 않는 것들을 붙들고 있는 것 자체가 집착이라는 것을 알 때도 되었고, 그 집착에서 영원히 벗어나 자유로울 수 있는 연습을 할 때가 되었다. 아등바등 살아온 삶에서 여유를 가지고 남은 생은 자신을 위해, 자신의 정신적인 영적 성장을 위해 투자할 때가 되었다는 말이다. 내가 말하는 영적 성장은 자신의 본래모습, 천상천하 유아독존적인 존재로 돌아가는 것을 뜻한다. 자기를 자기가 되게 하는 것이다.

중년의 위기를 맞은 당사자는 괴로울지 모르지만, 괴롭기 때문에 벗어나려고 발버둥 친다는 사실도 알아야 한다. 정상인은 사리를 판단할 줄 아는 인간이기에, 괴로움도 있지만 거기에서 벗어날 수 있는 가능성도 있다. 정신적 괴로움에서 벗어나는 길은 괴로움을 자각하는 것에서부터 시작된다. 괴로움을 느끼는 당신은 그것에서 벗어날 수 있는 초입에 서 있다고 할 수 있다.

간화선 수행을 시작한 지 2년째 되는 해에 나에게도 갱년기 증상이 왔다. 어느 날 갑자기 바가지를 들 수 없을 정도로 손가락에 힘이 없더니 점점 몸 전체 근육이 힘을 못 쓰게 되고, 매사에 의욕이 생기지 않았다. 처음에는 큰 병에 걸린 줄 알고 병원을 찾았더니 진단 결과는 갱년기 증상이었다.

갱년기라는 말은 평소 사람들과의 대화에서 쉽게 하는 말이다. 그러나 직접 갱년기라는 진단을 받으니 이제 내 인생도 끝나가는구나 하는 서글픈 생각이 들면서 우울해졌다. 그러나 다행히 한창 일본의 다이호 방장 스님의 간화선 수행 지도를 받고 있는 때여서 일 년에 네 번은 일본을 다녀와야 했기 때문에 정신적으로 해이해질 틈이 없었다. 그때 나는 생각했었다. 내가 만약 간화선 수행을 하지 않았더라면 심한 우울증이나 공허함으로 삶의 의욕을 잃고 헤어나기 힘들었을 것이라고. 간화선 수행은 나를 중년의 위기에서 구해준 묘약이었다.

나는 좌선 지도를 하면서 중년의 위기를 맞은 사람들을 자주 만난다. 그들은 한결같이 소외감을 느끼고 있다. 자식이나 아내, 남편이 그들을 소외시키는 것이 아니라 스스로 자기 자신을 소외시키고 있는 것이다. 그래서 우울증에 시달리고 있는 사람이 많다.

수련생 중에 열심히 수행하는 50대 여성분이 있다. 평소에 그녀는 적령기가 지난 아들과 딸이 결혼하지 않고 있는 것과 남편의 승진 문제 등을 이야기했지만 그렇게 심각하게 들리지는 않았다. 그런데 그녀가 심한 우울증을 앓고 있다는 것이다. 이런저런 풀리지 않는 일들이 갱년기와 겹치면서 우울증이 온 것이다. 주위 사람들이 갱년기 우울증에서 벗어날 수 있는 별별 좋은 말을 다 해도 그녀에게는 효과가 없었다.

그녀가 주말 수련회에 왔을 때 나는 말했다.

갱년기 우울증은 자기 자신이 벗어나야지 남이 대신해 줄 수가 없습니다. 외롭거나 공허한 생각이 들 때 그 생각을 계속 이어가지 마십시오. 자신의 감정을 점점 그쪽으로 몰고 가면 우울해하는 것도 하나의 습관이 되어서 빠져나오기 어려워집니다. 좌선할 때 외로운 자신의 모습이 띠오르면 재빨리 화두로 의식을 돌려 무심으로 화두에만 집중하듯이, 평소에도 외롭고 허전한 마음이 들면 생각을 다른 쪽으로 돌리십시오.

또 슬픈 노래나 슬픈 드라마 같은 것도 가급적 피하십시오. 그런 것을 듣거나 보면 자신의 처지가 그 노래나 드라마의 주인공과 같아서 공감이 가고 위로를 받는 것 같습니다. 우리가 행동하고, 말하고, 생각하는 일체의 행위는 모두 우리의 아뢰야식(일종의 무의식) 속에 저장되기 때문에, 자신의 아뢰야식 속에는 점점 우울해하고 죽고 싶은 종자가 늘어나 자신을 더욱더 우울함이나 죽음 쪽으로 몰고 갑니다. 이렇게 되면 그동안 참선수행으로 닦은 역량도 맥을 못 추게 됩니다.

중년의 우울증을 계기로 새로운 삶을 살 수도, 좌절할 수도 있습니다. 어느 쪽을 택하느냐는 자신의 의지에 달려 있습니다.

중국 당나라 때 석두(石頭希遷, 700~790) 선사라는 훌륭한 분이 있었습니다. 하루는 제자가 물었습니다.

"어떤 것이 해탈입니까?"

해탈은 어떤 구속도 없는 대자유의 경지를 말합니다. 석두 선사는 즉시 대답했습니다.

"누가 너를 구속했느냐?"

이 간단한 한마디로 천금 같은 진실에 눈을 뜰 것입니다. 누가 보살님을 우울하게 만들었습니까? 스스로 자신의 몸과 마음을 우울이라는 그물로 뒤집어 씌워놓지 않았습니까?

중년의 위기는 나에게만 오는 것이 아니다. 이것은 살아가면서 누구나 겪어야 할 하나의 과정임을 안다면 특별히 예민하게 받아들일 것도 없다. 이를 계기로 평소에 자기가 믿는 종교나 스승을 찾아가 그 분들의 말에 귀를 기울이는 것도 중년의 위기를 벗어나는 하나의 방법이다. 종교적인 평온한 분위기나 믿고 따르는 분의 말씀을 듣고 있으면 어느새 마음의 안정과 평화를 찾게 되고, 자신의 제2의 인생을 새롭게 시작할 수 있는 계기를 얻을 것이다.

불안장애에서
벗어나는 법

오래 전 자동차 면허시험장에서 경험한 일이다. 나는 실기시험을 치기 위해 기다리고 있었다. 당시만 해도 실기시험용 자동차는 기어를 수동으로 조작해야 하는 시절이었다. 옆에서 함께 기다리고 있던 40대 후반쯤으로 보이는 여성이 청심환을 꺼내 먹으면서 겸연쩍은 듯 말했다.

"저는 이번이 스무 번째예요. 가슴이 떨리고 흥분되어 청심환을 먹지 않으면 시험을 칠 수가 없어요. 저는 면허증은 없지만 운전은 잘합니다. 면허증이 꼭 있어야 하니까 어쩔 수 없이 시험을 보는 거예요. 그런데 시험만 치면 떨어질지도 모른다는 불안감 때문에 떨려서 브레이크를 제대로 밟지 못해요. 이젠 워낙 떨어져서 떨지 않을 때도 되었는데 차에만 오르면 떨려요. 정말 죽겠어요. 인지 값만 해도 이만저만 아니에요."

그러면서 그녀는 자기의 서류에 붙어 있는 인지를 보여주었다. 얼른 보기에도 스무 장쯤 되어 보였다. 나는 놀라는 기색을 애써 감추며 "오늘은 꼭 합격할 거예요"라고 희망적인 인사말을 건네고 자동차 실기시험장으로 향했다.

벌써 25년도 더 지난 일이지만 당시의 충격이 매우 커서 아직도 기억이 생생하다. 청심환을 먹는 것을 보았을 때는 그래도 웃었다. 하지만 인지가 수없이 다닥다닥 붙어 있는 서류를 보자 나도 모르게 가슴이 철렁 내려앉는 것 같았다. 나 역시 극심한 대인공포증에 시달린 경험이 있었기에 그녀의 괴로움을 그대로 느낄 수 있었기 때문이다. 그녀의 증세는 합격하지 못할 것이라는 부정적인 생각이 자신도 모르게 마음속 깊이 각인되어 생겨난 것이다.

무의식 속에 각인된 잘못된 선입견이 얼마나 무서운가를 다룬 영화도 본 적이 있다. 제목도 주인공도 기억이 없지만 줄거리는 대략 이랬다.

여주인공이 교통사고를 당했다.

병원으로 실려가 그녀가 완전히 혼수상태에 빠지기 전에 의사와 남편이 나누는 말을 어렴풋이 들었다. 수술을 해도 하반신을 못 쓰게 될 것이라는 얘기였다.

수술은 생각했던 것보다 훨씬 성공적으로 끝났고, 의사는 곧 걷게 될 것이라고 말했다. 그녀는 휠체어를 타고 병실 안을 돌아다닐 정도가 되었다. 의사는 그녀의 빠른 회복을 격려하면서 일어나 걷는 연습을 하라고 했다.

그러나 그녀는 걷기는커녕 일어서지도 못했다. 이유를 찾기 위해 몇 번이나 정밀검사를 했지만 그녀의 다리는 걷는 데 전혀 문제가 없었다. 그녀는 물론 의사도 가족들도 그녀가 일어나 걸을 수 있도록 무진 애를 써보았지만 소용이 없었다.

의사와 환자 가족들은 그녀 몰래 일을 꾸몄다. 그녀의 아기를 돌보던 유모가 아기를 데려와서 병실 창가에서 함께 놀았다. 휠체어를 탄 그녀는 한 걸음 정도 떨어진 곳에서 아기의 재롱을 보면서 즐거워하고 있었다. 그때 유모는 아기를 창가에 둔 채 슬그머니 그곳을 빠져나왔다.

그녀가 아기의 재롱을 정신없이 보고 있는데, 갑자기 아기가 창 너머로 기어나갔다. 놀란 그녀는 벌떡 일어나 아기에게로 달려가 떨어지려는 아기를 덥석 껴안았다. 그녀의 모성본능이 자기도 모르게 벌떡 일어나 아기에게로 달려가게 한 것이다.

아기를 위험에서 구한 뒤 정신을 차린 그녀는 자기가 아기를 안고 서 있다는 사실에 깜짝 놀랐다. 그 순간, 수술 직전에 들었던 '하반신을 못 쓰게 될 것'이라는 충격적인 말이 무의식 속에 입력되어 자기를 걷지 못하는 인간으로 만들었다는 것을 깨달았다.

어떻게 해야 마음속에 단단히 뿌리 내린 불안과 잘못된 선입견에서 벗어날 수 있을까? 앞의 영화에서 보았듯이, 걸을 수 있는 다리도 자신의 무의식 속에 걸을 수 없다고 못 박아버리면 절대로 걸을 수가 없다. 지금까지 자유자재로 들어 올리던 다리도 더 이상 들어 올리지 못한다고 100퍼센트 믿으면 절대로 들어 올리지 못한다.

머리를 굴려 문제의 이유를 캐내도 소용이 없다. 머리로는 불안을 진정시킬 수 있는 변명을 들이대며 더 이상 불안해하지 않으려고 애를 쓰지만, 막상 상황에 부딪히면 자신의 의지와는 상관없이 불안은 전신을 휘감아버린다. 마음속 깊이 뿌리박힌 불안과 선입견에서 자유로워지지 않으면 결코 해결되지 않는다.

내가 든 화두 중에 이런 것이 있다.

중국 송나라 때 송원(松源崇岳, 1132~1202) 선사가 어느 날 제자들에게 말했다.

"대역량을 가진 사람이 어째서 자기 다리를 들어 올리지 못할까?"

'큰 역량을 가진 사람'은 육체적으로나 정신적으로 건강하고 힘도 세고 머리도 뛰어나다. 그런 사람이라면 보통사람도 다 들어 올리는 자기 다리를 들어 올리지 못할 리가 없다. 그런데 송원 선사는 이 당연한 것을 "어째서 들어 올리지 못하는가?" 하고 부정해버림과 동시에 그 이유를 묻고 있다. 이 화두의 생명은 바로 여기에 있다.

대역량의 사람이 왜 다리를 들어 올리지 못할까? 그 이유를 도무지 알 수 없을 것이다. 오리무중의 심정이다. 독참에 들어가면 스승은 한마디 해보라고 야단친다. 그래서 다리를 들어 올리지 못하는 이유를 대면 그때마다 부정해버린다. 다시 선방으로 돌아와 화두를 들지만 여전히 오리무중이다.

이러한 과정이 반복되면서 "왜 다리를 들어 올리지 못할까" 하는 화두에만 빠져 실제로 자신이 다리를 들어 올리는지 어떤지 의식조차 못한다. 이때 어떠한 불안과 선입견도 흔적을 감춘다. 실제로 체험해보면 스스로 알 수 있다. 화두에 빠져 두 다리로 걷고 있다고 생각할 틈도 없는데 식당에도 잘 가고 화장실에도 잘 간다.

간화선 수행은 마음속 깊이 뿌리박힌 불안과 선입견, 고정관념으로부터 나 자신을 완전히 벗어나게 함으로써 원래 가진 청정함과 안락함을 되찾게 해준다. 내가 간화선 수행을 시작한 이유도 여기에 있다. 인생은 짧다. 대자유를 얻기 위한 시작은 빠르면 빠를수록 좋다.

우리는 행복하게
살고 싶다

바쁘게 사는 행복

"당신은 행복한가, 불행한가?"라는 질문을 받는다면 뭐라고
대답할 것인가? "나는 그리 행복하지 못한 사람이다"라는 것이
대다수 사람의 솔직한 심정일지 모른다.

그리스 신화에 나오는 시지프스는 인간 가운데 가장 현명하
고 신중한 사람이었다. 그는 신들의 미움을 받아 가파른 산꼭대
기까지 거대한 바위를 혼자서 맨몸으로 굴려 올리는 형벌을 받
았다. 힘들게 산 정상까지 바위를 올려놓으면 바위는 자체의 무
게로 다시 아래로 굴러 떨어지고 만다. 시지프스는 다시 산 아
래로 내려가 바위를 똑같이 굴려 올려야 한다. 몇 년이라는 기
한도 없이 영겁의 세월 동안 같은 일을 되풀이 해야만 한다.

인생의 행복은 일상의 바쁜 와중에 있다.
바쁘게 산다는 것은 삶에 보람을 주는
원천이고 살아 있다는 증거이다.
매 순간 최선을 다하며 사는 것이
진리대로 사는 것이다

이렇게 끝없이 바위를 끌어올리는 작업, 이것이 우리의 인생이다. 나도 다람쥐 쳇바퀴 도는 일상이 싫어서 정신적 자유를 찾아 헤매었다. 그러나 간화선 수행을 한 뒤로는 다람쥐 쳇바퀴 도는 일상이 우리의 인생이고, 이 일상을 지겹다고 생각하지 않고 매 순간 최선을 다하며 사는 것이 진리대로 사는 것임을 알게 되었다.

　형벌을 내린 신들의 눈으로 보면, 그리고 세상 사람들의 눈에는 시지프스는 죽고 싶어도 죽을 수 없는 절망의 형벌을 받고 있는 가련한 사람이다. 그러나 '나의 시지프스'는 그들의 눈에 맞추어 살지 않는다. 나는 진흙으로 덮인 그 바위를 두 손으로 움켜잡고 이마에 구슬땀을 흘리며 온몸으로 산 정상까지 끌어올린다. 이런 일을 하는 나를 정당화시키지도 않고 일부러 그 의미를 찾지도 않는다. 형벌을 내린 신들도 생각하지 않고 다른 사람의 인생과 비교하지도 않는다. 그냥 바위와 혼연일체가 되어 끌어올릴 뿐이다. 굴러 떨어지면 다시 끌어올리고.

　인생의 행복은 시지프스의 이런 일상의 바쁜 와중에 있다. 바쁘게 산다는 것은 삶에 보람을 주는 원천이고 살아 있다는 증거이다. 우리는 평소 여유를 찾고 싶어 하지만, 여유는 시간이 많다고 생기는 것이 아니라 바쁜 일상을 싫어하지 않고 그냥 거기에 푹 빠지는 데서 나온다.

　바쁘다는 것은 부지런한 것과도 통한다. 게으른 사람이나, 정작 일이 없어 시간이 많은 사람은 여유의 맛을 모른다. 게으른 사람은 일을 회피하느라 여유가 없고, 일 없이 시간만 많은 사람에게는 권태로움만 있다. 여유라는 인생의 정말 멋진 하나를 놓치고 있는 것이다.

아침에 남편 출근시키고 아이들 학교 보내느라 정신없이 바쁘게 움직이다 겨우 한숨 돌리며 마시는 차 한 잔의 달콤함. 프로젝트를 완성하지 못해서 이리 뛰고 저리 뛰다가 겨우 기한에 맞추어 넘긴 뒤, 모처럼 친구와 만나 영화보고 식사하는 기쁨. 평소에는 너무 바빠서 아이들 얼굴조차 보기 힘들다가, 쉬는 날 아이들과 함께 야구장에 가서 큰 소리로 응원가를 외쳐대는 즐거움. 이 얼마나 멋진 행복인가?

아침 죽은 먹었는가

어느 날 아침, 한 수행승이 조주 선사에게 "저는 이 총림의 신참입니다. 스님께 가르침을 구합니다" 하고 인사를 하자, 조주 선사의 대답은 지극히 간단했다.

"아침 죽은 먹었는가?"
"예. 먹었습니다."
"그럼, 발우나 씻게나."
그 수행승은 문득 깨닫는 바가 있었다.

깨달음을 얻을 수 있는 방법을 가르쳐달라는 수행승의 질문에 조주 화상은 일상의 너무나 평범한 말로 응대했다. "아침 죽은 먹었는가?" 이 말은 우리가 평소에 하는 "아침 식사는 하셨습니까?"와는 의미와 차원이 전혀 다르다.

이 말을 했을 때의 조주 화상의 마음은 그물에 걸리지 않는 바람처럼 무심했다. 진리를 찾을 것도 구할 것도 없었다. 그에게는 눈으로 보고, 귀로 듣고, 입으로 말하는 그 모든 것이 그대로 진리였다. 그래서 수행승에게 "일상생활 그대로가 네가 찾는 진리요, 행복의 파랑새다. '지금, 여기, 이 나'를 떠나서 어디서 무엇을 찾느냐?"라고 크게 꾸짖었다. 이것을 "아침 죽은 먹었는가?"라는 말로 표현한 것이다.

배가 매우 고프면 먹는 것 외에는 눈에 보이는 것이 없다. 명예도 자존심도 소용이 없고, 행복도 불행도 생각할 틈이 없다. 배고프면 밥 먹는 것 외에는 아무 생각이 없다. 식사 시간에 씹고 맛보고 넘기고 오직 일념으로 밥만 먹을 때 밥 먹는 그 자체가 진리이다. 이때가 순간을 사는 것이다.

우리는 밥 먹을 때 밥을 먹지 않는다. 친구가 던진 자존심 상하는 말 한마디에 상처받았을 때는 그 말 한마디를 곱씹지 밥을 먹지 않는다. "학교 다닐 때는 나보다 모든 면에서 떨어지던 녀석이 사회에 나가 성공했다고 어떻게 나에게 그런 말을 해? 다른 사람도 아니고 내게"라며 밥알을 씹는 것이 아니라 상대를 씹는다.

절에서는 아침에 죽을 먹는다. 조주 선사는 분별망상 없이 죽 먹을 때는 오로지 죽만 먹는다. 그래서 "아침 죽은 먹었는가?"라는 물음을 던져 수행승이 찾는 진리를 그대로 눈앞에 보여주었다. 그러나 순간을 살지 못하는 수행승은 조주 선사의 말뜻을 알아듣지 못했다. 그는 솔직히 대답했다.

"예. 먹었습니다."

평소에 그렇게 순간순간을 무심히 사는 것이 진리라고 말했건만, 남대문 앞에서 남대문을 모르다니! 이 수행승만의 일이 아니다. 행복이 내 일상생활 속에 있는 줄 모르고 행복을 찾겠다고 밖으로 헤매는 우리도 마찬가지다. 조주 선사는 인내를 가지고 다시 말했다.

"그럼 발우나 씻게나."

얼마나 친절하고 멋진 대답인가! 죽을 먹었으면 발우를 씻는 것은 당연하다. '발우를 지금 씻어야 할까, 나중에 씻으면 안 될까' 하는 분별심 없이 단지 발우를 씻는 행위, 이것이 바로 진리이다. 조주 선사에게 선은, 선 냄새를 풍기지 않는 일상의 생활 그대로가 선이다.

일상생활 속에서 일체 조작이 없는, 본래모습 그대로 사는 것이 조주 선의 특색이다. 조주 선사의 이 멋진 대답 "그럼 발우나 씻게나", 이 무심의 세계에는 행복도 불행도 흔적이 없다.

다행히 수행승은 조주 선사의 이 말을 듣는 순간 깨닫는 바가 있었다. 수행승은 한없이 먼 길을 돌아왔다는 생각에 정신이 번쩍 들었다. 언제 어디서나 진리 한가운데 있다는 것에 눈을 뜬 것이다. 일체의 잡생각을 떠난 무심의 경지에서는 자기 자신이 생각하고 말하고 행동하는 모든 것이 '진리'이다. "아침 죽은 먹었는가?" "마당은 쓸었는가?" 어찌 이것뿐이겠는가? 그런데도 이리저리 찾아 헤매는 자는 물속에서 갈증 난다고 외치는 꼴이다. 아무리 외쳐도 직접 물을 마시지 않는 한, 갈증은 해소되지 않는다.

옛날 중국에 한 어리석은 사람이 날이 저물어 밥을 지으려니 아궁이에 불씨가 없었다. 그는 등잔에 불을 붙여 멀리 떨어진 마을까지 불을 구하러 갔다. 들고 있는 등잔불이 불인 줄 일찍이 알아차렸다면 밥은 벌써 다 되었을 텐데.

"그럼 발우나 씻게나", 이 한마디에 수행승이 깨달은 바 있었다고 대단하게 여길 일이 아니다. 등잔불이 불인 줄 알았을 뿐이다. 낮이나 밤이나 진리 속에 살면서 진리를 보지 못하다니, 등잔 밑이 어둡다. 일상생활 속에서 바쁘게 사는 것이 그대로 진리라는 것을 깨닫는다면, 행복이니 불행이니 하는 고통의 그림자가 있을 리 없다.

여기서 명심해야 할 것이 있다. "그럼 발우나 씻게나" 할 때 "아아, 그렇구나" 하고 머리로 이해한 것과 무심히 발우를 씻는 것과는 천지 차이이다. 머리로 이해한 것과 몸으로 체득한 것은 그 내용 면에서 완전히 다르다는 말이다. "아, 이런 것이구나" 하고 머리로 짐작만 하면 깨달음도 행복도 거기에 없다. 이것을 극복하기 위해 선 수행이 필요한 것이다. 선은 진정한 대자유인이 되기 위한 길이다.

죽음으로부터의 자유

삼라만상은 하나로 돌아간다

오곡도에 들어와 간화선 수행을 한 지도 10여 년이 지났다. 그동안 격조했던 지인들의 소식을 간간이 접하면, 은퇴하여 노년의 삶을 살고 있거나 말이 없는 사람들은 이미 세상을 떠나고 없다.

한 수행승이 물었다.
"삼라만상은 하나로 돌아갑니다. 하나는 어디로 돌아갑니까?"

2007년 어느 날, 갑자기 걸려온 전화를 받고 병원으로 달려갔다.

병실 문을 열고 들어서니 침대에 비스듬히 앉아 링거 주사를 맞고 있던 오빠가 벌떡 일어나 앉으며 고조된 어투로 말했다.

"이건 오진이야! 사흘 전까지 멀쩡하게 등산도 다녔는데 어떻게 암일 수가 있어? 만약 암이라는 진단이 맞으면, 난 구질구질하게 살지 않을 거야. 암일 리가 없어. 자기 몸은 자기가 제일 잘 알아. 난 너무 건강해. 아직 할 일도 많고."

오빠는 말할 수 없는 충격에 사로잡혀 의사의 진단을 부정했다. 이런 상황에 무슨 위로의 말을 하겠는가?

병실을 나오려고 일어서는데, 오빠는 어느새 페트병 속의 검사용 물을 시간에 맞추어 마셔야 한다면서 침대 옆에 놓아둔 페트병을 집어 들었다. 오진이라고 의사를 신임하지 않으면서 검사용 물을 시간 맞춰 마시는 모습을 보니, 살고 싶은 간절함을 훔쳐본 것 같아 마음이 더욱 착잡했다.

그 뒤 수술하고, 통원치료하고, 재입원하는 사이, 오빠는 입원 전의 건장한 모습과 오기는 간데없고 뼈와 가죽만 남은 전혀 딴 사람으로 변해갔다. 의사가 가망이 없다고 했지만 환자 본인도 가족들도 설마 하는 생각으로 희망을 접지 못했다.

영안실 저쪽에서 전갈이 왔다. 마지막 가는 길에 얼굴 보고 싶은 사람은 들어오라고.

평소 같으면 결코 가만히 누워 있을 오빠가 아닌데…… 오늘은 눈도 뜨지 않고, 팔다리가 묶여 있어도 발버둥도 치지 않고,

그저 말없이 누워만 있다. 창백하리만큼 예쁘게 화장한 얼굴에, 파르스름한 연옥색 삼베 수의가 슬프게도 잘 어울려 재빨리 얼굴을 돌리고 눈물을 훔쳤다. 다시는 저 모습을 볼 수 없다니! 금방이라도 일어날 것 같은 착각에 빠져 있는데, 관 뚜껑 닫는 소리가 천둥소리보다 크게 내 심장을 쳤다.

화장장의 큰 전광판 7번에 이름 석 자와 '대기 중'이라는 글자가 떴다. 얼른 7번 화장막 입구 쪽으로 갔다. 관을 실은 이동 침대가 화장막 입구 앞에 대기하고 있었다. 관을 덮은 붉은 명정에 쓰인 이름을 보니 분명히 오빠다.

저 문으로 들어가서는 안 되는데…… 다시는 나오지 못하는 문인데……. 순간, 자동문이 열리고 관을 실은 이동 침대가 넘어서는 안 될 문턱을 넘자마자 자동문은 지체 없이 곧바로 닫혀버렸다. 들어가서는 안 된다고 버티던 마음의 밑동이 갑자기 꺾이면서 망연했다.

'다시는 나오지 못하는 문인데…….'

열여섯 개의 화장막 위에는 각각 전광판이 달려 있고 화장막 문 중앙에는 안의 관을 볼 수 있게 작은 유리창이 달려 있다.

7번 전광판에 오빠 이름 석 자와 '진행 중'이라는 글자가 떴다.

전광판 아래 작은 유리창으로 관이 보이는가 했더니 금세 화염에 휩싸였다. 누군가 다급한 목소리로 외쳤다. "불 들어갑니다. 빨리 나오세요, 어서요!" 흐느낌도 안타까운 마음도 화염 속으

진리를 깨달은 자는
삶과 죽음 어느 쪽에도
집착하지 않고 자유자재하다.
온 우주가 나인데 어디로 가고
어디에서 온다는 말인가

로 빨려 들어갔다. 얼마나 시간이 흘렀던가. 눈을 들어 전광판을 보니 이름 석 자는 여전히 선명하게 빛나는데 화장막 속의 이글거리던 불길은 점점 사그라지고 있었다.

육신도, 자존심도, 명예도, 저렇게 한 줌의 재로 사라질 것을! 64년도 못 살면서 왜 그리 천년만년 살 것처럼 오기를 부렸던가! 만감이 교차했다. 언뜻 신라시대 월명 대사가 죽은 여동생을 위해 지은 향가 〈제망매가〉가 떠올랐다.

생사의 길은 여기에 있으매 두려워지고

나는 갑니다 하는 말도 못 다하고 가버렸는가.

어느 가을 이른 바람에 여기저기 떨어지는 잎처럼

한 가지에 낳아 가지고 가는 곳 모르누나.

아아 미타찰(彌陀刹)에서 만나볼 나는

도를 닦아 기다리련다.

- 권상로 역해 -

6개월 전에 남동생이 암으로 죽었다는 비보를 받고 너무 빨리 갔다고 애석해하면서도 인연이 그것밖에 되지 않는 것을 어떻게 하나 하고 자위했건만. 이번엔 건강 하나만은 자신 있던 오빠가 떠났다.

월명 대사 말처럼 "한 가지에 낳아가지고 가는 곳 모르누나."

오빠도 동생도 다 어디로 갔을까? 인간 세상의 허망함이 이렇게 뼛속 깊이 스며들 줄이야! 한 번만이라도 더 만날 수만 있다면 이렇게 애석하지는 않을 텐데…….

월명 대사는 도를 닦아 죽은 여동생을 '미타찰(극락세계)'에서 만난다고 하는데.

인간 세상의 흥망·부침(浮沈)이 부질없다는 것을 알면서도, 언젠가는 이 세상을 떠나게 된다는 것을 알면서도, 언제까지나 명예나 이익에 급급하여 인생의 참다운 가치가 무엇인지 모르는 사람들을 보면 안타까운 생각이 든다.

한때 거대한 오아시스 도시를 건설하고 찬란한 불교 문화를 꽃피운 실크로드의 도시들이 세월을 견디지 못하고 지금은 흙무더기가 되어 있는 것처럼, '세월의 흐름에 변하지 않을 장사'는 없다. 무상한 세월과 마주하면 속속들이 그대로 무상하다.

어느 것이 진짜인가?

죽음은 무엇인가? 영혼은 무엇이고 육체는 무엇인가? 중국 송나라 때의 법연(五祖法演, ?~1104) 선사가 한 제자에게 물음을 던졌다.

"천녀는 영혼과 육체가 분리되었다. 어느 것이 진짜인가?"

이것은 법연 선사가 삶과 죽음의 문제로 헤매고 있는 제자들의 눈을 뜨게 하기 위해, 당나라 때의 전기소설(傳奇小說)인 『이혼기(離魂記)』의 내용을 근거로 만든 화두이다. 『이혼기』의 대강의 줄거리는 이렇다.

당나라 때 형주에 장감이라는 사람이 살았다. 그는 딸이 둘 있었는데, 큰딸이 일찍 죽자 작은딸인 천녀(倩女)를 한층 더 귀여워하며 키웠다. 그녀는 드물게 보는 미인이어서 구혼하는 젊은이가 많았다. 아버지 장감은 그중에서 빈료라는 청년의 구혼을 받아들이기로 했다.

그런데 천녀에게는 왕주라는 연인이 있었다. 왕주는 장감의 외조카였는데, 그가 어렸을 때 장감이 농담 삼아 "왕주와 천녀는 어울리는 부부가 될 것이다. 어른이 되면 결혼하면 좋겠다"고 말한 적이 있었다. 이 말을 들은 두 사람은 결혼을 허락하는 관계라 생각하고 서로 좋아하게 되었다.

갑자기 빈료와 결혼하라는 부친의 말을 들은 천녀는 의기소침하여 우울해졌다. 이 말을 들은 왕주도 괴로워한 나머지 천녀를 떠나기로 결심했다.

어느 날 밤, 그는 몰래 작은 배를 타고 고향을 떠났다. 그런데 그는 마치 배를 따라오는 듯 한밤의 강기슭 위를 달려오는 사람의 희미한 그림자를 보았다. 배를 멈추고 보니 놀랍게도 사랑하는 천녀였다. 왕주는 그녀의 진심에 감격하여 껴안고 목메어 울었다. 이제 와서 다시 돌아갈 수도 없었기에, 그대로 두 사람은 멀리 촉나라로 건너가 부부가 되었다.

고향을 떠난 지 5년, 천녀는 두 아이의 어머니가 되었지만 고향을 잊을 수 없었다. 부모를 사모하고 집을 그리워하는 마음은 날로 더해갔다. 어느 날 그녀는 눈물을 흘리며 남편에게 괴로운 심정을 이야기했다.

"당신을 연모하여 뒤를 쫓아 이렇게 먼 나라까지 왔습니다만, 양친은 어떻게 살고 계실까요? 부모의 은혜를 배반하고 가출한 저와 같은 불효자는 다시 고향으로 돌아갈 수 없는 것입니까?"

왕주도 고향을 그리워하는 마음은 변함이 없었다.

"큰마음 먹고 형주로 돌아가 양친에게 사죄합시다."

두 사람은 곧바로 배를 타고 고향 형주로 돌아왔다. 왕주는 선착장에 천녀를 남겨두고, 장감의 집을 찾아가 불효를 사죄하고 전말을 이야기했다. 장감은 놀라며 물었다.

"도대체 누구를 말하는 것인가?"

왕주는 대답했다.

"숙부님의 딸, 천녀입니다."

"내 딸 천녀라고? 그애는 네가 형주를 떠난 뒤부터 말 한마디 못하고 줄곧 병으로 몸져누워 있다."

눈이 휘둥그레진 장감이 대답했다. 왕주도 놀라서 자초지종을 이야기했다.

"아닙니다. 천녀는 틀림없이 저를 따라와서 촉나라에서 함께 살았습니다. 두 아이까지 낳았고, 매우 건강합니다. 거짓이라 생각하시면 선착장에 가보십시오. 지금 배 안에서 저를 기다리고 있습니다."

장감이 하인을 선착장으로 보내어 알아보니 천녀가 분명했다. 이에 집 안의 병실로 가보니 거기에도 딸 천녀가 누워 있었다. 놀란 장감이 누워 있는 천녀에게 이 이야기를 하자, 그녀는 너무나 기쁜 듯 이불 위로 벌떡 일어섰지만 한마디도 하지 못했다.

그 사이 배에서 내린 천녀가 수레를 타고 집 마당으로 들어왔다. 그녀가 수레에서 내리는 순간, 마중 나간 병실의 천녀와 합해져서 한몸이 되었다. 이에 아버지 장감은 천녀에게 말했다.

"왕주가 마을을 떠났을 때부터 너는 언제나 취한 듯이 꾸벅거리고 있었는데, 그것은 혼이 빠져나가 왕주가 있는 곳으로 가버렸기 때문이구나."

천녀는 대답했다.

"제가 집에서 병으로 누워 있었다는 것은 전혀 몰랐습니다. 왕주가 괴로움에 마을을 떠난 것을 알고 그날 밤 꿈 같은 기분으로 그의 배를 쫓아갔습니다. 왕주의 아내가 되어 그와 함께 살아온 것이 진짜 저인지, 아버지 곁에서 병으로 앓고 있던 것이 진짜 저인지, 저 자신도 모르겠습니다."

몸져누워 있던 육체만의 천녀가 진짜인가, 왕주의 아내가 된 영혼의 천녀가 진짜인가?

이 화두는 우리의 영혼, 곧 마음이 진짜인지 아니면 육체가 진짜인지를 묻고 있다. 실제로 있는 것은 마음인가, 육체인가 하는 물음이다.

이 화두를 참구하는 사람 중에는 '마음이 진짜인지, 육체가 진짜인지'를 따지고 분석하여 뒷골이 땅기고 얼굴이 상기되는 이가 있다. 이런 사람이 화두에 대해 머리 굴리는 사람이고, 생각만으로 사는 사람이다.

마음뿐인 사람도 없고 육체뿐인 사람도 없다. 그런데도 '어느 쪽이 진짜냐'를 따지면 끝없는 수렁으로 빠져들 뿐이다. 실제로 있는 것은 지금 움직이고 있는 '나', 마음과 육체를 분리할 수 없는 이 '나'뿐이다. 앉고 싶으면 앉고, 걷고 싶으면 걷고, 자고 싶으면 자는 '나'. 이것 말고 또 무엇이 있는가?

진짜·가짜로 구분하려는 잘못된 분별의 덫에서 벗어나 어떤 분별도 끼어들 틈이 없는 경지에 이르면 마음만의 천녀도 육체만의 천녀도, 진짜도 가짜도 흔적이 없다. 다만 그것 그대로일 뿐, 천녀는 천녀일 뿐이다.

유령의 정체를 자세히 알고 보니 마른 억새풀이더라. 괴이한 것을 보고 괴이하게 여기지 않으면 그 괴이함은 저절로 사라진다.

"어느 것이 진짜인가?"

법연 선사가 이 물음을 제자들에게 던지고 있지만, 실은 오늘 우리에게 머리로만 따지는 삶이 아니라 직접 체험하고 경험하는, 살아 있는 삶을 살기를 촉구하는 물음이기도 하다.

당신은 바로 당신일 뿐, 진짜니 가짜니 분별하는 쓸데없는 생각에서 벗어나 살아 있는 당신 그대로를 느끼라는 것이다.

법연 선사의 이 공안에 대해 무문 선사는 이렇게 평하고 있다.

> 이 화두로 참된 진리를 깨달으면,
> 삶의 껍질과 죽음의 껍질을 들고나는 것이
> 나그네가 오늘은 이 주막, 내일은 저 주막에 묵는 것과 같다.
> 아직 진리를 깨닫지 못했다면, 그대들에게 간절히 바란다.
> 여기 기웃, 저기 기웃, 갈팡질팡 돌아다니지 마라.
> 진리에 눈뜨지 못한 자는 갑작스런 죽음이 찾아오면,
> 끓는 물에 떨어진 게가 수족을 퍼덕이며 발버둥 치듯
> 단말마의 고통에 괴로워할 것이다.
> 임종에 이르러 진리를 깨닫지 못했다고 후회한들 그때는 이미 늦었다.

무문 선사는 진리를 깨달은 자는 삶과 죽음 사이를 오고 감이 나그네가 오늘은 이 주막, 내일은 저 주막에 묵는 것과 같이, 삶과 죽음 어느 쪽에도 집착하지 않고 자유자재하다고 말한다. 나그네는 오늘 묵은 주막에도 집착 않고, 내일 묵을 주막에도

집착 않는다. 묵었다가 때가 되면 떠날 뿐이다. 묵고 떠남이 자유롭다. 깨달은 자는 삶과 죽음에서 이러하다.

둘이 대비될 때 오고 감이 있다. 육지와 섬이 서로 비교되어야 '육지에서 오고 섬으로 간다'가 성립한다. 깨달은 자는 이 순간, 여기가 전부이다. 육지에 있을 때는 육지가 전부이고, 섬에 있을 때는 섬이 전부이다. 육지와 섬이 비교되지 않는다. 따라서 그는 오고 감이 없다. 살 때는 사는 것이 전부이고, 죽을 때는 죽는 것이 전부이다. 어디에서든 전부이므로 모든 곳이 다 '나'다. 온 우주가 나인데 어디로 가고 어디에서 온다는 말인가?

이 순간, 여기가 전부이지 못하고 끊임없이 삶과 죽음, 육신과 영혼을 서로 비교하여 우열과 진위를 따지고 집착하기 때문에 자유롭지 못하다. 이렇게 분별하는 마음만 없으면 어떤 모습을 하든 그때그때의 모습이 진실한 자기이다. 거지 옷을 입어도 내 모습이고, 왕의 옷을 입어도 내 모습이고, 생(生)도 진짜 자기의 한때 모습이고, 사(死)도 진짜 자기의 한때 모습인 것이다. 온 우주가 자기 모습이다.

지렁이를 절단하여 두 동강 내면, 어느 것이 진짜인가?

눈앞의 '있는 그대로의 모습'을 직시하라.
답은 바로 거기에 있다.

오는 곳도 없고
가는 곳도 없다

진리를 깨달은 자는 온 우주가 바로 자신이므로 오는 곳도 없고 가는 곳도 없다고 했다. 깨달은 자뿐만 아니라 우리 모두도 사실은 그렇다. 그렇다면 육신이 재가 되어버린 사람도 영원히 사라진 것이 아니다. 그를 어디서 어떤 모습으로 만날 수 있다는 것일까?

도오(道吾) 선사가 제자 점원(漸源)을 데리고 어느 집에 조문을 갔다. 점원은 시신이 든 관을 두드리며 물었다.
"살았다고 해야 합니까, 죽었다고 해야 합니까?"
아직 수행 중인 점원이 삶과 죽음 문제로 헤매고 있던 차에, 마침 시신이 든 관을 보자 스승에게 물었던 것이다. 도오 선사는 말했다.

"살았다고도 할 수 없고, 죽었다고도 할 수 없네."

도오 선사는 있는 그대로의 진실을 말해 주었지만, 현실을 직시하지 못한 점원은 도대체 무슨 뜻인지 납득이 가지 않았다. 그래서 다시 물었다.

"어째서 말하지 못하는 것입니까?"

도오 선사는 다시 있는 그대로의 사실을 말해 주었다.

"말하지 못하네, 말하지 못하네."

점원은 이번에도 무슨 뜻인지 납득할 수가 없었다. 현실의 있는 그대로의 사실을 사실대로 받아들이지 못하니 납득될 리가 없었다. 스승의 대답을 알아듣지 못한 점원은 조문을 마치고 돌아오는 길에 불만 섞인 어투로 스승에게 대들었다.

"스님, 어서 말해주십시오. 말하지 않으면 스님을 한 대 치겠습니다."

이런 협박에 눈 끔쩍할 스승도 아니었지만, 말해주어도 본인이 못 알아듣는 것을 어떻게 할 방법이 없었다. 도오 선사는 말했다.

"치고 싶으면 쳐도 좋지만, 말할 수가 없네."

이에 점원은 스승을 후려갈겼다. 아직 수행이 덜된 제자가 함부로 스승을 치는 것은 중죄에 해당한다. 사찰로 돌아온 도오 선사는 몰래 점원을 불러, 이 사실을 대중들이 알기 전에 이곳을 떠나라고 일러주었다. 이 얼마나 자비심 어린 스승의 배려인가!

도오 선사가 입적하자, 점원은 도오 선사의 수제자인 석상(石霜)

선사를 찾아가 전에 있었던 사건을 이야기했다. 얘기를 들은 석상 선사는 말했다.

"살았다고도 할 수 없고, 죽었다고도 할 수 없네."

"어째서 말하지 못하는 것입니까?"

"말하지 못하네, 말하지 못하네."

석상 선사는 스승 도오 선사와 똑같은 대답을 했다. 수행이 깊어진 점원은 그 말이 채 끝나기도 전에 곧바로 깨닫는 바가 있었다. 점원은 스승 도오 선사에게 실수를 한 뒤 목숨 건 수행을 했음에 틀림없다.

점원은 무엇을 깨달은 것일까? 그는 눈앞의 살아 있는 진실을 본 것이다. 어느 날, 점원은 삽을 들고 법당 안을 왔다 갔다 하고 있었다. 이를 본 석상 선사가 물었다.

"무엇을 하고 있는가?"

"도오 선사의 사리를 찾고 있습니다."

점원은 도오 선사의 사리가 법당 안 어딘가에 흔해 빠진 돌처럼 뒹굴고 있다는 듯이, 삽을 들고 그것을 찾는 시늉을 하고 있었다. 석상 선사에게 자신의 수행 경지를 내보인 것이다. 그러자 석상 선사는 곧바로 말했다.

"온 천지에 넘실거리는 파도뿐인데 어디서 도오 선사의 사리를 찾겠다는 말인가?"

석상 선사의 마지막 말은 온 천지가 바로 도오 선사인데 도오 선사를 찾고 말고가 어디 있느냐는 뜻이다. 온 천지, 풀도 나무도, 비도 바람도, 어느 것 하나 도오 선사 아닌 것이 없다는 석상 선사의 선(禪)적인 경지를 나타내 보인 것이다.

구마라집 문하의 이름난 네 명의 제자 가운데 한 사람이었던 승조(僧肇)는 414년에 31세의 나이로 사형 당했다. 일설에 따르면, 재능과 용모가 걸출한 그를 국왕이 환속시켜 신하로 삼고자 했으나 승조가 끝내 거부한 것이 사형의 원인이었다. 사형에 임하여 그는 아래와 같은 유명한 게송을 남겼다.

이 몸에는 원래 주인이 없고,
몸과 마음도 본래 공하네.
흰 칼날이 내 머리를 자르더라도,
마치 춘풍을 자르는 것과 같으리.

칼날이 아무리 내 머리를 자르더라도 나는 죽지 않는다는 뜻이 드러나 있다. 자기 스스로를 위로하기 위해 강변하는 말이 아니라, 진리대로 사는 사람의 눈으로 보면 그렇다는 말이다. 이 몸에 원래 개개인의 주인이 없으니 온 천지가 바로 이 몸의 주인이다. 때문에 죽어도 죽는 것이 아니라 온 천지에 그대로 생생하게 살아 있다.

이처럼 깨달은 자들이 말하는 '죽음'이란 이 세상을 떠나 저 세상으로 가는 것이 아니다. 우리가 살고 있는 이 세상, 바로 지금 여기 이 자리를 떠나지 않고 새로운 모습으로 되살아간다는 것을 분명히 말해주고 있다.

그러나 이에 대한 완전한 확신은 머리로 이해한다고 되는 것이 아니다. 가슴으로, 온몸으로 받아들이는 수행에 의해서만 가능하다. 우리가 비록 아직 깨닫지 못했다 하더라도, 내가 죽는 순간이 또 다른 생명의 시작이라는 것을 신뢰할 수만 있다면 우리는 결코 죽음을 두려워하지 않을 것이다.

생사에 자유자재한 깨달은 자의 삶, 이것은 결코 먼 나라의 이야기가 아니다. 쓸데없는 생각 없이 매 순간순간을 자신이 해야 할 일에만 100퍼센트 전념할 수 있으면 우리도 얼마든지 가능한 삶이다.

죽음은 삶의
또 다른 모습

'죽음은 삶의 또 다른 모습', 이것은 수행자가 목숨 걸고 수행한 끝에 체득한 깨달음의 경지에서 나온 말이다. 그러나 죽음에 대한 우리의 시각은 어떤가?

사람들은 죽음과 관련된 것을 두려워하여 '사(死)'라는 말조차 입에 담기 싫어한다. 심지어 숫자 4까지 싫어하여 의도적으로 4가 들어가는 번호를 피한다. 이처럼 사람들은 죽음을 싫어하고 불길하게 여긴다.

죽음에 대해 아무리 과학적으로 밝혀놓아도 그것은 나와는 상관없는 과학적 지식에 불과할 뿐, 나에게 죽음은 여전히 공포의 대상이다. 마찬가지로 '죽음은 삶의 또 다른 모습'이라는 설명을 들으면 납득이 가는 듯 고개를 끄덕이지만, 같은 설명을 수백 번 들어도 여전히 죽음은 싫고 두렵다.

왜 이렇게 죽음이 싫고 두려운 것일까? 죽음은 본인에게는 세상에서 가장 큰 변화라고 할 수 있을 정도로 엄청나게 큰 변화인데, 도무지 죽음 이후를 자신이 직접 알 수 없기 때문에 두렵다. 즉 알 수 없는 사후세계가 두렵기 때문에 죽음이 무서운 것이다. 이런 상황에서 죽은 뒤 어떻다고 하는 여러 가지 이야기는 죽음에 대한 두려움을 더욱 부채질한다.

우리는 사후 세계가 어떠한지 무슨 수로도 직접 알 수가 없다. 모르는 것에 대해 이러쿵저러쿵 말하는 것 자체가 쓸데없는 소리다. 떠도는 소문을 믿고 죽음을 두려워하거나 무서워한다는 것은 어리석은 짓이다. 알지 못하는 것에 대해서는 긍정도 부정도 할 필요가 없다.

그럼에도 사후 세계에 대해 알아내려 한다면 그것은 현실의 생활에는 아무런 도움도 주지 못할 뿐 아니라, 그 일을 하는 동안 현재 자신이 해야 할 일들을 놓쳐버린다. 또한 사후 세계에 대해 그가 어떻게 생각했다 하더라도, 그와 상관없이 그는 생로병사를 겪고 삶의 고뇌를 맛볼 수밖에 없다.

이와 관련된 석가모니의 독화살의 비유를 들어보자.

어떤 사람이 독을 바른 화살에 맞았다. 그의 친구와 친척들이 곧바로 그를 의사에게 데려가려 했다. 그때 화살을 맞은 이가 나를 쏜 사람이 어느 계급에 속하는지, 이름은 무엇이고, 출신지는 어디며, 나를 쏜 활과 화살의 종류가 무엇인지 판명되기 전에는 독화살을 빼지 않겠다고 우긴다면 그 전에 독이 전신에 퍼져 죽을 것이다.

사후 세계 등에 관한 알 수 없는 과제를 문제로 삼는 것은, 마치 독화살을 맞은 이가 자기를 쏜 사람의 이름 등을 알기 전에는 빼지 않겠다는 것과 같다는 것이다. 그래서 석가모니는 오직 현실을 직시하고 현실에 발붙인 삶을 살라고 가르쳤다. 과거도 미래도 아닌 현재의 삶을 중히 여긴 것이다.

그러면 석가모니가 말하는 '현실 직시'는 현실의 무엇을 직시하라는 말일까? '세상이 무상(無常)하다'는 사실이다. 이 세상의 모든 것은 끊임없이 변해갈 뿐 영원한 것은 없다는 사실을 직시하라는 것이다.

'생자필멸', 태어나면 죽는다는 것은 정해진 이치이다. 생로병사는 피할 수 없음을 누구나 잘 안다. 인간만이 죽는 것도 아니다. 이 세상에 영원한 것은 하나도 없다. 그래서 석가모니는 "이 세상의 모든 것(諸行)은 끊임없이 변해간다(無常)"는 사실을 강조하여 '제행무상'이라 표현하고, 불교의 핵심 교리로 삼았다.

우리의 육체나 정신은 순간순간 끊임없이 변화해간다. 불교의 '무상'은 바로 이 '변화'를 근본으로 삼고 있다. 변화란 하나의 상태에서 다른 상태로 옮겨가는 것을 말한다. 우리는 일생을 살아가는 동안 수많은 변화를 겪는다. 태어나서 성장하고 늙는 것도 하나의 변화이고, 만나고 헤어지는 것, 옷을 갈아입는 것도 변화이며, 봄·여름·가을·겨울 사계절의 흐름도 변화이다. 이 변화 가운데 인간이 겪는 가장 큰 변화가 '죽음'이다.

삶과 죽음을 외형적으로 말하면, 삶은 활동하는 모습이고 죽음은 정지한 모습이라고 할 수 있다. 그러나 그 속을 들여다보면 살아 있든 죽었든 모든 사물은 모두 활동하고 있다. 돌이나 흙조차 그 내부에서는 원자적 변화가 끊임없이 일어나고 있다. 변화하지 않고 고정되어 있는 것은 하나도 없다는 것이다.

우리는 호흡을 하고 육체를 움직이며 살아가고 있다. 그러나 어느 시기가 되면 호흡과 뇌기능이 멈추고 맥박도 뛰지 않으며 육체 또한 움직이지 못하게 된다. 그것을 죽음이라고 이름 붙인다. 그런데 죽는 순간 모든 활동이 정지하는 것은 아니다. 죽는 순간부터 육체는 부패하기 시작한다. 부패해서는 이 몸을 형성하기 전의 상태로 돌아가 또다시 어느 몸을 형성하고 같은 과정을 반복할 것이다. 죽은 뒤에도 변화는 지속되는 것이다.

내 몸이라는 집착에서만 떠난다면 몸이 형성되었다가 소멸하고 또다시 새롭게 형성되었다가 또 소멸하는, 이 끊임없는 변화가 다름 아닌 영원한 생명 활동이라는 것을 알 수 있다. 우리가 죽음이라 부르는 것은 영원한 생명 활동 가운데 한 변화에 불과한,

이 세상의 모든 것은 끊임없이 변해간다.
영원한 것은 없다.
죽음이라고 불려도 그것은 죽음이 아니다.
새로운 몸의 시작, 새로운 삶의 시작이기 때문이다

한때의 소멸에 지나지 않는다. 죽음이라고 불려도 그것은 죽음이 아니다. 새로운 몸의 시작, 새로운 삶의 시작인 것이다.

우리는 영원한 생명 활동 가운데 변화의 하나인 한때의 소멸, 곧 죽음을 두려워한다. 태어나면 죽는 것은 당연한데 그것이 싫은 것이다. 앞에서 우리가 죽음을 싫어하고 두려워하는 이유는 죽음 뒤의 사후 세계에 대해 도무지 알 수 없기 때문이라고 했다. 미지의 사후 세계가 마음에 걸리는 것은 우리에게 현재의 상태를 유지하려고 하는 집착, 곧 지금 이대로 있고 싶고 변하고 싶지 않다는 생각이 있기 때문이다. 그래서 사람들은 죽지 않고 영원히 살기를 바란다.

과연 오래 사는 것이 좋을까? 실제로 우리에게 죽음이라는 변화가 없다면, 다시 말해 죽지 않고 영원히 산다면 우리는 어떻게 될까?

우리는 스무 살 전후의 나이에 애써 대학에 들어갈 필요도 없고, 40대가 되기 전에 인생의 기반을 잡으려 애쓰지 않아도 될 것이다. 대충 500세쯤 되었을 때 대학에 들어가려고 시도해보았다가 힘들면 다시 1000세쯤에 재도전해보고, 그때도 안 되면 다시 5000세쯤으로 미루고……

이렇게 된다면 우리는 인생의 성취욕도 목적의식도 상실한 채 권태롭고 지겨워서 살지 못할 것이다. 이런 시각에서 보면 죽음이라는 것도 무조건 싫어할 것만은 아니다.

나라는 존재가 이 세상에 태어난 것은 당첨이 불가능한 복권에 뽑힌 것과 같은 행운이다. 이런 행운아가 병이 들어 1년 혹은 반년밖에 못 사는 시한부 인생이 되었다면, 1분 1초가 아까워 지금까지 헛되게 보낸 삶을 후회하고 남은 생을 보람되게 보내려고 노력할 것이다.

그런데 이런 시한부 인생은 반드시 불치의 병을 선고받은 환자에게만 적용되는 것이 아니라 우리 모두에게 해당된다. 우리는 태어나는 순간부터 죽음을 향한 시한부 인생으로 살아간다. 이렇게 생각하면 어찌 이 삶을 그냥 헛되이 보낼 수 있겠는가? 이 소중한 인생 어디에 '허무하다' '지겹다'는 생각이 비집고 들어갈 틈이 있겠는가?

우리는 죽음이 있기 때문에 삶의 소중함을 알 수가 있다. 진정으로 삶이 소중한 줄 안다면, 우리는 이 삶을 결코 헛되게 보내지 않을 것이다.

인생을 허송세월하며 태만하게 산 사람에게 죽음은 두렵고 무서운 것으로 다가올 것이다. 하지만 열심히 후회 없는 삶을 살아온 사람은 옷을 갈아입듯 자연스러운 변화의 하나로 죽음을 받아들인다.

"만물은 변해간다"는 것을 받아들인 사람은 자연스럽게 변해가는 것을 무리하게 막지 않는다. 세월이 흐르면 나이를 먹고, 주름이 생기고, 팔다리에 힘이 빠지고…… 그저 우주의 법칙에 따라 삶의 한길을 걸어갈 뿐이다. 이것이 영원한 생명의 세계를 사는 것이다. '나'에 대한 허망한 집착만 떠난다면, 만물이 무상하다는 것은 바로 이 영원한 생명의 세계를 다르게 표현한 것임을 알 것이다.

매일 아침 내가 잠에서 깨어날 때 우주의 모든 생명도 함께 깨어나고, 우리는 이 영원한 생명의 세계에서 오늘도 왕성한 삶의 모습으로 하루를 시작한다. 움직일 수 있다는 것은 살아 있다는 증거이다. 살아 있으니까 출근도 하고, 러시아워의 교통 혼잡도 겪고, 출근해서 차도 마시고, 상사의 싫은 소리도 듣고, 싫다고 떠나간 사람을 그리워하고……

이 얼마나 경이로운 세상인가! What a wonderful world! 지금 이 순간, 살고 싶은 힘이, 일하고 싶은 힘이, 누군가를 사랑하고 싶은 힘이 솟아나지 않는가?

평상심의 참뜻을 알다

예순 살을 이순(耳順)이라고 한다. 60세가 되면 마음에 걸리는 것 없이 모든 것을 순리대로 이해한다는 공자의 말에서 유래한 것이다.

비틀즈의 〈예스터 데이〉에 열광하고, 트윈폴리오의 〈하얀 손수건〉을 따라 부르며 청춘을 보냈던 내가 어느새 60대에 접어들었다. 1900년대의 후반기를 산 기억이 엊그제 같은데 벌써 2013년의 겨울이다. 세월이 유수 같다는 말을 참으로 실감한다.

내가 든 화두 중에 '평상심이 도'라는 것이 있다. 무문 선사는 그의 저술 『무문관』에서 이 화두에 대해 다음과 같은 게송을 읊었다.

봄에는 백화, 가을에는 달,

여름에는 시원한 바람, 겨울에는 눈.

쓸데없는 일에 마음이 걸리지 않으면,

그야말로 인간 세상의 호시절.

무문 선사는 '평상심이 도'라는 것을 "봄에는 백화, 가을에는 달, 여름에는 시원한 바람, 겨울에는 눈"이라는 사계절로 읊었다.

봄에는 백화가 만발하여 갖가지 색깔로 한껏 아름다움을 자랑하지만, 백화가 질 때는 서글픔이 따른다. 가을 달은 또 얼마나 맑고 청명한가. 그러나 그 청명한 가을 달도 구름이 끼어 흐리면 보이지 않는다.

한여름 소나무 사이로 부는 바람은 더없이 시원하지만, 그 시원한 바람도 불쾌한 무더위와 함께 한다. 겨울의 눈은 온 세상을 티끌 한 점 없는 청정 세계로 만들지만, 그 눈 아래는 먼지투성이의 세상이 있다.

사시사철이 아름답고 좋은 면도 있지만 좋지 않은 면도 있는 것처럼, 평상심으로 사는 세계 또한 호·불호의 소용돌이 위에 있는 것이 현실이다.

이 소용돌이와 상관없이 언제 어디서나 걸림 없고 자유로운 평상심의 삶이 되려면 어떻게 해야 할까? 무문 선사는 "쓸데없는 일에 마음이 걸리지 않으면, 그야말로 인간 세상의 호시절"이라고 읊었다.

지나간 과거의 상처나 미진한 일에 집착하여 괴로워하지 않고, 오지도 않은 미래를 미리 걱정하지 않으며, 순간순간 확 트인 허공처럼 흔적이 남지 않는 마음으로 사는 것이 평상심이며 도(道)이다. 좋은 것도 싫은 것도, 기쁜 일도 슬픈 일도, 모두 살아가는 과정에서의 한때 한순간의 모습에 불과하다. 이런 일들에 개의치 않고 그물에 걸리지 않는 바람 같은 마음으로 살아가면 세상은 언제나 호시절이라는 것이다.

순간순간 해야 할 일에 온전히 몰두해서 살아가면, 그때 그 순간의 마음이 바로 평상심이다. 자식은 부모를 공경하고, 좌선할 때는 목숨 걸고 좌선하고, 가난하면 가난하게 살고, 아플 때는 아픈 것에 맡기고, 죽을 때는 단지 죽을 뿐, 그 자리 그 자리에 안주(安住)하여 이르는 곳마다 주인이 될 때(隨處作主) 인간세상의 호시절이다. 사는 것도 평상심의 한 장면이고, 죽는 것도 평상심의 한 장면이다.

마조(馬祖道一, 709?~788) 선사가 중병에 걸리자 절의 주지가 문병을 와서 물었다.

"용태는 어떠신지요?"

마조 선사는 말했다.

"일면불(日面佛), 월면불(月面佛)."

'일면불', '월면불'은 둘 다 부처님 이름이다. 일면불은 해를 상징하는 부처님으로 수명이 무한하고, 월면불은 달을 상징하는 부처님으로 수명이 매우 짧다. 이것은 어디까지나 교리적인 설명이다. 마조 대사가 말한 뜻은 당연히 이런 뜻은 아니다.

병의 상태가 어떤지 물었는데, 마조 대사는 "일면불, 월면불"이라 대답했다. 죽음을 눈앞에 둔 마조 대사의 마음은 평상심이었다. 좋을 때도 있고 싫을 때도 있고, 편하면 편한 대로, 아프면 아픈 대로, 죽음이 오면 죽는 것이다. 그날그날이 좋고 나쁨을 초월한, 매일매일이 그날밖에 없는 유일한 날, 절대적인 날, '최고의 날'이다.

나는 이제 비로소 '평상심'의 참뜻을 알고 살아가고 있다.

새처럼 자유롭게 사자처럼 거침없이
외딴 섬에서 10여 년간 간화선 수행 중인 불교학자의 대자유의 삶

1판 1쇄 발행　2014년 1월 1일

지은이　　　장휘옥
펴낸이　　　이영희
편집　　　　이소정
펴낸곳　　　도서출판 이랑
주소　　　　서울시 마포구 독막로 10, 608호(합정동, 성지빌딩)
전화　　　　02-326-5535
팩스　　　　02-326-5536
이메일　　　yirang55@naver.com
등록　　　　2009년 8월 4일 제313-2010-354호

ISBN 978-89-98746-04-9　03810

「이 도서의 국립중앙도서관 출판시도서목록(CIP)은 서지정보유통지원시스템 홈페이지(http://seoji.nl.go.
kr)와 국가자료공동목록시스템(http://www.nl.go.kr/kolisnet)에서 이용하실 수 있습니다.
(CIP제어번호 : CIP2013026884)」